图书在版编目（CIP）数据

每一个成年人都是劫后余生 / 卢岚岚著 . -- 北京：作家出版社，2015.8

ISBN　978-7-5063-8235-9

Ⅰ.①每… Ⅱ.①卢… Ⅲ.①中篇小说－小说集－中国－当代 ②短篇小说－小说集－中国－当代 Ⅳ.①I247.7

中国版本图书馆CIP数据核字（2015）第200120号

每一个成年人都是劫后余生

作　　者：	卢岚岚
责任编辑：	丁文梅
特约策划：	苏　辛
特约编辑：	弓迎春
装帧设计：	仙　境
出版发行：	作家出版社
社　　址：	北京农展馆南里 10 号　　邮　　编：100125
电话传真：	86-10-65930756（出版发行部）
	86-10-65004079（总编室）
	86-10-65015116（邮购部）

E-mail:zuojia@zuojia.net.cn

http://www.haozuojia.com（作家在线）

印　　刷：	三河汇鑫印务有限公司
成品尺寸：	145×210
字　　数：	200 千
印　　张：	8.75
印　　数：	001-10000
版　　次：	2015 年 10 月第 1 版
印　　次：	2015 年 10 月第 1 次印刷
ISBN	978-7-5063-8235-9
定　　价：	36.00 元

每一个成年人都是劫后余生

卢岚岚 著

作家出版社

目录

<<<

仓 皇 的 青 春 与 爱

　　母亲病了，很重，住进了医院。父亲从杭州打来电话通知时，语气慌张无措。我的父亲母亲都是很强悍的人，因此几十年的相处中，他们的争吵甚于甜蜜，冷战多于扶携。突然听到父亲居然慌得要哭的声调，当然不寻常。不必再考虑，我在最短的时间里赶了回去。后来我知道，几乎在我上飞机的同时，定居法国的姐姐也正在前往戴高乐机场的路上。

　　我跟姐姐在母亲的病床前见面了。巧的是，我们相见不到两个小时，陈蕾提着果篮走进了病房。这几年她一直住在杭州，时常能在街头遇到我父母，两家依旧住得近。在我跟姐姐都远离父母的时候，也许陈蕾更像是他们的女儿吧，她可以在街头站上半个多小时，对他们嘘寒问暖的。此刻我们三人呈半圆形围在母亲的床尾，母亲简直成了个被娇宠的女孩儿，甜滋滋地一直笑。

母亲的病其实不算太严重，一大半是父亲想象出来的。病情由老年人常见的糖尿病引发，治疗方式早已成熟，再住两天就可以回家自行服药控制了。听大夫这么介绍后，我们放下心，气氛轻松了。母亲看了我们一圈，问："你们多长时间没见过面了？"我说："您是问我跟陈蕾？还是阿姐跟陈蕾啊？我跟陈蕾有十三四年没见了吧？"陈蕾征询姐姐的意见："我们俩有七八年了吧？"姐姐点头，道："要说我们三个人碰到一起，总是二十年前的事了。"母亲道："难得难得，为了我的病，把你们聚到一起来了。"

因为这句话，我们三个人走出病房，走到外边的一处草坪，用手机合影留念。

三个女人，加上父亲，从医院出来后，去了我们一直热爱的面馆吃片儿川面，一种既浓郁又朴素、既乡村又高雅的味道进入喉咙，更宝贵的是，它始终如一。从我童年时偶尔能走进来品尝一回到今天依然只能偶尔回家来凭此怀旧，它就像是同一碗面。除了味道，还有分量、温度、浇头和这只蓝花大碗。如果一定要找出不同，那只能说是吃面的人了。父亲当然是年迈之人了，姐姐、陈蕾、我，我们互相望着，虽没有人直说，但那句话不是一直在嘴边徘徊吗？"啊，老了，我们都老了。"

晚上，父亲早早睡了。我和姐姐两人开了电视，固定在杭州台，发着呆，或者听一阵里边叽叽呱呱的杭州话。我觉得沙发上并排坐着的我们俩很像是被父母留在家中的一对小姐妹，静静地用电视打发时间，心思却又不在电视上，而是支着耳朵听门外的动静，等父母归家的脚步。

真的就像我说的，姐姐的心思并不在电视上。她突然幽幽地说："你知道我现在跟谁在一起吗？"

我扭头看她。这不好猜。十一年前，她孤身一人去了法国，断断续续告诉过我们若干个法国男朋友的事，但是从没到结婚的地步。我们谁也不敢深问下去。她说什么我们就听什么，她不说我们就什么都不知道。这会儿突然起了这个话题，那必定是我认识的人喽？

我等着她的回答。

"郭文。"她回答。

郭文！那是我无论如何猜不到的名字！他竟然去了法国！他竟然跟姐姐在一起！

我伸手拍拍她的手背，因为不知道说什么合适。但是我想用这个动作来表达我的理解、欣慰和祝福。

"你怎么不告诉妈妈？在医院里。"我说。

姐姐浅浅一笑，反问我："我告诉她了，她是会高兴还是会难过？我想不好。所以就算了。就你知道就行了。"

我怯怯地问："陈蕾知道吗？"

姐姐摇头："不。"立即再次强调："就你知道就行了。"

姐姐阿瑾

姐姐已经上班了，我还在上高一。有一天，她突然拿回家一个巨大的旅行包，巨大！中国人是不用的，街上也没有卖的，我只在来杭州旅游的外国人那儿见过。那个时候外国人也不多噢，一般是一对男女或者两三个同性的，每人背一个——比半个人还高，到处是兜子、带子和锁扣，可以把整个家当都装进去——在杭州的湖滨路上走。他们的高个子高鼻子蓝眼睛黄头发本来就很显眼了，加上这种比我们逃难用的还庞大的包，就更加招惹人的眼光了。所以，姐姐的这个包被拽进门时，全家人很震惊。

姐姐却轻描淡写："哎，我不是跟你们说过了吗？我要去旅游。"

父母原先根本没把她的宣告放在眼里，现在觉得像是真的了，两人同声急问："去哪里？"

"西藏。"

简直是惊雷。西藏是比美国更加不可思议的地方。因为常听说有人去了美国，但很少听说有人去西藏。

"你一个人？"母亲听懵了，呆呆地问。

"不是啊，六号院的陈蕾一起去。"

陈蕾我当然知道，陈蕾是我们全家都知道的，姐姐最好的朋友，从小到大的朋友，她家跟我们院子隔条马路，斜对面。姐姐根本不必用"六号院"来定义她。因此我觉得有些怪。

陈蕾一起去，父母的心跳恢复了一些，但是仍有疑惑："她爹娘肯啊？"

"有什么不肯的？人家哪像你们？人家的爹娘很人度很开明的，还鼓励陈蕾去。喏，这个包就是他们帮我借的。"姐姐不再多言，开始摆弄那只包，随便找了点儿大东西扔进去，然后试着背上身，试着把所有的绳啊带啊都系起来，最后她把自己弄得像个五花大绑的犯人，我在旁边看得好笑，忘了替她而起的担忧。父母两人先是垂着手站在一旁，后来渐渐的，也伸手过来帮忙，大概他们看姐姐的架势，也是挽回不了了，何况还有人家的父母在做对照，但是最最关键的，我猜，是因为姐姐已经上班了，挣钱了。她在我们家有地位了。

后来我们四个人还一起研究那个包的某一处机关是干什么用的，赞叹某一处设计又是如何巧妙。我还拿过来背了背，几乎拖到地。

这次出门远游并不是只有姐姐和陈蕾，还有第三个人，一个男人，叫郭文。他和姐姐什么关系？现在说，当然是男朋友。那会儿，这个称呼让人说不出口，我相信他们俩私底下也不会这么明确称谓的，后来姐姐对我和盘托出时说的是"我跟他要好"。这就是那个时候的"谈恋爱"的意思。郭文不是杭州人，是离杭州很遥远的一个偏僻小地方的人，比如温岭啊、乐清啊、岱山啊这种地方，具体哪儿我忘了。但是郭文是一个画画的，长得高大帅气——这两条就不太像那个小地方了——他到姐姐所在的家具部门实习，给他们设计新式样，两个人就认识了。

大概他们"要好"了几个月以后，郭文提议去西藏。这是他的梦想，甚至可说是一生中最大的梦想。一个画画的，怎么会不憧憬西藏的风情和美景呢？姐姐当然热烈地响应这个提议，她其实比来自乡村的郭文见的世面还少呢！一对甜蜜的隐隐约约没把心思挑明的男女，各自身背巨大的背包，行走在茫茫的高原草甸，夜晚仰望灿烂星空默默无言，整个宇宙仿佛只有这两个人存在，而整个宇宙也只为这两个人存在。这是何等壮丽的浪漫！

凭着这样的想象，姐姐绝对不能说"不行"。但是她自己就先过不了的一关是：一个女孩如何有理由独自跟一个男孩出行？即便他是已被父母接纳的结婚对象。若允许他们远游，孤山野岭、荒郊野外，不是默许他们"出事"吗？哪个父母都不会这么没脑子的。很快的，也是当然的，姐姐就去求助陈蕾同行。"这有什么难的？"陈蕾绝不犹豫，姐姐话音刚落已得到了她的应允。如果不是考虑到两家住得近、两家的父母彼此认识、随时随地可互通信息，陈蕾都可以为姐姐撒谎、打掩护，只做一个名义上的同行者。现在她得实实在在打起背包与一对正朦胧相爱的人一同出发。但这有何妨？陈蕾不怕当电灯泡，好朋友永远是好朋友，好朋友的地位绝不在任何人之下。

两个女孩在四个家长、三个兄弟姐妹的目送下上了火车。听了一堆嘱咐，挥了半天手，汽笛终于拉响了。待火车驶出了安全距离，那个郭文从前边一节车厢走来了。他们的票是座位挨在一起的。两个女孩都笑眯眯地看着他走过来，虽然含意不同；郭文也带着微笑，有一种作弊之后的歉意。姐姐喜欢他的微笑。

一排三个座，陈蕾靠窗，姐姐居中，郭文坐靠过道的外侧。他不多语，但是做很多事：给她们接开水、削水果、挂毛巾、找扑克、买杂志、清果盘，等等等等。没有献殷勤的意思，因为他慢悠悠地、不慌不忙地做，温和的眼神像是在照顾两个小妹，很自在又很满足的样子。两个女孩也就在他的照顾下，变得越来越娇弱稚嫩，越发需要呵护了。

郭文当然不会忘了带画夹，相反，他的行李大部分都是他的绘画用具，但是他没有取出来现场作画。姐姐心里很希望郭文在一车厢乘客的围观下挥动碳素笔为她画一幅肖像画，人们必定又惊又羡：哇！他是一个画家！而她真漂亮！他们是一对儿！姐姐能预料到这些心声。但是，郭文像个专属于她俩的列车员，一个眼里有很多活儿、随时会起身替她们料理一切的列车员，单单忘了他的艺术。

　　遗憾的同时，姐姐更敬慕他了。

　　他们搭了许许多多种交通工具，看到了许许多多种奇异景致，高原、湖泊、山林、河谷，想象中的、书本上的，都一一在他们眼前展现出来。幸好他们年轻健康，所谓的高原反应只在陈蕾身上出现了一天。郭文借了一台照相机，三个人小心翼翼地轮流使用，还准备回到杭州洗出来以后比比各自的照相水平。要问个路、打听什么时，很默契地，两个女孩在前，郭文退到一旁。一切都平顺，没有什么惊心动魄的事情发生，好像此地不是人烟稀少游客亦寥寥的西藏，而是专门为他们清了场的游乐园。

　　无论他们在哪儿，到处都能看到积雪的山峰，也到处都可入画，但是有一天他们走到了一处美得不同凡响犹如仙境的地方。视线左前方山脉绵延，积雪在山顶一蓬一蓬遥相呼应，眼前一片湖水，纯净到发出蓝盈盈的光。湖岸的石头也光滑润泽，像在温顺地守护这一方宁静的湖面。郭文坐下来，打开画夹开始描摹，两个女孩则低头寻找形状美丽的石头，最好还是有奇特纹路的，将来摆在窗台上，会是最好的纪念品。郭文快画完了，他大概是想调整一下画纸在画板上的位置，便把夹子打开，这时候突然就刮来了一阵风，"哗啦"一声，把那张画刮进了湖中。郭文愣了，虽然站起了身，却未挪动步子。姐姐此时倒反应迅速，跑上前去，冲进水里。画离岸不远，再迈出五六步就够到了，但是郭文把姐姐紧紧抓住了。"水凉！"他喊道。姐姐这才感到了小腿被针扎一般的刺痛。

郭文把姐姐揪回岸上，给她脱掉鞋子，扒下袜子，再把裤腿高高挽起，让太阳把她的脚丫子晒干。姐姐和郭文的身体前所未有地贴近接触，她的心跳得厉害。在高原上，这跳动会放大许多倍，对方肯定听见了她心脏的跳动。

那张画还在不远处晃啊晃的，像是调皮的孩子仍在诱惑他们前去捕捉。

"怎么办？"姐姐望着那张画问。

"没什么。我刚学画画时，画一个苹果都画了几十张呢。再画一张好了，肯定比这张好。"

于是，姐姐安静地晒着脚丫子，郭文安静地描画，陈蕾呢，她当然一直在前前后后地照应着方才的落水一幕，但是姐姐那一刻却没有意识到还有她的存在，后来回忆此事，总觉得那天怎么陈蕾没出现？难道那天她一人待在旅馆里？她的高原反应应该已经过去了呀。

郭文很想看到天葬的场面，问旅馆的老板、杂货铺的藏人店家、从相貌上已经分不清是汉是藏的出租各种用具包括牦牛的生意人，谁听了他的请求都摇头："这个不成。天葬是除了天葬师以外谁都不能在场的。"郭文向他们解释自己不是游客那般来猎奇来观光的，听的人明白他的意思，但是都为难，说："找机会吧。等等看吧。"没想到在他们要离开的前一天，清晨，天蒙蒙亮时，他们雇过一次的藏族导游跑来旅馆找他们，说有户人家正抬着一个死者上山，他已经得到人家的同意了，那户人家也答应上山以后请天葬师破例许可他们在旁。导游指给他们看那座山的方向，让他们现在追过去。

三个人都没想到要准备点儿什么就跑出门去。青白色的空气中，能看到远处一些重叠的人影。在这样的时间和气氛中，并且预知到将要面临的景象，两个女孩的腿已经开始发软，向前跑的双脚像是踩在沼泽中，深一脚浅一脚，东倒西歪。

赶上那户人家，他们果然知道来意，让这三人跟着上山。姐姐和陈蕾互相紧拽着对方的手，尽量离他们和郭文远一点儿，眼睛也不敢往其中一人背着的那一团包裹看。山不高，路面全是砂石，跟到一处岩架，有几块很大很平整的石头，他们把那团包裹放下。三个人等待天葬师前来，没料到天葬师竟然一直都在人群里边。天色比方才亮了不少，那些家人不知消失在何处。天葬师燃了烟，吹哨呼唤秃鹫。姐姐和陈蕾已经无法支撑下去了，她们浑身打颤，甚至上下牙敲出的"嗑嗑"声都清晰可闻。秃鹫一只两只，盘旋着来了，两个女孩背对那块平台，蹲下身，缩了脑袋，埋进胸口，双眼紧闭，双手紧捂住耳朵。其实都无济于事，寒气跟恐惧，紧紧包裹住了她们。

在她们可怜得如同两只出壳即遭难的雏鸟之时，姐姐忽然感到一阵暖意兜头而降。郭文把他身上的毛衣脱了下来，从姐姐的头顶扣下去，正好把缩成一团的姐姐全部裹住。温暖传遍周身，姐姐甚至觉得那一刻什么可怕的东西都伤害不到她了，她已身披盔甲。

身披盔甲的姐姐不知道郭文还把衬衣脱给了陈蕾。当仪式结束，鸳影远去时，姐姐和陈蕾才看到郭文只剩了一件背心。那些裸露出来的皮肤被冻得又硬又白。

郭文的实习期结束了，回他的小县城去了。按两人之前商定的，姐姐开始向父母透露一点儿关于郭文的信息，渐进的，渗透式的，以免他们受惊吓，这是那时候背着父母谈恋爱的女孩子唯一可选择的方式。

姐姐说："我们家具部马上要出新样子了，几个画院毕业的学生来帮我们设计的。"

妈妈说："哦？小青年啊？杭州的啊？"

"哪里的都有。"

"小地方来的吧？又是画画的，没什么大出息，你离他们远点儿。"父亲在一旁虽手捧报纸竟没有影响他的判断力。

就这么一回合，姐姐败下来。她的胸中那么多已经准备好的，正要分次分批一一吐露的心思就这么生生被堵塞住了。连我这个对郭文还一无所知的人听到父亲的话语，都仿佛有一种被饭团噎了的感觉呢。

可怜的姐姐那几天不再试图跟他们提起郭文，但是上班时偷偷给郭文打电话，每打一回就掉一回眼泪。

郭文终于下了决心，电话里对姐姐说："我明天去杭州，直接见你爸爸妈妈。"

姐姐又期待又担忧:"那我怎么跟他们说啊?你突然这么跑过来。"

"你什么都不用说。一切交给我,好不好?"

这自然好,可郭文有担当,姐姐岂能不担当。当天晚上,全家四个人的饭桌上,还没吃几口饭,姐姐开口道:"爸!妈!明天有个人要来我们家。"

"谁啊?"

"叫郭文,前段时间帮我们设计家具的。"

"他来我们家做什么?"母亲停了筷子。

"来看看你们,跟你们谈一谈啊。"姐姐竭力想把这件事描述成类似陈蕾要来我们家玩玩这么简单。

父亲将手中的筷子敲了母亲的手背一记,意思是:这还用问?然后转对姐姐道:"成天背点儿颜料啊铅笔橡皮啊,晃来晃去,我见过的,很丢脸的!根本找不到像样的饭碗!画几张画能当饭吃?要是从乡下角落来的,越发要命喽!到杭州来能干什么?只能坐在西湖边给过路人画画!跟叫花子也差不多。你趁早拉倒。"

父亲说完,母亲也已打好了腹稿,接道:"是啊,乡下人到杭州来,就变成盲流了哎!你倒要养着他!画画这个东西——有什么用啊?从来没听说画画有好日子过的。我们要同意了,就是害你!你没有社会经验,简直瞎来!这么大的事儿,随随便便就商量好了要到家里来?到家里来干什么?来了意思就是定了?你赶紧告诉他,不能来啊!我们不会见的。"

"人家明天就到了。"

"到了你就告诉他,让他马上回去。"父亲接着扒拉饭菜。

"你们先听听人家怎么说嘛！"姐姐的眼眶里有泪在上涌。

"我们根本不同意，见了算怎么回事？互相难堪。他不能到家里来啊，我告诉你！"母亲正色道。我真是有些奇怪了，在许许多多事情上，甚至可说在任何事情上，父亲母亲两人之间都是针锋相对、各执己见、互不服气、互相攻击的，怎么在这件事情上，如此的立场一致、声气相通？他们根本没有事先讨论过呀！

姐姐扔下碗筷，跑进自己的房间——我和她的房间，"砰"的巨响，把门从里边锁上了。

父亲和母亲不动声色，也不再言语，两人把碗里的米饭一粒不剩地吃干净，母亲去洗碗，父亲读报。我无处可去，只能留在饭桌旁做作业。

大家都不说话。他们连我也不理了。时间到了，他们睡了。我撑到很晚，再没办法撑下去，只好去敲我房间的门。敲的同时一扭门把，锁不知什么时候已经打开了，姐姐和衣躺在床上睡着了。腮帮子下边的床单湿漉漉的。

最终郭文没有出现在我们家。

姐姐去火车站接了他，然后让他在陈蕾家借宿一晚。仅仅是普通朋友，普通得不能再普通了，那个时候，都轻易能得到对方父母的允许，铺床铺被地借宿。可只要是比朋友进了一步，进了一小步，想进门是很难的。进了门，也要领教父母严峻的脸色。事情就是这么怪。

我们家的饭桌上沉寂了许久。谁也不提"郭文"这个名字，我想，父亲母亲从一开始也完全没去理会过这个名字，这个名字只是在空中飘过，没有留下任何痕迹。

但是他们的内心终究还是不平静的，因此他们托人给姐姐介绍了一个小伙子，煞费心机地请一个同事带着绕了好几个圈子的一个侄子来吃饭。我那时还没见过郭文，没有对比，但是，我一见那个"侄子"的长相就不喜欢。太瘦了。要是见了郭文，肯定会更讨厌他的。

他话很多，但是一点儿也不影响他吃东西。我记得我一边盯着他忙碌的嘴巴，一边想吃这么多，怎么这么瘦！都吃到哪里去了？

姐姐没有我们担心的那样摆脸色给大家看。也因为没有人要求她说什么话，她自顾自吃着听着，还添了小半碗饭。那个侄子欢快地告别以后，父亲母亲又齐刷刷地夸起他来：单位好！头脑活络！精明相！以后到哪里都吃得开！身体健康！蛮会说话！懂事！穿着干净得体！家里有亲戚在香港！牙很整齐！

姐姐没有说话，只在听到他们说牙时，笑了一声。

父亲好像听懂了姐姐是在讥笑，立刻解释道："你不要笑！一个人的牙是很重要的，是门面。你看看台上做报告的领导，要是长一口烂牙，你说像什么样子？"

他们没有直截了当问姐姐对这个瘦"侄子"的看法。反正他留下了工作单位的地址和电话，这个人是跑不掉的了，只要想找，就能找到。临走时，他还热情地对我父亲母亲说："叔叔阿姨，有空我再来看你们啊！"并飞快地偷瞄了一眼我姐姐。

没等这个"侄子"第二次拜访，郭文就找上门来了！

那天我从学校回家挺晚，推开门，看见一个年轻男子在门厅的藤椅上坐着，他听到门的响声，于是转过脸来。很奇怪，我马上猜到他就是郭文。郭文起身，微微对我点点头，坐回去。没有人向我介绍他是谁。那他就更是郭文无疑了。

姐姐在厨房给他沏茶；妈妈坐在厨房一角的小板凳上面无表情地摘着菜，但不是为了招待郭文用的；爸爸躲避不过，作为户口簿上第一页郑重指出的"户主"，勉强地在郭文对面的另一把藤椅上坐下，像两国领导人即将开始会谈。

这异样的气氛使我无法滞留在门厅，我只能走进自己的房间，从我的书桌一角注视外面的动静。

父亲右手的指头"嗒嗒嗒嗒"敲击着藤椅扶手，显示着他在斟酌的词句。然后，他开口说："你们两个的差距，还是比较大，是吧？你来杭州难，我们阿瑾也不可能跑到你们农村去过日子——你现在是不是还没有正式工作？还没有固定的收入？要是这样的话，跑到家里来问我们的意见，就欠思考了！你换到我的位置想一想就会很明白，我们家长怎么可能同意？如果阿瑾不是我亲生的，我倒还有可能答应你。"说到此，父亲笑了一声，像是在欣赏自己的幽默。

郭文一口接一口地喝着姐姐沏的茶，没说话。

父亲又叩了一阵扶手，做结语："我看啊，小……小郭，你先回去。放心！你不会找不到老婆的。在杭州难找，在你们老家总是找得到的。小青年，长得蛮好的！最差找个种田的嘛，打光棍是绝对不会的。这点你可以相信我。"

郭文闷着头又深喝一口茶，也许他想说点儿什么，却不确定是否应该说出来。在这短暂的一刻静默中，母亲适时地在厨房里喊了一声："阿瑾、阿灵，准备吃饭！"

郭文放下手中的玻璃杯，起身，平静地道一声："叔叔，阿姨，那我走了。"

当他握住门把手时，他回头看姐姐，声音低沉地："阿瑾，我走了。"这就开了门，走出去。

姐姐扔下手里折个不停的抹布，紧随着出去。母亲再次高喊："阿瑾！吃饭了！"

姐姐没有回应。

两个人的背影留在过道里。

"砰"的一声闷响，母亲将手中的锅铲甩了过去，锅铲没有追上他们两个，甩到墙上，弹落下地，发出"蹭棱棱"的脆响。

那晚我睡得辗转不安。很晚，不知道是几点，我听到了姐姐的脚步声。她小心地敲门，笃笃笃，又扭动门把，屋里的三个人都没有出声。姐姐压低了嗓门唤："妈！妈！"然后是叫我："阿灵！阿灵！"我躺不住了，悄悄起身往门口去。"你敢！"黑暗中母亲大吼。我只好停住脚步。后来我想，我要是开了门，事情可能更糟。母亲很可能将所有可以砸过去的东西都砸到姐姐身上，把姐姐砸伤——母亲的脾气我们都领教过。我没有开门也许还是保护了姐姐。终于，我听到了姐姐离开的脚步声。直到我躺回床上，父亲母亲的房间里都是静静的，和平安宁的气息，很难想象刚才发出那声吼叫的人现在会这么沉默无声，如同进入了深层的梦乡。父亲更加的寂静。他们两个人再次的步调一致。

当我想到姐姐这一晚会去找陈蕾，绝不会露宿街头，我才慢慢睡去。

恢复常态，或者说恢复表面上的常态，用了好几个月的时间。快过年了，发奖金了，要置年货了，街上披红挂绿的，小鞭四处炸着，大家才又渐渐高兴起来。趁着各家各户走动频繁的时机，在父亲的安排下，他的一个老同事的儿子上门来。说是给我们家送些他老家自己腌制的腊鱼，是新安江水库的鱼，肥美，地道的家乡风味，新鲜的时候有二十来斤，一定要尝尝。这些话，他说得结结巴巴的，一听就感觉是事先背过又因为紧张背乱了。说过这些必须说的话之后，这个被父亲称为"小严"的青年就换回到木讷寡言、拘束无措的本性。问一句答一句，还越短越好，跟拍电报似的。

这个"儿子"跟那个"侄子"比，不是那么令人讨厌吧。他只是让人同情而已。姐姐肯定也跟我一样同情他，因为此后他每次来，姐姐都会跟他聊天。他邀她出去，她也不回绝。两个人在巷子里进出了几回之后，不需要宣告，邻居们就都知道阿瑾和严一明是一对了。

只有我在心里为姐姐感到遗憾：跟谁在一起她都绰绰有余，她得跟一个像郭文这样画画的、懂得美、会欣赏的人在一起。其他人，他们好像没把姐姐的美当回事儿。

除了遗憾，我以为郭文这个人这件事就过去了，就像年二十晚上闹得不可开交的鞭炮，一地的红纸屑，过不了几天连一片屑末都看不到了。

可是不，郭文这个名字再次在我们家被提起，而且震荡更剧烈。

按固定的程式，到了星期天，严一明八九点就会来我家，跟各人打了招呼，喝了茶，等姐姐收拾好，两人一起出门去，或者"荡马路"，或者看电影，或者去任一方的同学同事家玩，跑不出谈恋爱的这"老三样"吧。不过，有一天，他们刚并肩出门，母亲立即将门关上，转回身对父亲，也对我说："我清早去菜场，碰见陈蕾妈妈了！"

这很奇怪吗？陈蕾妈妈，陈蕾爸爸，还有许许多多人的爸爸妈妈，不就像住在我们隔壁一样吗？我和父亲不解地盯着母亲，等她的下文。我当时预想，听起来非得是"陈蕾爸爸死了"这种消息才配得上母亲这样的神情。但，我没猜对。

母亲说："知道他们家陈蕾现在跟谁好吗？以前找我们阿瑾的那个人！姓郭的那个人！"

我叫起来："郭文啊？"

"对！叫郭文的！陈蕾妈妈说啊，两个人快要结婚了。唉呦，陈蕾妈妈高兴得嘴巴闭不拢。为啥？那个郭文现在吃香啊！能挣钱！说一张画就上千，最高的卖了三千块！一个日本人买走的。连浙江工艺美术馆都给他办展览，上个月《杭州日报》副刊上还有一版专门介绍他的——你们看到没有？现在他们家好嘞，换了个十八寸的大彩电，单缸洗衣机卖了，改双缸的了，冰箱也用上了，陈蕾妈妈手里提了一兜活对虾，红光满面，嘎嘎笑得整条马路都听得到！还叫我们到时去吃喜酒！"

母亲说到此，戛然而止，表情却千变万化。

父亲无语。他们两个人四目相对良久，好像演电影。

然后父亲如同找到了大漏洞，振聋发聩地问道："你怎么知道那个人就是以前找阿瑾的那个人？画画的多了！"

"哎呀！说起来好笑嘛！陈蕾妈妈随身带着他们两个人的照片的！拿出来给我看，我还看不出来那个人啊？！"说是"好笑"，我看母亲丝毫不觉得好笑。

父亲低了头，对着桌面哼一声："画几张画，有什么傲的？我看不会长久。我们是为阿瑾负责。"

说完，父亲起身，空落落地转了一圈，去了阳台，翻找堆在角落的一摞报纸。腰弓着有些吃力，便整摞捧到缝纫机上，一页页地看，自言自语："哪里有啊？副刊，第四版喽？上个月的，我们上次卖报纸是什么时候？会不会是卖掉了？你没问是几号的？会不会是吹牛？《杭州日报》我每天看的啊！"

母亲不作声，直到父亲这句话出口，母亲抢白一句："你每天看！你从来不看文艺栏的！你不是还说这种文章叫你白花钞票吗？"

父亲不好回应了，把翻乱的报纸弄齐，掸一掸上边的灰，重新搁回原处。

那天下午姐姐回家时，母亲对她温柔了许多，父亲则眼神躲闪。在她回家前，我们三个人已经明确了，陈蕾要和郭文结婚这件事不能告诉她，虽然她早晚会知道，甚至她很快会在马路对面见到活生生的画面，但是这消息不能由我们来传递给她。能蒙住她多久就蒙住她多久。开始的时候我反对这么蒙蔽姐姐，我本能地觉得这样的办法会使姐姐显得更可怜，母亲对我一昂下巴："男男女女的事你懂什么！"

我哪有资格说我懂，便只能照做。

有比让姐姐亲眼目睹更快的方式。陈蕾约了姐姐在巷子口的石桥下见，那儿的青石桥墩一向是约人等人的好地方。那个晚饭前的时刻，见到迎面而去的姐姐，已经在石墩上坐等的陈蕾站起来，劈头就道："你爹娘有毛病的啊？"这句话太重了，把姐姐吓傻了，她不明白这个比自己妹妹还知心的人怎么会说出这种堪比诅咒的话。

陈蕾不管那么多了，气急呼呼，喊着说："你知不知道你爹娘昨天到我们家来了？！你知道他们来做什么？！他们叫我跟郭文分手！叫郭文再回去跟你好！说你这么久一直忘不了他，不知道哭了多少场，他们做爹娘的终于不忍心了，只好上门来求我。幸好昨天郭文没在，他们要是求到郭文头上，我不知道他会气成什么样子！你说你爹娘是不是有毛病？"

姐姐还在半中央的石阶上，陈蕾的话语像一簇簇火把她的脸燎着了，她感到两腮烫人。姐姐咬牙回答："他们是有毛病，他们疯掉了。那我就不当他们是我爹娘。"

姐姐转身往家去，在石阶上跨了几步，立刻又刹住脚，往反方向跑去。

被姐姐喊来的严一明跟在她身后，虽如同忠实的保镖，却是一脸的茫茫然。两人一前一后刚立定在门厅，姐姐就摊开一只手，语气冰凉地问母亲："我们家的户口簿在哪里？"

母亲反问："你要户口簿做啥？"

"我去登记结婚。"

"结婚？跟哪个？"

"还有哪个？不是在这里站着吗？！不是你们同意的吗？！"姐姐简直是在拼命叫喊。我看到严一明被姐姐的喊声吓得身体颤了一颤。

母亲回头看看父亲，没有商量的时间了，母亲做主答复："有这么简单吗？是结婚哎，不是两个人出去买个菜看个电影。结婚是你一个人的事啊？是你们两个人的事啊？你要跟我们商量的呀。"

姐姐没打算听母亲的回复，她乌溜溜的眼睛在屋子里扫一圈，紧接着冲到父亲母亲的卧室去。

所有人都慌慌张张地跟进去。谁知姐姐又挤出来，返身进了厨房。厨房里米饭焖好了，散发着香味，但是我们顾不得了。当姐姐再次跑进卧室时，手里握着一把菜刀。在我以为要发生流血事件、不是她自伤就是父母中的一个受伤时，姐姐对准写字台左边抽屉上的锁砍下去。

严一明在旁声音发着抖："叔叔，阿姨，这个，这个不是，我的，意思。阿瑾，阿瑾叫我，来，我也不，知道，来做什么。"

抽屉被剁出了几道深坑，白色的。绛红色的写字台立刻被损毁了。

"当"一声，父亲甩出来一把钥匙，甩在写字台的玻璃台面上。

"我真是恨你们。"这是姐姐手里捏着户口簿经过父亲母亲身旁时说的一句话。奇怪的是，这句话倒不像带着咬牙切齿的恨意，反而有些平淡有些提不起劲儿来。而且，她好像忘记了严一明还在身后跟随，径直往外走。严一明迟疑了一霎，追了上去。

姐姐结婚了。我看了她的结婚证。大红缎子绣暗花的封皮。打开，右上方是她和严一明的合影。姐姐在左，严一明在右。严一明闭着嘴，很严肃，也许是抢户口簿去登记的一幕还在惊扰着他。倒是姐姐毫无顾虑地翘起唇角笑着，露出了白白的牙齿。这应该是她对父亲和母亲露出的笑容吧。

朋友陈蕾

六号院的陈蕾是姐姐最好的朋友。我不明白性情差别那么大的两个人为什么那么要好，况且她们从高中起就不在一个学校了。陈蕾很聪明，按我母亲的说法："比阿瑾聪明三倍不止。我们阿瑾跟陈蕾在一起，会不会吃亏哦？"可是，聪明的陈蕾学习却很糟糕，初中读完中考后，只能转去一个地点偏僻的三流高中。于是，她们俩就没法天天的如影随形了。星期天还是常凑到一起的，不是陈蕾过来就是姐姐过去。有时候懒得进屋，陈蕾就在窗户外边喊一声，姐姐答应一句，出门去。我那时候还对陈蕾怀着又亲又恨的复杂情绪呢。"亲"是因为陈蕾来了我家，我家便霎时热闹起来，她口齿伶俐，叽叽呱呱，一个人像长了三四张嘴，家里家外，校里校外，什么事她都聊，还好笑，时常把我们全家逗乐；"恨"是因为姐姐对陈蕾这个朋友比对我这个妹妹亲近多了，她们俩有很多秘密可以窸窸窣窣地在角落里谈，弄得她们俩更像是姐妹，而我则像个亲戚家的孩子，她们出去玩也从不带我。相差四岁就有这么大距离吗？你们就很了不起吗？看着她们出门去的背影，我时常这么愤愤地想。

高中三年之后，姐姐进了家具公司，工作就是坐在办公桌前用打字机噼噼啪啪地打那些古典风格家具的出口单证，全是英文字——虽然只是照着打，也已经让人敬佩不已了。陈蕾因为毕业成绩单上糟糕的校名和糟糕的分数，去了湖滨路上的国营茶庄卖龙井茶。她们还是好朋友，还是最好的朋友。有时候会一两个月见不到，也不会暗淡她们的感情。这点我敢肯定。

她们的关系在陈蕾约姐姐去巷子口的石桥面谈那天戛然而止。姐姐跟严一明结婚了，没有"侵犯"到陈蕾的郭文，但是陈蕾还是没有再出现。按我的理解，是姐姐疏远了陈蕾而不是陈蕾疏远了姐姐。我们听到的只有她妈妈在菜市场散布出来的消息："湖山画院请郭文去当画师，还分给他一套房子，葛岭那片儿基本上住的都是省里市里的领导干部。"

我考上了一所北京的大学。离北大、清华很近，周边还有不少大学，被合称为"八大院校"，据说专门设立在偏僻的位置，是为了让学生们远离喧嚣安心读书。其实，那时候哪有喧嚣之地？连天安门、王府井都清静。而现在，感觉哪里都无读书的清静之地了。

大二下学期的一天，我突然收到陈蕾写来的一封信，说她要到北京，要来看我，还说我不必去接她，她会找上门来。两天后，她就找到我了。我们正在上排球课，在铁网隔出的水泥球场上。陈蕾隔着网子叫我的名字。并不寒冷的天气里，她围着一条宽大的玫红色披肩，波浪卷的头发，艳丽极了，华贵极了，把所有人的目光都吸引来了。我朝她走过去，叫她一声"陈蕾"，语气就像是她来我家找姐姐时我开门迎她进来一般。陈蕾站在网子外，说："不急，等你下课。"这个打扮脱俗的远方女子是为我而来，而且吸引了那么多惊叹的、称奇的、直愣愣的目光。我真没出息，因为我暗暗得意，仿佛陈蕾的美有一半是我给的。进了我的宿舍，陈蕾的第一桩事是拉开提包，给我的每一个室友一条围巾！杭州的真丝印花围巾！我再也不好意思铭记她与姐姐的芥蒂了，在抽屉里翻出瓜子和山楂卷招待她。五个同屋女孩笑逐颜开，兴奋地嚷嚷，试围、品评、互换、排名，气氛像过节日。以后陈蕾每次到我宿舍，不管我在不在，都能受到大家最热烈的欢迎。

陈蕾接着拿出来的就是给我的了：小核桃、话梅、豆腐干、藕粉，还有墨紫色的一包菱角！堆在我的桌上，像在展销杭州土特产。"你晓得我来北京做啥？"她先问再答："我来读书！"

"读什么？在哪里读？"我知道陈蕾读书不好，也许她要用读书来拉近她和郭文的距离？

"就在这里！你们学校！"她很兴奋，我很吃惊。

陈蕾来上的是我们学校对外的业余日语培训班，每天下午三小时，用本科生的教室，一共一年，学费高达一千二！学费对陈蕾应该不是问题了吧？不过为什么学日语而不是我想象的美术啊中文啊？陈蕾说："你不晓得吧？郭文——我们已经结婚了——他的画日本人特别喜欢，一大半是叫他们买走的。好多人劝我们去日本发展。既然日本人喜欢他的画，干脆到日本给他们现画！所以我就说我先来学点儿日语，去了日本就不慌了，还能帮郭文卖画，你说是不是有道理？我们家郭文还不肯让我来，这件事我坚决不听他的。他只懂画画，眼光没我远！我听说你们学校外语教学质量高，还有，你们学校外国人最多，肯定日本人也多，所以我就跑到这里来了。"陈蕾又在包里翻一通，翻出一张入学通知单来："留学服务中心二号楼。我就住这个楼。陪我去看看？顺便认认门，以后你下了课就去找我玩，我请你吃饭。"

她咕嘟咕嘟喝完我给她泡的那杯茶，起身。五个女孩子全都起立送她，纷纷邀她"有空来玩儿"。

陈蕾是个雷厉风行的女子，从她迅速地跟郭文结婚、果断地远行来读书，就可以知道这一点。陈蕾放下行李，裹着那条玫红的在北京灰黄的空气里更显妖娆的披肩，立刻前往五道口外文书店去了——宿舍管理员推荐的地方，说学生都爱往那儿跑。

五道口外文书店的"外文"基本就是英文，但陈蕾还是找到了几本日语词典。她把它们都拿下来，互相比较，看挑哪本好。

"小姐不是日本人吧？"她身旁有个男生开口问。陈蕾一听就知道这是个外国人，因为他把"日"念得像"意"。

陈蕾笑笑："不是。我是中国人。"

"啊，系（是）吗？你在学习意（日）语吗？"他歪着头看那些日汉汉日词典。

陈蕾不好意思地说："我还什么都不会呢。明天开始上课。你知道哪本好吗？"

"啊，"男人伸出手来，取过陈蕾手中的词典，"我可以推荐你啊，相信我，我是意（日）本人。"

"真的啊？太好了！"陈蕾高呼。周围的人侧目，陈蕾不管不顾地说："以后我可以向你请教喽？"

"没问题。欢迎欢迎。"

两个人是一起走出书店的，而且还一起走回了校园。这男生是我们学校的日本留学生，姓齐藤，自我介绍说大学毕业后工作两年了，公司派他来学汉语，他在这儿已经待了八个月，从什么都不会到现在的衣食住行都没有太大的障碍。"现在生活得很轻松啊。"他悠然地说道。不过陈蕾觉得日本人不该把"日"字念得那么差，于是作为将来要麻烦他指导日语的回报，她一路上纠正了他好几回发音。其实陈蕾自己的发音也很成问题。一个杭州人，语言里没有 zh、ch、sh、r，卷着舌头说话的难度跟齐藤比不相上下。

陈蕾就和齐藤结成了"对练"。每周两个晚上，在齐藤的房间，第一个小时齐藤练汉语，第二个小时陈蕾学日语，还有齐藤冲泡的无限续杯的日本茶。那时候，即使是普通留学生也是两人一屋，但齐藤是公司派来的，公司实力雄厚，待遇优越，齐藤就可以一人一屋。房间很小，很简陋，这样倒更容易弄成日式的了。齐藤铺了地毯，又在五道口农贸市场买了几块草垫扔上边，再放个矮茶几，就可以盘腿而坐、席地而眠了。陈蕾与齐藤并肩同学，手中一杯热气袅袅的清茶，啊！陈蕾觉得她已经享受到了别样的日式风情了。

第一次走进齐藤的房间时，陈蕾被惊着了。地毯上除了中央的矮几和旁边一小块可以容齐藤坐下的空地，其余地方扔的全是衣服、课本、照片、浴巾、敞着口的旅行包、网球和网球拍、印着日语的食品包装盒、开了或没开的烟盒、许许多多的磁带、啤酒和咖啡罐，连鞋都有！齐藤拥有的所有的鞋！陈蕾一是震惊于这个混乱状态，二是震惊于这般不堪的场景他居然毫不顾忌，可以邀一个女人进来！陈蕾在门口呆立了一阵，没找到往里下脚的地方。齐藤却坦然，脱了鞋进去，在茶几旁扒拉出一个地方，招呼陈蕾坐。陈蕾于是脱了鞋踩着各种物品走上这自制的榻榻米，在一地物品的包围下就座。齐藤在一条里外翻转的牛仔裤底下抽出一根电线插头，摁进墙边的插座里，开始为客人煮水泡茶。陈蕾静候了一会儿，随即，女性的本能大发作。她起身，不向齐藤请示，便捡拾起四周的东西来。齐藤不急不忙地说："没关系啊，没关系啊。"陈蕾不听，麻利地拾掇。毕竟她在茶叶店卖过好几年的龙井茶。撮茶，秤茶，倒入纸袋，封口，牛皮纸绳横竖各两道捆扎，打结，断绳，最后是洒脱地递给客人。这一套动作行云流水，练就了陈蕾的身手，此地正是用武之处。

当水壶的水烧开，日本抹茶粉冲泡的清茶完成，陈蕾已将齐藤的房间换了个模样。齐藤盘着腿，端坐在矮几前，冲陈蕾鼓掌。"辛苦了！"他还慰问道。但是脸不红心不跳，神色倒是极平静极松弛，仿佛陈蕾收拾的这个房间与他无关，这些东西不是他丢弃的，凌乱和整齐也没有太大的区别。

为了优待外国学生，学院的暖气开放远早于整个北京市统一的时间，暖气、热茶，加上一阵的收拾，陈蕾额头就开始冒汗。齐藤问："很热吧？"陈蕾忙答："没关系。"齐藤倒像是热得更甚，不再说什么，自己却三下两下脱得只剩了个白色紧身背心。在深秋，还是让人挺不自在的。但陈蕾不打算把这当回事，人家是外国人，而且是在自己的宿舍，有什么呀？陈蕾便开始专心致志地教起汉语、学起日语来。

几次互换着练习以后，齐藤改变了原先让陈蕾辅导的方式，因为陈蕾帮不了多少忙。比如齐藤在课堂上学了成语"画蛇添足"，觉得很有意思，让陈蕾再教他几个类似的有故事的成语。陈蕾皱着眉，用笔敲着桌子，敲了半天，一个都没想出来，最后答复齐藤的是："没有了吧，好像有故事的就只有这一个。别的什么'起早贪黑'、'心不在焉'、'张灯结彩'，都没有故事的啊！"再比如老师布置齐藤写短文，齐藤想用含义丰富又准确的词，于是问陈蕾："一个人心里不太高兴但是不想让别的人发现，这样的意思可以用什么词啊？一个人紧张的时候，把他的身体上的不舒服都忘了，这样的意思可以用什么词啊？一个人觉得自己的能力比别人低，但是很努力还是没办法超过别人，这样的意思可以用什么词啊？"

陈蕾觉得齐藤的问题都是没有必要的问题，想说这样的意思，那就把整个句子说出来好了，干吗非得找一个词？上哪儿找这样的词去啊？面对陈蕾这样的回答，齐藤无奈地笑一笑，合上眼前的课本，爬到墙角一堆书籍杂志那儿，抽出一个大本子，翻开，"我知道汉语的词语很丰富啊，那，你能不能告诉我这种词还有吗？"

本子上已经密密地写下了许多：情敌、初吻、同居、情人、恋人、偷情、分手、情书、失恋、第三者、红娘、婚外恋、情妇、情夫、殉情、妓女、嫖客、狐狸精、一见钟情、暗恋、情欲、处女、外遇、蜜月、强奸、搞对象、花花公子……还有让陈蕾感觉尴尬的"畸恋"、"做爱"和"性感"。总之，都不是什么正经词。陈蕾脸发热，"啪"地合上本子，嗔道："你怎么收集这种词啊？"齐藤很严肃："这非常重要吧！非常有用啊！""有什么用？""跟我们人的生活有关系啊！你不是人吗？"对齐藤来说，这最后问出的问题完全没有像中国人说出来时那样的严重，但对陈蕾来说，似乎变成了恶毒的咒骂。陈蕾气坏了，起身，穿鞋，拉开门，大义凛然走出去，剩下齐藤莫名其妙。虽然他莫名其妙，倒是没有忘了一连声的"对不起""对不起"。

第二天，齐藤去敲陈蕾的宿舍门，不顾楼道里人来人往，向门内鞠躬："我不知道你为什么生气啊，不过我还是要说对不起。"

陈蕾来问我怎么办？这个日本人，下流是下流，可是又怪老实巴交的！真奇怪。要知道，在中国男人身上，下流和老实巴交这两种品质是绝对绝对不可能同时出现的。"你说我要不要原谅他啊？还要不要跟他对练啊？"

陈蕾比我大，还已婚，我怎么敢当她的人生导师？我好像既说了"外国人都这么开放，你别太在意"，也说了"你们还没认识多久，他就跟你说这个，真过分"之类的话，总之对陈蕾没什么帮助。最后陈蕾一咬牙，原谅齐藤了，一是再找到一个有兴趣对练、有合适环境对练的日本人也怪麻烦，二是这外国男人都登门道歉了，态度已经足够诚恳了。

以前我说过陈蕾是个雷厉风行的女子，同时她又是个聪明机智的女子。她计上心来，再去跟齐藤学习，就开始常常提老公郭文。"昨天我丈夫来信了""我不在家，我丈夫只好天天吃食堂""我丈夫脾气特别好，我们从来没吵过架""我丈夫是画家，在杭州已经很有名了""告诉你啊，有日本人高价来买我丈夫的画噢，不骗你"……齐藤抛开书本，研究起郭文来：他画什么样的画？他什么时候开始学画？日本人花多少钱买他的画？他的画一般有多大？他上过电视节目吗？……对陈蕾来说，最最爆炸性的一个问题是："要是我介绍你的丈夫去日本办画展，他愿意吗？"

陈蕾激动得如遭雷击！万万想不到，她力排众议、一意孤行地前来学习日语，平假名、片假名还没认几个，眨眼就替郭文铺开了一条锦绣前程！郭文要扬名世界了！这个功劳巨大到像是她给了郭文一次新生命！如果不是盘坐在地有难度，陈蕾肯定会当即蹦起来。

于是陈蕾回答："当然愿意！怎么去？你能帮忙？"

齐藤肯定地点头，在陈蕾目不转睛地盯视下考虑了一会儿，做出了一个决定："请你的丈夫寄来他的作品吧，我想看一看。寄五幅，不，十幅，十幅他最满意的作品。没问题的话，我马上联系一个有名的美术馆，会长是我爸爸的哥哥，汉语是——伯父，对吧？"

那天第二个小时的日语对练，陈蕾学得无比专注和振奋。因为，不用多久，她就得当仁不让站出来，充当郭文的日语翻译了。他们在日本的生活、他回答观众和记者的提问、他阐述他的画作，哪一样离得了语言？时间，已经不多了！

北京的冬天是一夜间到达的，虽然暖气已经开通好多日子，我们都有了思想准备，但某天早上去教室的路上，迎面而来的风突然变成了一把把锋利的小刀，还是让人慌乱畏惧。陈蕾来找我，邀我同去邮局取件。因为预想是很大一包，她要我推上自行车。我这才得知包裹寄来的原因。凛冽的风也没有让陈蕾闭上嘴，她一路怨郭文："天上掉下来的好事，这个男人怎么就不明白！害得我打磁卡电话都打掉了一百多块钱！里里外外上上下下给他分析了无数遍，磨蹭了这么长时间他才肯寄来！冬天都到了！他要再想两日，我都要回家过年了！齐藤的那个伯父要是身体经不住，看你到哪儿后悔去！"

怨是怨，看到那个大邮包防水防火防破损、安全措施极完备地寄来了，陈蕾脸上满是喜悦。即使看到极高的邮费，都没有让她的笑容减一分。

我用自行车把包裹径直带到齐藤的宿舍楼门口，陈蕾抱起它，快活地上台阶，扭过身对我说："阿灵，把你冻坏了，快进去。哪天找你一起吃饭。"她穿着米色外套的背影进了楼。我没有立刻骑车离开，因为我在想：如果换成姐姐阿瑾，她会这么做吗？会这么果断豪迈地为郭文开辟前程吗？大概不会。她无论多么爱郭文，大概都不会这么做。在这点上，陈蕾到底还是让人佩服的，虽然她抢走了我的"姐夫"。

把画交到了齐藤手中，听到了齐藤的赞美，并且协助他第二天回到邮局办理海运，让郭文的十幅画漂洋过海奔向日本。从拿到柜台里递出来的收据起，陈蕾就开始了急切的等待，等待那个齐藤老爷爷的答复。那个齐藤老爷爷，艺术眼光必定锐利无比，心胸必定宽大仁厚，绝不歧视中国人，同时也必定跟陈蕾一样是个急性子。当他一打开那些画，他会第一时间惊叹，第一时间传令下属立即召唤那个叫作郭文的画家东渡日本。他一分钟也等不得。

陈蕾恨不得天天去见齐藤，每次敲他的门都想象来开门的齐藤第一句话是语速慢悠悠的"你丈夫的画不久就会挂在日本的美术馆墙上了"。她还开始盘算怎么感谢齐藤，这么大的恩情，什么礼物能匹配？杭州最好的丝绸被面？狮峰山上的龙井茶？还是雕刻得发丝般细的檀香木扇？好一番盘点，陈蕾还是嫌这些代表杭州的顶尖特产不够分量！哎呀，简单啊！让郭文画一幅画送给他嘛！郭文的画都上了日本大美术馆的墙了，价值还不远超顶级龙井？

下雪的一天，宿舍的管理大妈在喇叭里喊我的名字，说门口有人找。我跑出去，吃一惊：是陈蕾。她还需要用喇叭把我叫出去？我不明白她一反常态不进来的用意，瞬间又想到了一个理由，她是要请我出门赏雪吧？瞧那天空中还在摇摇摆摆洒落的大片雪花，哪里是杭州的那种一落就化、弄得人湿漉漉、弄得地滑溜溜的雪能比的？但是不对啊，陈蕾神情黯然，眼珠子定定的，像是都不会转动了。

"你陪我走一走，我有话跟你说。"她对着我眼前的地面说话。

情形很异样，我不敢发问，只说："那我去加件衣服来。"

我们走在雪地上，宁静的校园。前方传来打雪仗的笑声，宁静更甚一层。我等着陈蕾开口，陈蕾一直不开口，只有我们脚下"咯吱咯吱"把雪压实的声音。走到篮球场边的长椅，她坐下。我当然陪着她坐下，顾不得去管屁股下的冰凉。

"我今天去找齐藤了。"陈蕾的开场。是的，这不奇怪，我知道你经常去找齐藤的。你们不但要对练，还因为那些画。也因此，这么开场是奇怪的，我不搭茬，默默听下去。

今天陈蕾去找齐藤了。因为下雪，学校体贴地加大了暖气的力度，使得齐藤的房间暖如阳春。陈蕾问那个问了许多遍的问题："你伯父那儿有消息吗？"齐藤则同样地微笑着摇头："请耐心吧。我的伯父需要时间。"

"我知道，我知道。我可没有催你的意思哦。"

"我伯父的美术馆很大，很有名，有很多画家的画要选择和决定。"

"你觉得郭文的画真的能被伯父看上吗？"

"啊！我希望这样！我希望现在我是我的伯父。"

陈蕾笑了，为这温暖贴心的话。

齐藤扭头看了看她，一时没说话，好像费心思考了几秒钟，最后呼出一口气，下了决心一般，说：

"我在帮助你，你也应该帮助我一下。"

"那没问题，你说，我能帮你什么忙？"

齐藤真诚地严肃地苦恼地皱着眉回答：

"我是一个男人，我一个人在这儿学习，没有女朋友，很辛苦啊。"

陈蕾笑："我在这儿可不认识什么朋友啊！以后你去杭州吧，到了杭州，我就能给你介绍女朋友了。"

齐藤则是苦笑："我说的是别的辛苦啊。"

"你是说没人帮你做饭洗衣服什么的？我会！我帮你！"

齐藤看一眼陈蕾。为了让陈蕾易于理解，他把盘在茶几下的腿抽出来，伸直，开始脱起裤子来。脱了长裤，露出内裤，隐隐的鼓突虬结的一团东西。陈蕾脑袋一片"嗡嗡"声，手脚霎时僵硬在那里，连血液都吓得不敢流动。

但是有什么办法呢？那些画，远在日本的画，此刻就是质押品啊！

雪花还在飘着，坐在积雪的长椅上的陈蕾，眼角的一串泪像是被冻住了，长久地停留着，不再往下滑。

我低声问："你打算怎么办？"

陈蕾扬起胳膊，抹掉那些泪："我好多了——跟你说了以后。"

陈蕾第二天没去齐藤那儿，但是也不能不去啊。既然他没有来道歉，四天以后，陈蕾只能主动出现，敲他的门。陈蕾想不通，这回的事情难道还比不上上回的"色情词"事件？上回他可以登门说"对不起"，这回他居然能风平浪静、按兵不动！而当他打开门，再次面对陈蕾时的表情更像是个无辜到底的人，甚至还有"外交辞令"等着陈蕾："啊！好久不见啊！欢迎欢迎。"陈蕾低头弯腰脱鞋，倒像该她愧疚。

他们继续对练，一个小时练习汉语，一个小时练习日语。齐藤快要期末考试了，因此学得格外用心，几页纸上写满了用生词造的句子，让陈蕾检查修改，改完了自己还要读一遍，以加深印象。陈蕾望着他心无旁骛的侧影，完全无法跟四天前那个主动脱起裤子来的人重叠在一起。那就别把现在的他当作四天前的那个他了，这是两个人！不搭界的两个人！她是不必把那个人的罪过加到这个人身上的。

学习结束时，齐藤向陈蕾要求接下来的一周暂停对练，他要专心应付一天一门、一共四门课程的考试。陈蕾答应着，心想，也好，一周以后来听那些画的消息，得到答复的可能性至少有80％了吧？强迫我耐心等待，到时突然来个大惊喜，生活时常就是如此。

陈蕾乖乖等了七天。她学的课程不考试，照常上课，但是她以面对考试一般的态度上着每一堂课。她付出的代价，已经不允许把日语课当作一场玩闹了，否则，就意味着她把自己又糟蹋了一回。老师常对她翘起大拇指，号召大家向她学习，还让她介绍进步飞速的秘诀。陈蕾谦虚地对大家说："也没什么秘诀，就是我老想象过不了多久我就置身日本了，四周全是日本人，没一个能懂你的，这么一想，就有动力了。"同学们纷纷点头，赞同敬佩，但是接下来一切照旧。谁有陈蕾这般的遭遇？

齐藤考完了。陈蕾敲他的门时，有些按捺不住的紧张。如果是坏消息，怎么办？不会的不会的，什么时候有人怀疑过郭文的水准？如果是好消息，那么那件恶心事就一笔勾销了，正如他说的，他也苦嘛！就当是化身观音菩萨解救了他一回吧。敲了许久，齐藤没有应门。陈蕾就从包里取了张纸，给他留言，告诉他晚上她再过来。正写着呢，隔壁的门开了，一个男孩出来，也是个日本人，打过照面点过头的，看到靠在门上写字的陈蕾，停下脚步道："他回国了。"

陈蕾吃一惊："你是说住这儿的齐藤？"

"是啊。昨天下午离开的。你可以给他写信吧。"

"他什么时候回来你知道吗？"

"他不回来了。他的东西都分给朋友们了，我有他的电水壶，还有他的雨伞、地图、网球。"

这话让陈蕾由惊而慌了："你有他的地址吗？"

男孩摇头，再点一下头，表示告辞，走开去。

写了一半的留言条不必再写下去了。

陈蕾再也没见到齐藤，再也没见到郭文的那十幅最美的画，直到今天，她四十三岁的今天。也许余生还有机会见到吧？谁知道呢。那个人、那些画，毕竟还是在这个世界上的。

很久之后，我才知道这件事。我还一直以为陈蕾没再向我提起郭文赴日的事只是因为此事不成，她不好意思提而已。要知道，那个代价！

阿瑾，陈蕾

那场雪还没消融，第二场雪还未降临，我竟然收到了一封陈蕾寄自杭州的信！信写得很简单，说她妈妈突发急病，她得赶回去照料，因此来不及跟我道别就走了，对不起。我回了一封信，问问她妈妈的病情，没有回音。也就算了。她和姐姐的微妙关系，我就别跟她太近了。

寒假我回家。我已经沾染了北方的粗犷，脸蛋红红的，胳膊腿儿都结实了，拖着大旅行包也不喘。出站口见到父母，我问："阿姐呢？"我知道她是要和严一明先到父母家然后一起过来的。父亲皱眉道："临出门，两个人闹别扭了。"母亲一挥手打断："又不当真，没啥大不了的。回家再说，回家再说。"

快到家门口，听到我们的脚步声，他俩倒是微笑着来开了门。一前一后，各对我笑。那种各顾各的笑容让我心里不太舒服。

半个小时后，全家就围坐着吃晚饭了。终于吃上了想念半年的家乡菜！腊笋蒸肉，黄鱼鲞，冬腌菜，油焖笋。有了这些菜，我就不去管他们怎么样了，呼噜呼噜地扒饭，转眼要盛第三碗。

严一明开口道："这么能吃，以后会不会吓着婆家？"

我知道这是玩笑，没什么的。可是姐姐突然冲出来帮我反击："阿灵怎么会找一个吃点儿饭就被吓着的婆家？那样的婆家，就算了！"

姐姐的语气挺吓人，我反而替严一明揪心。没想到严一明还是笑嘻嘻地接道："我是说幸亏噢，现在大家都能吃饱饭了，要是旧社会，阿灵就危险喽。"

姐姐从鼻子里哼一声："操心旧社会的事，真是闲！"

凭严一明的这两句话，我想，他们俩怎么还能闹别扭？只能说是阿姐单方面地发脾气吧。他只是受着，顶多回几句下台阶的话而已。

母亲一旁另起了话题："阿灵半年没吃小笼包了，明天我们去知味观。"

"知味观啊？好的好的。"严一明顿了顿，接道："不要明天去，后天去！"

姐姐瞪他一眼："发神经！给阿妹接风哎，你怎么不建议两个月以后去？！"

母亲要帮帮女婿了，对姐姐不满地说："你听听小严怎么说嘛！总有原因的——明天小严走不开啊？"

严一明揭谜：“后天星期一，杨翔上班，他在总可以打个折扣。”

“杨翔？谁啊？”父亲问。

“我小学同学，在知味观上班，已经是店面副经理了。我们交情不错的，找他要个内部价应该没问题。”

姐姐一声笑：“你怎么杭州城哪里都想要内部价啊？”

母亲对阿姐生气了：“要个内部价有错啊？小严帮你省钱还不好？”

“好！好！”姐姐不争辩了，埋头吃饭。

最终我们还是听从了严一明的安排，后天去。有小争论，无大分歧，能省钱毕竟不是一桩坏事。我们分别前往。知味观离父母家不远，我们三个那天先到了店堂，坐下了不敢点，傻傻地等了好久，姐姐和严一明从他们自己家过来了。服务员送上菜单，严一明当仁不让地接过，翻了两页，不急着点，仰头问等候的女孩：“杨翔在吗？”

服务员听了发愣，没接话。

严一明温和一笑：“你们的副经理啊！杨翔。”

“噢，噢，”女孩反应过来：“在，在。”

“在里面啊？那我先去找找他。”严一明放下菜单，没跟我们众人打声招呼，起立走去大堂里侧。留下座位上的四人和等候写单子的服务员。大家都不作声地目送严一明的背影，又一起把视线收回来，场面有些尴。

女服务员看看我们，判断出我们几个都不是拿主意的人，收回桌上的菜单，返身回去了。等她走出几步远，姐姐喊起来：“喂！

我们要点菜！"

我们点了三个冷盘，五屉小笼包。冷盘来了，严一明还没来。

姐姐说："吃吧。吃吧。他要是跟同学叙起旧来，我们得到什么时候？"

母亲说："本来就是冷的，不怕冷，等一等。"

父亲说："这个小严，哪里的人都认识，下次问问他认不认识柳浪闻莺收门票的人。"

我说："内部价到底是个什么价啊？认识知味观的人就能吃到内部价？"

严一明回来了，兴冲冲的，未落座就通报："杨翔在里边，跟他说好了，内部价！我知道有内部价的呀，开始他还不肯松口，说没有这种价——老同学了，还是卖我面子的。"

父亲凑近，放低声量问："内部价怎么个吃法？"

"打八折。"严一明道。

五屉热气腾腾的小笼包摞着端上来了。小巧的包子，节日礼花一般的皱褶，聚集到中心，中心张着圆圆的小嘴，嘴里还兜着从里面溢出来的馅汁。大家暂时将内部价搁一边，同时伸筷子，从垫子上一个接一个地夹了往嘴里送。粉色的紧紧团拢的鲜肉在嘴里爆出汤汁和浓香。啊，冬天成为了最可爱的季节！

一忽儿，高高叠着的笼屉各自平躺下来了，每个笼屉都空荡荡的。大家意犹未尽，四下张望。母亲突然发现了什么，捅一捅阿姐的胳膊："哎，一屉多少个你们数了没有？我感觉人家的多哦。"

大家都去看临近食客的笼屉，嗯，添上那已经被夹走的一个，一屉十二个。我们的是多少？没有人数过，于是大家凑近了仔细看垫子上的痕迹，像侦探一样。其实不需要侦探那么费力，马上得出结论了。我们的一屉是十个！

严一明的脸涨红了，起身说："我去问问杨翔。"

"这不是很清楚嘛！"姐姐虽然压着嗓门，力度却十分强大，"你要吃内部价，人家又亏不起，只好用这个办法来应付。"

大家都安静了，安静地盯着空荡荡的笼屉。

过了许久——心理上的许久，因为很安静——严一明开腔："算一算呢，我们也没亏。十二个给了十个，数量上打了八三折，不过我们钞票只要付八折。"

我没算过这个账来，我猜姐姐更加算不过来。她家有一个这么会算账的人，还需要她吗？况且她从小数学就没有我好。

回京的前一天，我在湖滨的工艺品商店闲逛时，突然在门边看到了一张海报：《画梦——郭文水彩新作展》。海报左下角预告了展览在十天后南山路上一家美术馆。在我家被父亲的几句话弄得局促不安的那个郭文现在是黑白照片上的侧影，沉思的，坚毅的，线条更加俊朗，像是在宣告是我的父亲把他从男孩变成了男人。

回家的路上我一直在心里纠缠不已。到底要不要把这个消息告诉阿姐？她是得知郭文的近况比较好？还是从此遗忘这个人比较好？再过一天我可就要走了！

这个本来是对杭州人民公开的消息被我当成了秘密，藏了一晚上。

第二天，是姐姐和严一明送我去的火车站。在拥挤不堪的候车室，我决定把这个包袱扔下，扔给她，我不想背着它去北京。
我跟姐姐说："你陪我去趟厕所。"姐姐面露痛苦："这儿的厕所多脏啊！你上了火车再说吧。快了。"我说憋不住了，拉了她走，让严一明看着东西。

离开严一明十来米，我说："郭文过几天有一个画展。"姐姐接道："我知道。"

也好，我们不用去挤臭烘烘的厕所了。

姐姐还是走进了那家美术馆。离闭馆还有半个多小时，展厅很清静，看画的人都是单独来的，分散在不同的画幅前。郭文的画布了三面墙，小的如一本摊开的杂志，大的同一扇窗户。杭州对画家来说也许是一个最好的居住地吧，老巷、石板路、梧桐树、西湖夏天的荷花、保俶塔夕阳下孤独的塔尖，一年四季，每个角落，有慧眼的画家都可将它们入画。姐姐被一幅尺寸有半人高的画面吸引了，它跟其他画不同：画面右下方是一个男子的背影，穿着现代的衣服，手撑一把旧式的油纸伞；左上方与他遥相对望的却是一个古装女子，堆叠的发髻，蒙蒙雨雾中还在荡漾着长长飘带。画的名字是《断桥》。

真正的断桥离姐姐身处的美术馆不远，走上一刻钟也就到了。谁都知道许仙和白娘子的故事，不过，那把本该由白娘子撑着走过来的纸伞现在却被握在男子手中，又加上画中人一个现代一个古装，于是画面从"相逢"变成了"离别"，别得彻底，隔得遥远，真的是"断桥"了。不知为什么，姐姐在这幅画前站了好久。

"是阿瑾？"有人在姐姐身后问。

姐姐回头，看到了郭文。他的头发比原先长了很多，俨然是一个艺术家的样子，不过，他的神情和眼神一点儿都没有艺术家的劲头。他问出那句话，看到姐姐转过头来，好像还不能肯定那是阿瑾，还在等着姐姐的答复。

"我以为不会碰到你的，今天，我才来。"姐姐语无伦次。

"我也以为不会碰到你的，"郭文看一眼《断桥》，"你喜欢这幅画？"

"不是喜欢不喜欢的问题，我又不懂画——你过得好不好？"

郭文浅浅一笑："不要问这种问题，怎么回答都不合适。"

姐姐后来转达给我他们之间的这四句话，为什么记得这么清楚？因为每句话都是"不""不""不"：不会，不是，不懂，不要，不合适。真是伤心啊。人伤心的时候不知不觉说出来的全是"不"。

两个人一时都静静地盯着那幅画。然后姐姐说："你什么时候再开画展啊？那个时候我再来看。"

"办一个画展很难很慢的。"

姐姐点点头。两个人在平淡如水的话语中道了别。好像陈蕾不存在。

陈蕾此时真的没在这个城市。她突然要做生意。从北京回家，很快地宣布了自己的决定，很快地拒绝了家人的劝阻，拿着不太多的创业资金去做生意了。她没有确切地告诉行踪，但是每隔一阵，郭文还是能收到她的信。从辽宁寄来的，从山东寄来的。三四个月后，陈蕾来了一封信，从安徽寄来的，要求离婚。郭文知道那十幅一去不归的画使陈蕾愧疚万分，使陈蕾无法面对他，这是非要出门去的原因吧？但是，总不至于因此要离婚。收到这样的一封信，郭文突然无比怜惜自己的妻子，检讨起自己的言行来。

从北京回到家，放下行李，还站在门边呢，陈蕾就对郭文说："郭文，随便你怎么骂我，打我，你的画被我弄丢了。"

郭文不明白，好好的，一大包，有名有姓的日本人，怎么会丢？

陈蕾只用一句话解释："那人是个骗子。"除此，再没有别的话说。郭文打听详情，想各种追回的主意，陈蕾都用"那人是个骗子"来回应。没办法了，就是被骗了，这就是事情的最终结果，不要再追问了。郭文于是沉默了几日，彻底的沉默。从早到晚，包括在床上，如同陌生人，不不，如同对方是隐形人。然后陈蕾出门做生意去了。也许是那几日的沉默伤了她的心？为自己最珍爱的十幅画而沉默气愤不是很正常吗？那也可以大叫大嚷说出来嘛，可能这样她更能接受？

郭文反省，但不能给陈蕾写信，信封上从来没有详细地址；郭文也不能给她打电话，那时候找人只能打到单位。郭文只好在家里等，惶惶地等陈蕾的下一封信说什么。

陈蕾的下一封信来了，没有字的信，只是一张照片。陈蕾在海边，与一个男人！男人搂着她的肩，她搂着男人的腰，他们的头发被海风吹得飞扬起来，青春，激情，甜蜜。郭文不是愤怒，是迷惑。他使劲儿观察陈蕾和那个男人的脸，想找出照片后的答案，找不出。他用图钉将照片钉在墙上，周围画了满满一圈问号。

之后陈蕾的信件越来越密集了，都是她和那个男人的。他们依偎在长椅上；他们一坐一立对着镜头笑；他们的手牵在一起；男人将双臂环住怀里的陈蕾——那个时代尺度最大的造型。

郭文明白了，找到答案了：陈蕾想激怒他。照片上的这个男人，或许是陈蕾付了点儿钱找来的模特，她只是想让郭文痛快利索地答应离婚。陈蕾应该是马上就要回来了。

当陈蕾坐在郭文面前，毫不胆怯毫无愧意，静等郭文发落时，郭文倒保持住了平稳的心情，用预先设计好的策略让她细细讲来他们相识与相恋的过程。郭文料想，如果那男人只是陈蕾要离婚的借口，陈蕾是绝对编不好他们的故事的。

陈蕾开始讲他们的故事。

他叫曾晓峰，我们在火车上认识的。我去济南卖缎子被面，只买到站票。他心好，把他的座位让给我坐，而且坚决不让我还给他。整个晚上我趴在小桌上睡，他呢，坐在地上，脑袋靠在一个大包裹上，就是这么睡的。他是济南人，在济南还把我介绍给他的朋友，帮我运货卖货。他以前谈过一个女朋友，脾气特别大，说不到一起。他怕我一个人在济南孤单，有空就来陪我。哦，他是文化宫的宣传干事。我跟他认识一个多月以后，他就请我去了他家。他们家里人都特别好，他有个妹妹，叫晓铃，很可爱，跟我关系很好。后来我就常去他家了，他父母都喜欢我，不过他们不知道我结婚了。晓峰说现在不能告诉他们，毕竟老人的观念不一样。等我离了，就好了。郭文，你还有什么想知道的？我都可以告诉你。

郭文木木地听完。这么具体，这么细微，陈蕾说的每一句，他都用一个画家的思维想象出了画面。火车上一个男人在陈蕾脚边斜倚着入睡；他突然出现在卖被面的陈蕾面前，陈蕾两眼放出光芒；他们一家与陈蕾在饭桌上其乐融融……郭文的思维停在那儿，暂时不知道该往哪儿想下去。

陈蕾最后用一句话扎醒他："我们在一起了。"

一句又含蓄又是明明白白的话。

"那么，好，陈蕾，只能离婚了，我们。"

各自收好了离婚证书，陈蕾搬回父母家去。在跨出湖山画院分给他们的这间房子前，陈蕾对郭文说出她觉得最最要紧的话："郭文，从前男人娶老婆总要有聘礼的，那十幅画就当是你娶我的聘礼吧。聘礼是要不回去的。你别放不下了。"

郭文听懂了，不是因为那个什么曾晓峰，而是因为那些消失的画，陈蕾才离开的他。

陈蕾回到了六号院，隔条马路，斜对面就是我的家。只是阿姐离开了，跟严一明住到了义井巷。不然，他们准会在第一天就撞见，不是在马路上，就是在菜市场，要不就是在烧饼油条铺、酱油店或者杂货店。活动范围是这么小，整条马路上的人彼此都认得，何况离婚是多么惊人的事，多么丢人的事！不用几天，所有人都知道陈蕾离婚了；不用几天，阿姐和严一明也知道陈蕾离婚了。

有天晚上，严一明的几个朋友来家玩儿，铺了桌布打扑克，阿姐在厨房给他们煮汤团当夜宵。汤团浮起来了，要出锅了，牌桌那边却哇哇地吵上了。原来是有个人把手里的一张烂牌悄悄塞进袖管里，被揭露了。大家纷纷要求严惩，让他交罚款，他不肯，一对三，竟然势均力敌，房间里的声音盖过了天花板。阿姐端了四碗汤团过去，严一明一见，气急败坏："不要给他吃！他是个无赖！"阿姐觉得好笑，不理他，把碗一一搁到牌桌上。那个作弊的想着正好可借此躲避一下大家的锋芒，就端起碗拿起勺。没想到，向来脾气温吞的严一明一掌挥去，打落那人嘴边的碗，烫着了那人的舌头，还泼了一桌子的水，扑克都湿透了。

气氛就这么急转直下，不可挽回。牌局散场。

阿姐不去收拾，望着地上那一个个瘫软的糯米汤团，恨恨道："丢死人丢死人。你像不像个男人！"

严一明开始找抹布，擦桌子，边清理边辩解："我怎么不像男人？是他不像男人。"

"他像不像男人我不管，你不像个男人，你把我的脸面丢光了！"

严一明把抹布向桌上一甩："我这算什么？那个郭文离婚了，不是更加丢人？！"

这句话冲出口，两个人都愣了一愣。

然后阿姐怒喊着："郭文比你好一千倍！一万倍！你别想跟他比！"

严一明突然用无比冷静无比平缓的语气说道："朱瑾，有一件事你要搞清楚：郭文、绝对、不是、为了你、离的。你不要得意。"

严一明要用这样的腔调说话，也许是想结束这场争吵，也许是想加强权威性、无可置疑度，但是他得到的结果是：阿姐拉开门，跑了出去。

这是秋天的深夜。路上几乎没有一个人。除了几盏路灯发出的光，两旁居民的窗户里都黑黢黢的。有电视的人家也该睡下了，因为所有的节目都播完了。不会再有公共汽车了，姐姐在巷子口孤零零地木木地站着。她一点儿也没感觉到阴森恐怖，她的心里填满了各种各样的痛，根本没有空间容纳害怕。一辆自行车慢悠悠地骑过来，姐姐迎上去，请骑车人带她去葛岭。她付钱。那是一个煤球厂下中班的中年人，竟然同意了，让姐姐跳上他的车后座，他"咣咣"地用力蹬起来，在夜色中声音大得像坦克开过。

就像姐姐知道郭文的画展在哪儿开，她也知道郭文在哪儿住。关于郭文，她其实什么都知道。她敲开葛岭山脚处属于画院的一间宿舍，面对门里的郭文，姐姐问：

"你离婚，是因为我吗？"

郭文在这个夜晚，被姐姐朱瑾敲开门，问出这样一个问题，他静默了好久。他的手还放在门把上，他还没把姐姐请进屋呢。

郭文回答："不是。"

严一明意识到事情严重了。过十二点了，姐姐还没回家。他不敢去我父母家找，如果姐姐在，他需要对付三个人；如果姐姐不在，两个老人不但要劈头盖脸骂他，而且骂完说不定需要立即送医。严一明惶恐地动了一圈脑筋，想到只能去找陈蕾。不管陈蕾算是姐姐最亲密的朋友还是最仇恨的情敌，总之，严一明激怒姐姐的那句话，是跟陈蕾有关的。

西湖岸边的下半夜，仿佛是另一个世界。野鸭水鸟在沉睡中，夜色下波光涌动，树荫森森，一切都无声无息，却有三个人在分头寻找朱瑾。郭文，陈蕾，严一明。

听到郭文那仅有两个字的回答后，姐姐不再说什么，跑下石板台阶。等郭文随后冲出去追赶，浓浓的山影树影乌黑一团，早已把姐姐的影子淹没了。

陈蕾往孤山方向找，严一明往里西湖去。他们都不敢发声呼喊，那会惊吓湖边的住家，而且，深夜里一声声喊着名字，感觉很不祥。

从葛岭跑下来，姐姐已经不辨方向，只要前方不是湖水，她都会迈出腿去。走累了，她在湖边长椅上坐下。她感觉不到冷，相反，这一整面湖安详地守护着她，温润的气息，摆荡的水纹似在无限同情她、轻轻抚慰她。这寂静无人的夜晚，只有自然懂她，陪伴她。想到此，姐姐呜呜哭起来，哭声一出，再无法抑制，啊啊——变成了号啕大哭。

哭声的间隙中，姐姐听到有人在叫着她的名字："阿瑾，阿瑾，是你吗？"小心翼翼，颤颤巍巍，生怕惊扰了她似的。阿姐抹一把眼角的泪，转头去看不远处走来的人影。一个女人。再走近些，可以肯定了，是陈蕾。

陈蕾在阿姐身旁坐下来，抓住阿姐冰凉的手："你有什么伤心事，在家里哭好不好？深更半夜到湖边哭，你把我们吓死了！"

这话似乎再次惹起心伤，阿姐又忍不住喉头发紧，眼泪接着淌。

"杭州有个西湖，是好。是风景好啊！不是为了烘托你的伤心的呀！要是伤心人都来这里哭，西湖边天天晚上围满人，湖水要漫上来了！"

这话又差点儿让人哭不下去了。

陈蕾这刻想到了严一明："你老公还不知道在哪里找你呢！你跟他吵架啊？"

阿姐摇头。再摇头。断续地摇头。

阿姐的手还被陈蕾握着，现在暖和一点儿了。两个人都默默地望着眼前的湖水，一时不知说什么好。这一刻之前，这两个曾胜似姐妹的人绝想不到她们会在这样的时间和地点坐到一起。

好一阵过去了，陈蕾低声说道："你别恨我了好不好？我都跟郭文离了。"又似恳求又似赔罪，听起来好像郭文是个玩具，被一个手快的女孩先抢了去。

阿姐抽抽噎噎地问："你，为，啥，跟他离啊？对你，不好，对他，也，不好啊。"

陈蕾松开那只握住阿姐的手，从阿姐的胳膊底下绕进来，挽住她，却没有回答。

阿姐站起身，顺带着拉起陈蕾："走吧，回去吧。不想了。男人就是让人伤心的，伤心的方式不同而已。"

母亲出院了。全家三人齐齐出动，把她接回家。多少年，我们一家没有这么团聚了。

姐姐提议包馄饨吃——其实不该说"提议"，是"要求"。于是我出门买馄饨皮儿，姐姐剁肉，母亲掌握肉馅的味道，父亲在一旁指点评判。四个人好像玩起了过家家。当一个个小小的半透明的馄饨盛在白瓷碗里端上桌，翠绿的小葱点缀其上，大家呼噜呼噜吃起来时，母亲却又伤感上了："阿瑾，你在巴黎怎么过的啊？连馄饨都吃不上的地方，你还是回来吧。"

姐姐笑："唐人街什么都有，就是味道不够正宗。不过，说到底，离开杭州，什么地方都吃不到正宗的味道。你问问阿灵好了，北京有没有这么好吃的馄饨？"

我对母亲说："你不用去看地图，其实北京和巴黎离杭州一样远。我们两个赶到你病房也没差多少时间啊！"

母亲直摇头："那不一样。不一样的。"

姐姐跟严一明离了婚，从义井巷的那间房子搬回了父母处。

这条巷子里的风景变得有趣了。有两个二十出头的年轻漂亮的离婚的女人居住在此。这巷子的风水是不是有什么问题啊？邻居们如常地跟陈蕾父母和我的父母往来，单单疏远陈蕾和姐姐。当然没有人愚昧到以为她们邪恶、不洁、魔鬼附身，人们只是觉得这两个女子跟他们不是一类人，谈不来，如果硬要谈，话题还得躲躲闪闪，怪拘束的，那就远一点儿吧，给彼此方便。那一段时间，阿姐和陈蕾倒像又回到了少女时代，星期天同去看《小花》啊，《庐山恋》啊；去花布柜台选了一样的花色，做一样的裙子；互相给对方剪刘海，理发店都不必去。直到两年后，公司派阿姐去了在法国的办事处。

在法国的十一年里，阿姐永远清清楚楚记得两件事。一是有一天她应邀去参加法国同事的生日餐会，郭文竟然迎面向她走来。一条牛仔，一件浅灰条纹衬衣，仿佛陌生极了，又仿佛还是那个在家具公司设计新式样的青年。在惊讶的同时，姐姐还注意到他的右手腕上沾着一抹颜料。另一件事是跟郭文在一个咖啡店见面，东聊西聊，工作啊、天气啊、生活啊，然后出乎意料地，郭文说：

"阿瑾，你还记得那幅画吗？我们在西藏，被风刮进湖里的那幅画。法国有很多这样的景色，我想再画一幅，送给你。"

说过那句话不久，他们搬到了一起住。

那张与高原风光极其相似的油画现在就在他们的客厅墙上。画的虽是法国山景，阿姐每次望到，总觉得那是西藏。还有，总要想到陈蕾。

那幅画一直挂在那儿，郭文一直不知道陈蕾离开他的真正原因。虽然阿姐已了然，但她终于没有吐露。不为什么，如同油画，最好不要贴近了看，那样会很不好看。远一点儿，虚一点儿，才有美感。

"这么有滋味的馄饨，再来一碗吧。"阿姐起身去厨房。

不 信 时 间 能 治 愈

四月里的一个星期三，我不是特意请的假，是正好轮休。丈夫上班，儿子上学，我就一个人了。

今天是母亲的忌日。

我没有告诉小学三年级的儿子，丈夫也该不记得这个日子。这么多年了，何况偶尔跟他说起时，我只说母亲是那天走的，最粗略地带过原因。这种事，他不好深问下去。

吃了早饭背上包，丈夫带着儿子出了门，我在门口跟他们说再见；等他们进了电梯，我就跑去阳台等。一会儿，一大一小两个背影走出了楼门，走入小区甬道。两个人的手牵得好好的，高矮差好远，可是步态那么相像，我不禁微笑。两人拐弯了，往学校方向拐去，我看不到了。不过我趴在栏杆上好久，转不过身来。

我好像看到了二十六年前的我——瘦小，穿浅蓝罩衣深蓝裤子，梳两条辫子，虽然在读小学六年级，跟现在的孩子比，无论是身体还是心智，大概都类似小学二三年级吧。假如二十六年前，我能陪着她走那条漫长的凄凉的路，静静地，牵着她的手，给她一点儿温度和力量，那该多好啊！她就不会孤孤单单，不会有那样的命运吧？

母亲的忌日其实不是我走那条路的那天，但我的记忆像一张洇湿的水彩画，那上边的颜料已渐渐溶成一团，分不清边界了。如今我时常以为，我从那条路上走回家时，母亲死了。要使劲儿想，才能说服自己，其实这两件事中间隔了一天。

那条路，叫松木场路，现在一定不存在了。拓宽了，整治了，或许都在上面盖起了高楼，而且必定已经属于市区了。那一年那一天，我独自走在那儿，它有多荒凉！两旁全是农田，或者树，或者孤零零的厂房。路面是碎石和粗砂混合，走在上面嚓啦嚓啦响。路基边一丛一丛野草，也是跟今天一样的风，风过来，野草就哗哗地倒伏、直起、倒伏、直起。我一路走去，遇见极少的人。几乎都是骑着加重自行车从旁掠过的农民。其中的一个骑车人，我是不会忘的。

今天是母亲的忌日。据我妹妹说，我父亲还好好地活着呢，还一人住在老家那个老旧的居民区里。我离开他已二十年，我不跟他说话已二十六年。我也从不主动向妹妹打听他的消息，她愿意说一点儿，随她，我听了也不回应。她能告诉我的也不多，因为她定居上海，有丈夫有女儿的，只是周末打电话问一下他。"问一下",我不愿意用"问候"这个词,这个词太温情,没必要。

丈夫怎么看这件事?我是一个没有了母亲也像是同时没有了父亲的人。结婚前后,他试图跟我父亲见面,翁婿之间做热烈的沟通,彼此亲如父子,我想了几日,对他说:"父亲再婚了,他和那个女人想过自己的日子,不想跟我们往来,双方都有子女,关系难处。"——一劳永逸的说辞。我再不必为此烦恼。

我离开阳台,走到卧室。床头柜靠墙边立着母亲的黑白照。年轻时候的照片,二十多岁吧。她走的时候也很年轻啊,比现在的我还小两岁。明亮的眼睛,温婉的笑容。我母亲很美,如果说我有美的地方,那全来自母亲。她在市图书馆上班,新书来了,要登记造册,还要在每本的书脊上贴一张红框的小纸片,她不做别的,她专写那些卡片、标签、编码,每一个数字都一样大小,每一个汉字都像是印刷体。不知道是工作让我母亲一丝不苟一尘不染,还是由于母亲的性情才让她承担了这个工作,总之,我的母亲是又干净又整洁的,从里到外,像一本精致美好的图书。

我父亲,在一个大单位工作,他具体工作的科室可能比今天的总裁办公室还让人敬畏。他是房管科的科长,在那个房子由单位分配的年代,他见到的所有职工都是对他满脸堆笑的。每当面临分房,哪怕只是为了重新分配某个调走的职工的一个单间,我们家也跟过年一样。有许多人,当然都是分头前来,但都在夜黑时分,母亲为他们泡一杯茶,他们顾不上喝茶,先说自家恶劣的住房条件,然后请父亲在分房工作会议上为自己说句话,父亲"嗯嗯"地点头应承着,来人放下心来,笑着赞美我和我妹妹,有时伸手抚摸我们的头顶。他们多半不敢久留,是否是怕父亲的应承会消失？急急要走，然后父亲起身送客，母亲跟在后边。客人说不完的"谢谢"和"再会"。

就是这样的一个有房要分的日子。冬天刚过去，空气还很冷冽。天黑了，我和妹妹坐进被窝里，并排，靠着墙，穿着小棉袄。她翻连环画，我看《金陵春梦》——一本很艰深的跟"春梦"无关的大书，一套有好多册。我那时候虽然懵懵未开智的样子，却是个文学少年，看的尽是些大人都不看的生僻书。《金陵春梦》我当然也是看不懂的，看这种书可能跟母亲在图书馆工作有关吧。那天母亲不在，我想不起来她为什么不在家。也许她是去看生病的同事，或者去给妹妹开家长会，也或者她自己身体不适，去医院挂个急诊拿点药。总之那晚母亲不在家，甚至那晚她回来了没有、什么时候回来的，我都再无印象。因为有更重要的事情占据了那块记忆的空间。

田阿姨来了。父亲把她迎进来。我们的老房子很奇特的，木结构木地板，两层楼，环成一大圈，于是有宽宽的回廊，中央是个花园。我家就是二层的其中两间。之所以奇特，是在于家家都没有厕所，都用大马路上的公共厕所或者用箍了铜条的马桶，而我家却有个厕所！位于三层。三层唯有那一间突兀出来的用作厕所的小板房，我不知道这是否与我父亲的职位有关。田阿姨进来了，我和妹妹喊她"田阿姨"。她走到我们床边，摸摸我们的脸，手凉凉的。然后从提包里往外掏，掏出十几个橘子，搁在我们的被子上，让我们吃。我挺喜欢这个田阿姨，因为她气质高雅，皮肤很白，头发蓬松微卷，个子高，身段苗条。虽然她结婚了，有两个女儿，但我觉得她跟其他已婚妇女不一样，很脱俗，让人喜欢看。

我以前去父亲的单位见过她，她与许多人在一间极大的办公室里，每人一张桌子，堆满各种文件资料，好像做什么统计。

我和妹妹的床在外间，里间是父母的卧室。田阿姨就在里间卧室跟父亲说话。她家住得太遥远，远到公共汽车都不通，她又不会骑自行车，每天要先由老公骑车把她带到公交车站，再搭两趟车，才能到单位。因为远，两个女儿都寄放在爷爷奶奶家，方便上学，周末接回家。这样的日子已经过了三年多了，当然以前连房子都没有。现在全厂职工都知道有五套房子可分配，田阿姨觉得应该来努努力，通过父亲这儿，"让领导充分了解我家住房条件需要改善的迫切性"。

类似田阿姨这样的话，有许多叔叔阿姨来我家讲过。所以我听到了，很可怜她们家，但是也没有觉得应该先解决田阿姨家的问题。谁家都很迫切，谁家都是因为有难处跑来我家的。

田阿姨说要回去了。她家很远嘛。经过我们的外间，跟我和妹妹打招呼道别，笑笑的，提醒我们："吃橘子啊！"父亲这个时候在旁对她提议："要不要上个厕所？我们楼上有。"

这个提议很正常，田阿姨一路回去，一两个小时里都没法上厕所的。她想了想，点头说："好。"于是父亲走在前边带路，田阿姨也忘了跟我们做最后的道别，跟着出去。我们的门就开着。

然后我感到事情的怪异。从我们的房间出去，是公用的回廊，拐个弯，是那道极陡极窄的木楼梯。楼梯下方贴墙有根灯绳。父亲没有拉那根灯绳，他们是摸着黑上楼的。我没有如往常那样看到拐弯处射来的光，这使我感到怪。第二个怪是当他们上楼后，非常安静，时间好长。上个厕所该有的声音没有，却有不该有的时长。最后的怪异是当他们下来时，不是摸索的小心翼翼的脚步声，而是噼噼啪啪，凌乱不齐，听起来，像是一个逃一个捉。脚步立定后，静了一刻，父亲朝我们这边叫一声："阿瑾，阿灵，田阿姨要走了。"父亲的意思是让我和妹妹再打声招呼。于是我和妹妹参差喊出"田阿姨再会"、"田阿姨再会"，田阿姨却没有跟我们说"再会"，那儿没有再传来什么声音，除了她往外走的脚步声。那天晚上我感到的就是这些怪异，但我什么都不说。即使妹妹跟我同龄，我都不会跟她讨论的。我现在发现，小孩子都有一个充满疑惑和秘密的阶段，一个得不到答案的阶段，同时也是不想去寻求答案的阶段。

放下母亲的照片，我觉得不需长久地沉溺在过去。今天虽是个特殊的日子，但是日常的事情需要按部就班地做。我首先得把卫生间清理干净，床铺还乱着，丈夫和儿子匆忙吃剩的早点还留在盘中，我一点一点收拾，心里渐渐舒展开来。卫生间里儿子的小牙刷上残留着一团牙膏，不知他的牙是怎么刷的。叠他们两人的被子，发现一个好玩的共同点：睡前竖铺的被子这会儿都横过来了，可见夜晚他们都不安生睡。而早晨的煎鸡蛋，儿子爱吃蛋黄，父亲爱吃蛋白，所以我能凑成个完整的煎蛋让他们吃完。做这些事让我高兴，让我非常高兴。我碰到的所有东西都有他们的体温，都有他们的气息，让我安心。跟二十六年前的那一个星期比，现在我每一天都生活在安心中，生活在温暖中。

田阿姨来过的第二天，生活还是原来的样子，第三天，就变脸了。

晚上，吃了夜饭，母亲在一个拐角的公用厨房洗碗，我和妹妹写作业，父亲轻轻走过来，用手搭了搭我的肩，我回头看他，他还是轻轻地说："你来一下。"

我起身。父亲走在前边，我跟着。父亲走去那道通往厕所的楼梯，手在墙边停了半秒，拉亮了灯，往上走，还回头看我跟上了没有。我们没说话，我好像知道这会儿该沉默，而不是连声问"怎么了？怎么了？"我们一齐走上三楼。

三楼有点儿像如今的露台，一半是露天的水泥地，一半是红砖和木板搭就的小厕所，蹲式的白瓷坑嵌在砌高的水泥台子中央。父亲在露天的暗地里站定，没让我等多久，开口问："田阿姨来的那天，你记得吧？"

"嗯。"我点头。

"我对她做不好的事情了吗？"

什么意思？什么叫"不好的事情"？你对她做的又怎么来问我？我根本听不懂这个问题，于是我沉默不答，但我隐隐觉得大事发生了，而且这桩大事是一桩坏事。

父亲其实也不期待我的回答，他自顾自跟我讲述：

"我没有对她做什么过分的事嘛！楼梯黑，那天我没拉到灯绳，我怕她摔跤，就好心扶她上来。她上厕所时，我就站在这个地方等，我没进去，怎么可能进去嘛！我晓得分寸的。是因为她上完了，你看，厕所不是高一块嘛，我怕她地方不熟，要踩空，所以就马上过去搭把手，把她扶下来。就是这两个动作嘛！两个再小不过的动作。完全是客气嘛！"

他边说边做着手势，随着他的讲述指点我看楼梯啊、水泥台子啊，好像我是刚来此地的陌生人，不知周围环境。

"爸，你跟我说这个做什么？"我语气平静地问，但我已经开始恼怒了。我听出了他的不端的举动，这让我觉得羞耻。一个女人上厕所，你本来都不该跟上来的，你还要伸手扶人家，扶两回！你真不要脸！还硬要说是好心，客气！

父亲听了我的疑问，刚才的争辩语气一下子跌落下来，变成了可怜兮兮："她老公今天来单位找到我，说这个女人回去以后就说我调戏她，扑上去，动手动脚，解她裤带，要强……"

我大喊一声："爸！"我不想听见这么脏的用词。我从未听到过这种东西，比我亲眼看见还恶心！这么难听的词、这么恶心的事竟然来自父亲，我无法接受。

父亲收起话头。他往楼梯下方张望一眼，可能是怕我的这声大喊把母亲招来。我们静了几秒。楼上楼下都很安静，然后他叹了长长一口气。

他接着讲下去，更加的慌张，声音发着抖，像是在央求我，最让我难以忍受的是他对他的卑怯可怜不加掩饰："她老公说，只要房子分给他们，这件事就算了，亲啊摸啊就不追究了。房子不到手，大家都有的好看，弄到我们单位都晓得，弄得你姆妈单位都晓得，叫我们做不成人。"

夜空下这么两个人，做了丑事的父亲和唯一可用来倾诉的女儿。我觉得这两个人都可怜。几乎要被扒光了皮的父亲不可怜吗？有这么一个父亲的女孩不可怜吗？

我根本没想去问他一句：你到底对那个女人做没做不好的事？

这种问题我问不出来，也无须问。我已经确认父亲做下了肮脏事。谢谢你在女儿面前还要点儿脸面，没把话说透说清楚！不去拉灯绳，扶她上楼，站在一旁听女人小便，你已经足够肮脏了！你不需要更多的行为，我不需要更多的理由。我于是不追问他是否被冤枉，不追问他怎么找清白。他脸都不要了来告诉我是有原因的，我偏偏咬紧牙关不给他路走。

我们在夜空下对峙。

父亲败下阵来，肯定是他败，因为母亲的碗不会无休止地洗下去的。父亲开口："你去找找那个姓田的，叫她不要把事情做绝。房子我尽量争取，但是，争取不到也有可能的。分房委员会不是我一个人说了算，有书记、厂长、副厂长，八九个人！"

"要找你自己去找。"我回答。

父亲叹息："我要自己能去找，这件事情还告诉你啊？她老公今天差点儿要打人。我要去说房子没把握，他马上把事情闹开！你是小伢儿，你哭哭啼啼去求他们，他们应该会心软一软吧？"

我全身被痛心和愤怒填满。父亲一夜之间沦落到如同蝼蚁般由人捏咕，而这都是咎由自取，现在要让我也低声下气地去求人！我继续沉默。他沉默地等待。母亲的脚步声响起来了，我趁着这声音下楼梯。

我现在的早饭一般都是丈夫和儿子这一大一小两个男人的盘中剩物。有时煮面，加了青菜和鸡蛋，有时煮速冻的馄饨，也会面包夹奶酪，不管吃什么，总希望他们吃得饱饱的，分量宁多不少，于是最后就变成我是吃得最多的那个人。在北京，我已经改掉了吃泡饭的习惯。父亲可怜巴巴地求我去找田家的第二天，我极早醒来，并且一睁眼就坚定地起身离家，没有如往常等母亲给我们做泡饭。泡饭就是早饭：从钢精锅里舀出半碗剩饭，开水冲满，就着榨菜丁、霉豆腐呼噜呼噜吃下去，又快又舒服。多少天多少年都如此，从来吃不腻。但是那天我第一回最先起床，轻轻地飞快地收拾好自己，只在开门出去时高声交代了一句："我去学校做值日！昨天忘记做了！"我头一天晚上想好的理由。不管有没有理由，我都是要逃出去的。

到了学校，我真的开始做起了值日。空旷的寂静的校园，梧桐树上一声声清凉的鸟鸣。六年级二班的教室向我展现不一样的面貌。无声无息的，安详洁净的。我去女厕所打了一桶水，擦窗，擦黑板，擦桌子。如果时光允许我永远这么擦下去也是好的。因为是干净的。所有的都很干净。

那一天的课我学得尤其认真。我本就是学习尖子，全校老师和同学都认得我，我的名字时常被写在大红喜报上贴在校门口，全市的小学生作文竞赛、数学竞赛、朗诵比赛，还有诗歌比赛，那些荣誉好像是我书包里的一本教科书，随时都在，随时可以拿到手。凡是有外校来的观摩团、考察团，我就会成为被老师提问的主要对象。其实我是个茫茫然的孩子，除了学习。大概也是因为对所有的人事很茫然，才觉得学习很简易吧。不过那天，我换了一种全新的态度，突然把自己放得很低很低，仿佛将老师说出的每一道题每一句话都看作可怕的魔鬼，我须敬畏，须屏息以待。为什么要这样？我不知道。但我记得很清楚，那天，那天的课。我记得清楚是因为以后再也没有那样的我了。

放学以后，我尽可能地磨磨蹭蹭，想拖延回家的时间。但一个小学六年级女生，一个口袋里没有一分钱的孩子，无论怎么拖，终究是拖不过父母的。在操场待到天色昏黄传达室老头来巡视时就再无理由不回家了。进了家门，妹妹不高兴了。她独自在家的时间太长了，她怨我："你去哪里了？你平常最多比我晚二十分钟！"我说我哪里都没去，在班里做了会儿作业。妹妹还是怨："那你来我们班做好了，我可以跟你一起回来啊！"我们在同一个学校，两幢不同的楼。

　　我先听到了父亲的脚步声，这又不寻常。往常都是母亲早。他进来，我们扭头喊了他，继续做作业。我听见他进里屋，放下包，胡乱走了两圈，从我们身后穿过，到了走廊，在走廊上静了几秒，往楼梯口走，下楼。走了四步台阶，他叫我："阿瑾！阿瑾！"

　　我放下铅笔，走过去。他在楼梯上等到我，不说话，往下走。我跟着他，走出楼门，拐到与另一座楼相邻的弄堂，停下来。我看到他的脸。怎么形容？比昨晚更加可怜，更加慌张，脸上的肌肉好像已经不属于他了。昨晚有夜色在帮他遮掩，现在，还有天光，我看得分明，便更加不愿看他的脸。

　　他压着嗓门说，说了很长的话。他说的是："我今天去找书记、厂长谈了，我没把那个事，那个姓田的冤枉我的事说出来，我就是问问他们有没有可能分房子给姓田的。她的困难确确实实是很大，应该可以分到房。我原来想问题不大，毕竟我还有一票的嘛，没想到……书记、厂长两个人倒是对我很信任，把最真心的话都交代给我了。书记的妻弟要分一套，我想这个是没办法，另外，书记从前还欠了一个人情，这次要还，厂长是老董提拔上来的，老董的儿子在我们单位，要分给人家的，人家也等了好几年了。还有两套，一套是四年前就应承下来的，今年人家五十五岁了，最后一次机会了。最后一套是一定要分给一个姓顾的女人的，她上个礼拜拿着安眠药去书记、厂长办公室闹了一圈，不给她就要自杀。就是这么个情况，没房子给姓田的。书记、厂长倒都跟我蛮知己，都跟我说了心里话，本来都是机密，我还是蛮感动的。他们掏心掏肺，我要是再帮姓田的争取，也难开口了。"

他看着我。我没有了昨晚的愤怒。我站着，一动不动的，身子没动，脑子也不会动了。

"我们家要完蛋了。"父亲说了这么一句。原来他已不再当我是救命稻草，他只是对我提前宣布我们家的结局。

"这个女人，有没有脑子？！"父亲又压低了声音骂一句。

要完蛋了，要完蛋了，我的脑子里来来回回地穿梭着这几个字，但我继续沉默以对。

夜晚如期降临，父亲跟母亲像往常一样说话，临睡前母亲照旧给我们打了热水泡脚，捏着妹妹粉嫩嫩的脚趾头给剪了趾甲。剪的时候，妹妹因为痒，身体左右扭着，还咯咯乐，母亲笑着叫我帮忙："阿瑾，把阿灵的腿箍牢，剪到肉怎么办？小傻瓜！"跟往常一样，剪完了，母亲就把妹妹的脚丫拽到自己的鼻子底下，使劲儿嗅一嗅，仿佛在闻一朵气味芬芳的鲜花。被蒙骗的母亲，即将崩溃的家，关了灯，大家都睡下，我在被窝里不出声地掉眼泪，枕巾立刻就湿了。

流了前半夜的泪。我觉得自己好似漂在泪水中的一片叶子，晃啊晃啊，触不到岸，贴不到地，无所依凭，任何力量都比我强大。后半夜眼泪流干了，眼眶干涩发紧，一直躺着没有动的身体累得骨头发酸，终于睡了过去。

第二天的早饭，母亲给我和妹妹端来泡饭和满满一碟切得细细的酱瓜。酱瓜黑得发亮，一咬下去会发出脆声。我和妹妹都爱吃。母亲整理两个房间，经过我们身边时，说一句"小心烫"或者"酱瓜咸，别吃太多噢"。我的眼睛里蒙了一层水汽，不是泡饭的热气熏的，是我看着母亲走来走去，她还在意我们会不会被"烫"、我们是不是吃"咸"了这样的问题，天大的事情就在她身旁，而她浑然不知。换作母亲成了憨憨傻傻的小孩子。我是因为这个，鼻子发酸，眼泪在眼眶里滚来滚去的。

吃了泡饭和咸菜，我和妹妹一起出门。学校不远，也有公交车，但我们从来不坐，想不到坐车，也不习惯坐车。上学还要坐车？都是走着去。二十分钟左右就走到了。妹妹的教室在进了大门头一栋楼里，六年级在里头，挨着操场。我把妹妹的书包交到她手里，看她走进楼，我则回身走出学校。

我要逃课。有生以来第一次逃课。我必须逃课来做一桩事，来挽救我的快要完蛋的家。从小到大，我规规矩矩，一天课都不曾缺，一篇作业都不曾落下，生了病、母亲带我去了医院、打了针吃了药都要赶紧回到教室去，我规规矩矩得比那个时代还要过分。可是我这样一个好学生，却不犹豫地转身走出学校大门，走上大街，往西北方向的松木场路走去。

那条松木场路，我只知道它的方向，因为人们说起那个地方的时候，总是手臂往西北方向一扬，就像我们说到"西伯利亚来的冷空气"时，就往北边那么一指。姓田的女人夜晚带着橘子来我家，说到她恶劣的住房条件，也是手臂往西北方向一指。方向我是清楚的，但我的书包里没有一分钱，我只能跟着公交站牌一站一站往前走。

那真是一段漫长的路，现在的我定然走不到。途中我问过许多人，因为并没有一趟车直接通往松木场路。走着走着，路旁会突然换了一种景致，由街市商店变成水泥房子的工厂，又或者由跑着汽车的大马路变成只有三轮车平板车的窄窄的石头路。脚掌由火辣辣的痛变成麻木，变成可以走到任何时间。双脚已经不属于我了，我只有一个念头：找到姓田的那个人，请求她饶恕我父亲，勿惊动我母亲，我和妹妹需要一个好好存在的家。

路不再变来变去了，它开始寂静、荒凉。两旁尽是农田，树，孤零零的厂房。路面是碎石和粗砂混合，走在上面嚓啦嚓啦响；路基边一丛一丛野草，风过来，野草就哗哗地倒伏、直起、倒伏、直起。前后望去极少有人，偶尔有，也几乎都是骑着加重自行车从旁掠过的农民。

终于有人指着一幢大楼说："这就是你说的那个单位的楼，在这里只有这一幢大楼。"

我仰望那座大楼，田野中孤零零耸立的一幢大楼。

这本是我永远都不会来的地方，为了我的家，我一步一步走过来了。

站在田家的楼下，我开始慌了。我能找到他们吗？我能把事情说清楚吗？他们能听我的吗？当我从学校大门迈步出发时，壮烈的赴死般的勇气占据了我的大脑，以致根本没有地方用来想下一步。而这会儿，事情才真正开始。我那几个小时受的苦就像一阵风一样缥缈无意义。

我不知田家在几单元几层。但我有勇气从第一家门敲起，直到最后一家。我走进第一单元，爬上最高一层，开始敲门。八层的大楼，一共五个单元，每层有左右两家。我很快算出一共有八十户人家，如果我最最不幸，我得敲八十家的门。这没有什么，我已经从清早走到了正午，还怕敲门吗？

在住宅楼里绝不可能有电梯的年代，人们不懂得抱怨。我见过的唯一一部电梯是在医院的急诊楼里。并不是因为生病才发现的。班里的一个男生有一回告诉我们某某医院很高级，有电梯，于是放了学我们六七个孩子跟着他去那个急诊楼里见识电梯，跟着病人走进去，电梯门关上，缓缓到三层，再下行。然后我们走出来，乖乖等另一群大人用时好跟进去。很不幸，一个穿白大褂的走过来，觉得我们七八个孩子聚在一起很可疑，根本不像病人或者病人的孩子，就舞动着胳膊像赶麻雀一样把我们赶了出来。

田家的大楼虽有八层，要一层一层爬上去，我却一点儿也没有冒出"要是有电梯多好啊"这样的念头，我想的是：一定要找到她！一定要找到她！找到她，我们家就有救了！

当我一家一家地敲，一遍一遍地在门口高喊"田阿姨"，不等敲完第一单元，我就明白今天的结局凶多吉少。我想起来这是上班的日子，这是中午时间，上班的大人们午饭都是在单位食堂吃，没有人会回家吃，更何况这是郊外的松木场。那一扇扇门，像是已紧闭千年，又或者都抿着嘴耻笑我，楼道里我一声声喊叫，还有回声。我敲完三个单元的房门，统共只有两家有人应声出来，都是老人，都不知道田家在哪里。走到后边的两个单元时，我的嗓子已经哑了，我不得不放低喊叫的音量。走进最后一个单元的时候，眼泪盛不住了，噼噼啪啪往下掉，我在剩下的十几家门口叫"田阿姨"时，完全是在哭喊。

我站在楼前，再次仰望这座置身在田野里的大楼，它跟我一样的孤独。它的前后是农田，左边是砂石马路，右边像是在挖地基，预备盖起另一座大楼。在这个明晃晃的午后，它和它的四周却是那么静寂无声，只有风吹过的声音，只有云朵被风带走的影子。眼泪很快就被风刮干了，我往回走。如果我保持来时的速度，到家也是晚饭时分了。我还一点儿都不饿，伤心和绝望使我顾不得饿。但我终究得往回走，即便那个家马上会面临一场大地震，我也得回到那儿去。

往回走的路是更难走了，两旁的农田怎么也走不完，柏油路面不知在多么遥远的前方。书包越来越沉，黑布鞋已经被扬起的尘土染成灰色。一辆自行车从我身边经过，骑出不远，骑车人回头朝我看一眼，继续往前蹬。蹬了一阵，那人刹了闸，跨下车，将车调个头，朝我推过来。

"小妹妹，一个人啊？"这个照我看来已经四十的男人开口问我。

"我找人。"我还有哭腔。

"找谁啊？"他说，同时他再次调转车把，这样就跟我平行了。

"没找到。"我答的都不是这个人问的，但我只会这么答。

男人沉默了一会儿，用一只手拍了拍车后座："我带你一段路。我看你好像走不动了。"

我不理他，往前走，但听到他说"你好像走不动了"，我的鼻子顿时酸了，因为有人同情我、可怜我，我越加走不动了。

他跟我并排着走，按我的速度，一时没说话。我侧目看去，他衣服上有不少白灰，抓着车把的手很黑很糙，裤管卷起一小圈，那儿粘了更多的灰土。他该是这里的农民，要不就是来往在城市和农村的打短工的。我们院子里有时就会叫这样的人来补个砖、通个下水道什么的。

"我有个女儿，跟你差不多大的，你有没有十一岁？"他又开口说话了。

"十二。"我回答。那他的女儿大概就是十一岁啦？

他重复刚才的动作，用一只手拍拍车后座："我带你一段路，就当带我女儿嘛！我女儿每天都坐我的车的。"

我绕到他的车左边，一蹦，坐上了车后座。他已经不是陌生人了，对陌生人的防备啊猜疑啊女孩子的颜面啊矜持啊都不需要了，而且，我还要防什么呢？那一刻我简直是一截无心无神的木头。

男人一只脚踩上脚镫子，一只脚使劲儿蹬几下砂石地，嚓嚓几下，一弓腿，就上了车，霎时车好似湖面上带帆的船，平缓迅捷地穿行在水面，好轻快，好舒心！方才令人厌烦的风现在好像在我身后轻推，宽厚地安慰地，它要帮我早早回家。

这个男人也像风一样，不知是从哪儿吹来的，骑得也飞快。我竟然体会到了欢畅。

他突然慢下来，半扭过头说："骑累了骑累了，让我歇一歇。"

我还没说话，自行车变了方向，拐上了一条小岔路。我没有惊讶，他倒主动抬起一只胳膊，指着前方远处一座矮矮的房子，道："那是我上班的地方，有水，进去喝一杯。"

我不知道是他想喝水还是他想让我喝水，不管哪样，我都接受。

那个地方不能叫房子，只能称作工棚，四面都没有拼接好，房顶和墙之间留着宽宽的空隙，光线就是这样进来的。房子里面满地横七竖八堆着砖头、钢筋、石灰和扫帚锯子这样的东西。即使没有人走动，空气里都是灰扑扑的。这真是一个工棚，不过我没有看到能在什么地方找出水来。那个男人在哪儿？是他把我带进来的。

其实他这会儿就站在我身后。

我刚刚看清楚这个地方，他的一只手突然从我脖子后边绕过来，死死捂住了我的嘴，另一只手来扯我的裤子。

我明白这太可怕了，太可怕！我必须咬他，踢他，掐他！

毫无办法。那两只手像是用钢筋做的，我咬不到他，我踢不到他，我甚至连一点儿声音都发不出来！我的身体整个被掀翻在地，后背立刻感觉到皮肤贴上了一层石灰，石灰下面不是水泥地，应该是泥地，潮湿的高低不平的被踩实的泥土。那个男人像一具用石灰和水泥混合成的人形的东西，倒下来，压着我……

这会儿往窗外看去，天色耀眼，风像是小了好多。没有风的天气让我很满足。我打开冰箱，考虑晚上做什么菜。离父子俩回家还早，我还没给自己弄午饭。

有一天晚饭的时候，儿子嘴里还嚼着东西呢，突然问我一个问题，很发愁的样子："妈妈，我不会谈恋爱，恋爱怎么谈啊？应该谈什么？"

我和孩子爹一时没反应过来。

儿子只得解释："我们同学老说谈恋爱啊谈恋爱的，要是我不会谈，我就不会结婚喽？"

我明白过来，赶紧化解他的烦恼："谈恋爱不是真的去谈话。如果你喜欢一个女孩子，你就希望一直跟她在一起，跟她在一起有说不完的话。你根本不用费心考虑说什么，什么话你都想跟她说，那些话刹都刹不住。这么过着过着，你们就觉得可以结婚了。这不就是谈恋爱吗？"

"噢。"儿子的疑惑解除了，神情放松下来，继续吃饭。孩子爹还要用他个人的理解作进一步的交代："儿子，你放心！谈恋爱的时候你都不用谈，让女孩子一个人去呱唧呱唧谈都行，可能还更好。"

儿子觉得这个观点很新奇，很有帮助，眼睛亮亮地发问："您跟妈妈谈恋爱的时候都是妈妈在谈吗？你们两个人谁谈得多？"

爸爸想了想，很认真地回答他："我们两个人，好像都没怎么谈。"然后问我，"是吧？"

儿子大叫："这也叫谈恋爱！"

爸爸大笑："儿子，你理解得很准确！"

对这样一个儿子，世界单纯得就像一部动画片。他什么时候会复杂起来？什么时候能听懂某些事？当他长大了，我要告诉他我的过去吗？他能明白我的心情吗？

暮色围起时，我到家了。我是怎么走过来的？好像每一步，我留在地上的不是脚印，是一个个"痛"字。走一步，就刻下这一个字，它一路跟随我到家。进楼门前，我先去了马路边的公共厕所。里边有个水龙头，早上人们来刷马桶就得在这个水龙头前排长队，队伍还经常会排到门外。我把手弄湿了，慢慢捋头发、捋衣服、裤子、鞋子、袜子、书包。我掸过，一直在掸，还是怕掸不干净。手上一片一片的白灰被粘下来，用水冲去，我安心很多。这下我知道我的心还在，我原以为身体里的痛、魂灵里的痛早就把我的心吞食掉了。

　　七点左右，全家四人围着饭桌吃饭。母亲刚吃了几口，突然问我："阿瑾你不舒服啊？"

　　我答："没有。"

　　"怎么这个脸色？还瘦了一圈！昨天不是这个样子的。"母亲接着说。

　　我往嘴里塞米饭，父亲抬头看我一眼："蛮好啊！哪里会一天就变瘦的？多吃点！"

　　妹妹说："今天阿姐有体育课的。"她说的倒也没有错。

　　母亲又看看我，说："有不舒服，要说噢。"

　　我很使劲儿地点头。很使劲儿。

　　他们到底不知道我这一天经历了什么。

　　如果我自己也不知道，就好了。

　　请原谅我不记得第二天的事了。我记得我想忘的事，我忘了我可以去记的事。

从姓田的女人为房子的事来我家那晚算起，第七天，还没超过一个礼拜，上午的四节课上完了，所有的学生抓了各自的长方形铝饭盒冲出教室，奔向食堂。每个饭盒里都放着一把饭勺，因此一路上饭勺撞击出的咣咣声简直汹涌。我没有跑在队伍中，我是班里最后一个出门的。走入楼道，母亲迎面站着。

我叫一声："妈！您怎么来了？"除了家长会，母亲从不会到学校来。

母亲微笑，微笑着上上下下地看我，问："去吃饭啊？"

"嗯。您怎么来了？"

"来看你。怕下雨，带把伞给你。"母亲把手中握着的伞递过来，还有搭在臂弯上的一件蓝色外套。

我抬头望天，天气很好，连阴天也算不上。母亲加了一句："我怕要下雨。"

我接过伞和衣服。

"快去吃饭。"母亲笑着挥一下手。

"嗯。"我就往食堂走去。

我感到母亲的怪异，但我更怕她发现我的怪异。

我手里握着那把不需要的伞，书包里塞了那件不需要的外套，书包鼓得像个大瘤子。我慢慢往家走。沿路有两个我喜欢的店铺，一个是糕团店，一个是文具店。我没有钱买，但我总爱看上一眼。现在它们在我的眼里通通已经消失了——糕团点，文具店，还有其他任何店铺任何在我身边经过的人。我只是在往家的方向走去。

走进我们的巷子，前方聚了一大群人，把路都堵了，人群还吵吵嚷嚷的，凝成急促惶惑的嗡嗡声。再往前走几步，我发现他们是围在我们的楼门口，人群中还有一辆白色的不同一般的汽车，后备厢掀起，悬在空中。

我的步子没有慢下来，也没有快起来，我接着一步一步往前去。

"阿瑾回来了，阿瑾回来了。"人群里有人看见了我，说出了这种话。

住一楼的邻居宋阿姨直冲着我跑过来，不等我叫她一声，紧紧揪住我的胳膊，把我往巷口拉："阿瑾，走！走！宋阿姨带你去吃馄饨！"这莫名其妙的邀请使我愣了一下，但身体已经被宋阿姨拽了个一百八十度。

"吃馄饨，吃馄饨，你是出名的好学生，宋阿姨要请请你！"她的手还使着劲儿，我几乎被她拽得要跌倒。

拉了十几步，宋阿姨又猛地停了脚步，于是我真的打了一个趔趄，幸而她的手劲儿大拉住了我。

是妹妹进了巷子。

我们两个人真好笑，面对面的，一人手里握着一把伞，长柄伞，在这个一丝云都不见的夕阳通红的天空下。

"阿灵啊？阿灵也来！宋阿姨请你吃馄饨！"宋阿姨带着我冲向妹妹，用她的另一只手揪住了妹妹的胳膊。我们就是这样，像两只被老鹰捕获的猎物，被拉进巷子外的小吃店。

我和妹妹吃着馄饨的时候，应该正是我母亲被抬进那辆运尸车的时间。我从此未再见到母亲。最后一面是我拿着饭盒站在走廊，母亲微笑着说"来看看你"。对妹妹来说也是一样，她从母亲手里接过一把伞，听到母亲笑着对她说"来看看你"。

没有人告诉我她是用什么方式自杀的。我也不问任何人，更不可能问父亲。因我从那天起再也没跟他说过一句话，直至今日。

不知母亲是怎么了结自己的，这样也好，我的头脑中永远不会闪现那幅画面，也因此我时常会觉得根本就没有发生过这桩事。

二十六年前的今天。时针也几乎要走到同一个位置了。

家里再也不会有母亲的身影了。她的呼吸，她的嗓音，她的脚步，每一样被她擦拭被她摆放好的东西都还在。

那天晚上，父亲坐在我们俩前边，低着头"唉——"、"唉——"叹了几口长气，最后一搓手猛地站了起来："饭还是要吃的。"从他告诉我们"你们姆妈死了，她自己不想活了"到现在，妹妹只会哭，什么都说不出来；而我是在等着他告诉我为什么。我知道一定有他的罪过在里边，我要看他说什么。于是我也跟妹妹一样什么话都没说，只是哗哗地流眼泪，但我跟妹妹还是不一样。

他立起身，走出房门。我听见他进了公用厨房。过了一阵儿，他端了一碗酱油炒饭进来，照旧坐到我们面前，神情是难过的，但张大嘴巴吃了起来。他知道宋阿姨带我们吃了馄饨，他只炒了他自己的。

吃了大半盘以后，他的心情缓过来了，放下筷子，对我说：

"你姆妈这么做，太偏激了！何至于嘛！我碰一下、扶一下别的女人家，就这么要不得？比几千年前还封建？我想起来了，封建社会男人可以随便碰女人，平常事！我照顾人家一下就去寻死？客人嘛，楼梯又黑，又没发展下去，你姆妈，真是不大开窍！也不能什么都怨我，一个女人家，半夜三更到家里来，来做什么嘛！是不是本身心里就——"

我没听完，拉了妹妹走开。

那一刻我跟自己发誓不再跟他说一句话。

大约是一个月后，学校组织春游。我找了理由不去，实际是因为每人要交两块钱，我不想因为这两块钱跟他开口。春游那天，同学们排了队往公园去，我则在大街上晃荡，逛东逛西的。逛去许久时间，我一下子觉得很不像样，自己变成个不正经的流氓阿飞了吧？于是赶紧换了方向，去逛菜市场。流氓阿飞是不会进菜市场的。

我在菜市场捏捏掐掐水泥台上的豇豆、茄子、大辣椒，旁边一个买菜的老头轻声问我："你是谁谁谁的女儿吧？"他说了我母亲的名字。

我抬起头，对他点点头。

老头"啧啧啧啧"地连声叹息："你姆妈傻啊，怎么要走这条路啊？你看看，你还这么小——你好不好？"

我瞪大眼睛看着他，这样眼泪不容易流出来。他以为我是疑惑，于是介绍他自己："我呢，是图书馆传达室的。你姆妈走的那天，我有印象，她平常进出都是跟我笑笑的，那天不到中午就走了，我注意到了。不过她特意半低了头，不想让我看清楚，但我还是看到了，眼眶红红的，好像哭过。"

我把一根豇豆掐断了。

"我要知道后来的事，我肯定要拼命拉住你姆妈的。"他的语气好像在求我原谅。

"大伯，"我问他，"我姆妈早上上班的时候是好好的吧，她怎么突然会这样？"关于这件事，我只有这一点不明白。

"一个男人来找你姆妈。他是先问我你姆妈的办公室在哪里。我要不告诉他就好了！后来大家说这个男人在办公室里哇啦哇啦说了好多难听的话。什么流氓老公啊，强奸未遂啊，哎，不说了不说了，反正一般女人家都听不下去的话，何况你姆妈！他什么时候出的门，我没注意，我那个时候不知道他来做什么！"

我的母亲，活得纹丝不乱的一个女人，那个男人怎么知道他的那些话根本不是话，是狂风，把母亲的生活吹乱了，所有东西都吹跑了，再也归置不好了。

去办公室找母亲的男人。骑自行车的男人。没有拉灯绳的男人。他们出现在我的少女时代。

终于，三口人围坐一起开始吃晚饭，吃我准备了一下午的晚饭。我把勺子、筷子递到父子俩手中，招呼他们鉴定我的厨艺时，丈夫却放下筷子，也伸手拿下儿子手里的勺子，对儿子说："吃饭前，先抱一抱妈妈。"

儿子歪过身子，搂住我脖子抱了我，然后问他爸爸："为什么呀？爸爸。"

"今天是你外婆的忌日，是你妈妈最难过的一天。你抱抱妈妈，她会好受点儿。"

原来丈夫牢记着这一日。

"噢。"于是儿子又扭过软软的小身子，整个地抱住我，虽然他还是不太明白。

"你不抱妈妈吗？"然后他问他爸爸。

"抱。当然要抱。"丈夫站起身，过来抱住我。

这一刻我应该幸福到可以原谅任何事，可以原谅任何人吧？可是没有。在我身上，未发生电影和小说里总会出现的"放下心结，海阔天空"。我跟高尚的人不同。仇恨永远有它的一块位置。仇恨给谁，你知道的。

我们三人重新坐好，开始吃饭。

"好吃吗？"我问。

公 开 课

　　离下课还有二十多分钟，杨林生老师已经知道自己准备的内容不够了，怪昨晚儿子的那篇作文花费了父子俩太多时间，都弄到快一点了吧？怎么办？好办，杨老师一点儿不慌。他十五年的教学经验还应付不了这个？况且是教留学生，这些坦率、直接、简单的外国人。杨老师总觉得他们可爱又可怜。当然不是所有的留学生都可爱又可怜，杨老师的教学生涯中遇到过难缠的混球的恶劣的狡猾的、比中国学生可恶得多的人，但毕竟少数。他收获的基本是善意和尊重。

　　于是杨林生叫日本男生忠介和印尼女生碧玲上台来。日本学生有几个音是打死说不出来也听不出来的。印尼人呢，虽然来学汉语的尽是华裔，但学起汉字来，比欧美人还抗拒。杨老师读一个词，左边的忠介写拼音，右边的碧玲写汉字，杨老师专念些边边角角的字，两个人在黑板上那个为难啊，下边的十二个人热情汹涌，喊啊叫啊，帮得不亦乐乎，教室里一阵一阵高潮，要传到其他教室去，老师们一会儿到教研室又该羡慕了："杨老师，您的课堂气氛怎么就那么好？我们班怎么就一个个地蔫头耷脑？"也有老师嫉妒地调侃："杨老师靠的是人格魅力。"杨林生会在心里哼一句："傻瓜！教学法，懂不懂？"

美妙的下课铃响起，杨老师多占用了一分钟，并告诫学生："明天我还要请你们上台来写拼音和汉字啊。"一片惊呼："老师，谁？谁？"杨老师不回答，收拾好书，笑盈盈地与学生挥手告别。完美的一堂课！杨林生在下楼梯时更加确信，自己无论备不备课，备成什么样，拿住课堂是绝无问题的。要这样，还需要走这步程序吗？四十了呀！四十岁的男人每天晚上还在备课，有点儿过了。有这时间给儿子好不好？给老婆好不好？

走进教研室，还没放下杯子，刘岩对杨林生一扬下巴："杨老师，头儿找您。""什么事？""不知道。应该是好事吧。头儿挂着笑容进来的。"杨老师不期待什么好事喜事，只要不是麻烦事就好，因为他有自己的要紧事。

走道上拐个弯，杨林生敲开黄院长的门。黄院长忙招呼："小杨，坐，坐坐。"杨林生预感是麻烦事，否则这么亲切干什么？果然，"小杨，今年学校的教学比赛，我们考虑就派你代表我们学院了！陈薇薇还在休产假，小肖爱人据说要大手术，另外几个骨干老师编教材的带研究生的，只有你了！我们明天就跟学校报名去了，你好好准备，全院都做你的后盾，提供所有人力物力，集体备课啊，试讲啊，ppt啊，全力支持，要啥给啥。还有整整一个月，没问题的。"

杨林生很无力地提出异议：何不派年轻漂亮的女老师？形象分先就拿到了。何不派经验可车载斗量的老教授？评委哪敢给低分？但是头儿们已决定的事，根本无力撼动，这个杨林生也明白。因此，徒劳地挣扎一阵，无奈领命出门。黄院长送到门边，拍拍杨林生的肩："去年我们学院的吕晓敏得了第一名，一等奖里的第一名，很振奋人心哪！不过，这不是给你压力哦，是给你减负，说明我们学院的教学质量是过硬的，是无可置疑的。我们的老师拿出来个个一流！"

最后几句是关键所在，拿鞭子抽你哪。杨林生恨恨地想："拿出来个个一流！"我们是人啊，不是农产品，摆在展台上由你们捏啊掐啊，找个疤找个斑的，得奖了，你们领导有方，不得奖，也不扣你们的钱。但现在杨老师没有太多心思纠缠这件事，他得赶回家，等工人来安空调。今年暑假想把父母接来住几天，房子那么小，那么闷，原先的那部空调坏了两年了，修理费就得好几百，算了，换个新的。算在孝心的账上，就不那么心疼了。

杨老师先得步行十分钟到十三号线地铁，坐五站，换八号线，坐两站，再步行八分钟或者等公交坐一站到家。顺顺当当的话，一个小时。很幸运了，在北京。地铁坐了三站时，手机有响动，杨林生拿出来，是老婆邱梅的短信：

我不是跟你开玩笑。我认真想了好几个月，不想继续跟你过下去了。离婚吧。轩轩跟你跟我，随便你。

杨林生全身一凉，好像车厢里刮起了寒流。握着手机，盯着屏幕上的字，他觉得有些看不懂。这是怎么了？发生了什么事？每天不都是吃在一起睡在一起吗？大小事不都基本听她的吗？工资卡由她保管。性事虽不多，也有啊。车到了一站，杨林生茫茫地走出来，坐到站台长椅上。

是邱梅爱上了什么人吗？没发现她有异样啊。她说她想了几个月了，怎么突然宣布？我该怎么办？还让父母来吗？空调还装吗？

空空的站台，被几行字打懵了的杨林生。杨林生回复三个字："回家说。"但，回家怎么说，他根本不知道。

杨林生本该是无所不知的。他是他们村里第一个考上北大的，二十二年过去了，他仍是村里唯一考上北大的，更是村里唯一的北大研究生！这个纪录，再保持十年没有问题吧？他的父母，驼背的父亲，时常心绞痛的母亲，这二十几年就是靠老大杨林生的辉煌活下来的。后来的平凡——自己收入有限，老婆是个办公室里听喝的，儿子的成绩要靠周末的辅导班来维持在班级中等——都无法动摇他的光辉形象。

地铁进站了，杨林生再度茫茫然走进车厢。"钢铁巨龙"有力地向前，拖着无力的他。身旁有一对男女在起腻，女孩非要男孩跟她一样摆出兔子嘴型来自拍，男孩做不好，或者是不好意思，女孩不肯放宽标准，让男孩仔细观察她的兔子嘴，她的薄嘴唇用力嘟着，一掀一掀的。杨林生望着他们，不过其实他什么也没有看，他只是朝着那个方向，可是女孩觉得受到了冒犯，凑到男孩耳边嘀咕几句，男孩扭头使劲儿儿看两眼杨林生，冲着女孩说给杨林生听："心理有问题！"杨林生回过神来，明白了，冷笑一下，心说：

"你们能恩爱多久啊？"

家门口的电梯里贴了张通知：本楼电梯故障平凡（频繁），维修费用已经大大超出维修基金。现决定全体业主集资成（承）担费用，各住户尽快到物业交费，否则耽误维修，后果自负。

错别字，不恭的语气，不写清楚费用几何，杨林生已经没有以前那种找茬儿的兴致了。但职业道德还是叫他想到：费用肯定交不齐，于是电梯肯定维修不及时，自己早晚要被电梯关住，误了课就会被扣钱，扣钱不说，月会上还会被头儿不点名地损几句！伤自尊！又添了一重烦恼上。

进了家门，杨林生觉得应该先给自己泡杯茶，心思纷乱，坐下来喝杯热茶疏通一下吧。他去电脑桌上取了茶杯，金丝边的，图案设计得纷繁细碎、不惜工夫的样子，这时想起来，离婚会不会跟杯子有关？

班里有个女生让杨老师有些，有些，喜忧参半。说"女生"挺好听，其实是个日本大姐，没有结过婚，也看不出多大年龄。因为她化妆，也因为杨老师不擅长观察女性，总之在三四十吧。开学第一天，下了课，这个叫敦子的就问了杨老师许许多多问题，比如"老师做这个工作多少年了？""老师为什么会选择这个工作？""老师喜欢什么样的学生呢？""老师烦恼的话，上课怎么办？""老师的家人很喜欢老师的这个工作吗？""老师有没有想放弃的时候呢？"所以杨老师一直喜欢教 A 班，A 班学生什么中国话都不会说，也就没那么多废话可聊了。C、D 班的学生也相对好些，至少在中国生活过一阵子了，没有那么多好奇了，有的甚至能给老师推荐某个偏僻地段的特色小饭馆。就是 B 班学生，词汇量有限，一肚子问题，又想多练习，就像这个敦子，仿佛敬业的记者在采访明星。杨老师对每个问题都做了回答，带着微笑，选用最适合 B 班同学的词汇和语速。

此后的课堂上，敦子永远坐第一排，永远大睁着眼睛紧跟杨老师的一举一动，作业像印刷体，最后还要画上笑脸，或一只小猫，或一杯冒热气的饮料，或手拉手的两个小人儿。咳！幼稚！幼稚！杨老师改作业的时候总是摇头感慨：日本女人都这么童话？这么卡瓦咿？

有一天，杨林生已经下到楼梯了，敦子追上来："老师，我的礼物啊。""为什么？""因为老师很辛苦啊。"漂亮的包装盒里就是这只日式茶杯。确实很漂亮，是杨老师家里所有用品中最漂亮的一件东西。

为一只出现在家里的女学生送的时时要放在嘴边的杯子，邱梅翻脸了？不至于吧。

唉！杨林生不知道敦子为什么喜欢他，也不知道邱梅为什么不喜欢他，女人难以理喻。

热茶喝下去了，杨林生想起来自己为什么要乖乖坐在这儿。给空调师傅打电话，问什么时候到，那边回答："还有几家活儿，到你那儿估计得晚上七点以后了。"杨林生突然火大，嚷嚷道："那你干吗跟我约下午一两点啊？我火急火燎赶回来，就为了傻呆呆地坐在这儿等你？！"那边可能也安装得不耐烦了，回敬一句："你以为只有你装得起空调啊？"把电话挂了。

杨林生被噎在那儿。

空调到底还是没有安装成，门锁咔哒一响，邱梅回来了，还有轩轩。下班时邱梅顺路把儿子接回来，这是惯例。不过为了等妈妈，轩轩需要在学校的正课之后再上两堂兴趣课，另外交钱的。老婆平日也就是这点儿事。做饭啊，辅导儿子功课啊，这些重头戏都是杨林生的。杨林生帮儿子放下沉甸甸的书包，儿子说："爸爸，昨天我的作文被老师表扬了！要是再表扬两篇，我的语文成绩就能加五分！""好好，爸爸一定努力替你写好你的作文！"杨林生赶紧答应儿子。现在的小学老师，真厉害，真会教学法。

老婆却一直没有跟杨林生正视，放下包，牵了儿子洗手。来到餐桌前，一家三口开始吃杨林生做好的晚饭。夫妻两个人轮流着给儿子夹菜，完全无视对方，好像饭桌上只有两个人在吃饭。杨林生觉得这事儿有点儿别扭，但只是今天觉出了别扭，其实哪天不是这样的呢？因为今天有暗礁埋伏，才感到了它的怪异，平时不是觉得再正常不过吗？我们可以对父母很亲热，对孩子很亲热，对邻居很亲热，对同事很亲热，对楼道里的狗狗猫猫很亲热，唯独不对床上的另一人亲热，有时甚至都看不到对方在哪儿。

他们照常行动。杨林生洗碗，邱梅开动洗衣机，儿子做作业，杨林生辅导。邱梅给自己的父母打电话，给朋友打电话，晾衣服，监督儿子洗澡、睡觉。杨林生备课，不不，从今天开始，杨林生决定再也不备课了——除了一个月后的那堂公开课。

杨林生看邱梅躺下了，也赶紧关了电脑去卧室。电脑一直在帮他熬时间，其实他连新闻标题都没仔细看。脱了衣服，杨林生把右胳膊主动伸进邱梅脖子底下，邱梅不说话，仰起脑袋，把杨林生的胳膊像掸苍蝇一样掸掉。杨林生不依，继续用胳膊使着劲儿，想把身体翻到邱梅身上。也许，这是最简单、最省事、最直接最有效的办法？什么都不用说，肉体上磨合好了伺候好了，就能打消她那股子莫名其妙的怨妇气。这是杨林生利用空闲的一下午想出来的办法。没想到邱梅像被点着了火捻子："杨林生！你想干吗？""你说我想干吗？"杨林生回答得很委屈。"你不是说要回家谈吗？你谈啊！""先身体交谈一下嘛。"杨林生答。往常可能会逗乐邱梅的话，此刻却感觉很尴尬，邱梅从齿缝里狠狠挤出一句："以后不要碰我的身体！"

杨林生跌落回自己的枕头上。

前面好像是悬崖绝壁，无路可走了。不妨就明说："你要离，说个理由出来。""就是没意思，没意思，没意思透了，跟你。"杨林生极受伤，但逻辑还在："没意思不可能是这几个月的事，这绝对不是理由。""就是这个理由。没别的！我就是觉得没意思了！"听到邱梅的答复，杨林生倒放下了一小半心，看来自己在这场事故中没有责任，她根本说不出他的问题嘛。他确实毫无过错，那个杯子算什么？每届学生都送过礼物：巧克力，小甜点，手套，纪念章，书签，还有专门让他转送给妻子的化妆品，她都享用过，好意思拿这个做理由？杨林生背过身，躺舒服了，说："其实，只有一个理由，你有外遇。"杨林生故意说得云淡风轻，不急不躁，说得像跟自己无关。那头沉默了一会儿。这一会儿，杨林生觉得已经长到可以确定他的判断了。邱梅发出"切！"的一声。好了，杨林生更加确认就是这么回事了。

算他胜利了吗？他以北大研究生的素质轻易破解了这桩谜，就了结了？人家要离，问题在这儿。既然已经撕开了血口子，杨林生就得撒点儿盐上去："离，没问题，轩轩归你啊。从此我不用辅导功课了，不用开家长会了，不用作业本考试卷上签字了，不用给老师送礼了，不用去跳小升初的火坑了，不用跟人攀比上火了。哈！太好了！邱梅，赶紧离，我解脱了，我从此自由了！"杨林生说着说着，发现自己说的都是大实话，这已经不是在恐吓邱梅，而是在真真切切地向往未来的日子了。怎么从来没想过，人生的大半苦恼原来是来自孩子！孩子！我们自己的人生一大半是为孩子过的，还有一小半是为父母过的，留给自己的，几乎是些人生的渣渣，没有什么滋味了。

说完这一通，杨林生衷心地、舒畅地吐出一口气，放松手脚，准备入睡。所以说啊，以为是灾祸的，只要直面，或者接招，说不定灾祸变转机。杨林生是突然悟到这一点的。邱梅那儿一点儿声息都没有。当然不可能是睡着了，只可能是在掂量、咀嚼、权衡杨林生的那番话。好吧，给你时间，你细细考虑吧。

到了学校，杨林生第一件事就是去敲院长办公室的门。"头儿，我一晚上没睡啊，压力山大。这是关系到咱们学院的名誉问题，我承受不起。""哎呀，杨老师，多虑多虑，你是最佳人选，不要把自己看低了。你的教学口碑极佳，我了解的。"两个人一来一往，说些废话，最后就走到了拉锯的那条线：杨林生参加教学比赛，也就是开一堂公开课，年底的副教授评审优先。走出院长办公室，杨林生庆幸自己来得还算及时，过一周两周的再想起这茬儿来，也不好意思张口了。这得感谢邱梅，被她一刺激，就想到得给自己增加点儿砝码呀。

几个教研室都知道杨老师要参赛了。他们的反应大同小异，都是杨林生不爱听的："杨老师，您肯定拿奖，肯定一等奖！"杨林生心说："你敢写保证书吗？""杨老师，恭喜恭喜，派您参赛就证明您是学院的教学大拿。"杨林生心说："我是被拉出去斩首示众，难怪你那么高兴。""杨老师，到时候我一定要去旁听，取取经！"杨林生心说："去找点儿毛病，看个笑话呗。"杨林生课间都在忙着回应大家的各种预祝，听得多了，回答得多了，渐渐的，竟然冒出了这么一个想法：看来非得拿个一等奖不可了，否则对不起大家的好意及恶意。待醒悟到自己的这点儿心理变化，他马上泼自己一盆凉水："这心态要不得啊！多少人不就是这么被架上去的？几句话就把持不住，我居然也不能免俗，可见修炼不到家！"杨老师赶紧把自己拉回到地面。

主管教学的副院长于珍英和教研室主任庞小鹏立即找上门来布置工作了。于珍英说："杨老师，咱明儿下午先开个会，定下您具体用哪种课型哪本教材哪一课程去参赛。""啊？"杨老师发愣。亏得他还是资深的骨干教师，竟然听不明白于副院长的指示。"怎么？不是用我现在的课程现在的进度？""那哪行啊？杨老师！这就太随意了。我们要选您最顺手的最能出彩的成功率最高的课型、教材，包括具体比赛时间，是第一二节课好还是三四节课好？下午肯定不能选，大家都犯困。还有学生！您的班由哪些学生组成好？欧美生多点儿好还是亚洲学生多点儿好？活泼可爱的好还是水平高不会出错的好？"庞小鹏笑着补充："杨老师，要准备的事儿多着呢。所以说马上就得开始。不过，大部分不是您一个人的事儿，只是最后由您来执行和体现。""我明白了，我是演员。"杨老师半真半假地调侃，又立刻补充道："还有十几个学生演员。"杨老师觉得自己领悟到了学院的秘密。如果不是叫他开公开课，他哪里知道之前的参赛者都是如此手法？这对吗？这不对吗？需要公开说明吗？不需要公开说明吗？那些评委们知道吗？不知道吗？也难怪他在这儿待了这么多年，对此像个刘姥姥。是啊，这只是当事人的事儿，用得着昭告天下吗？

因为这个秘密，杨老师觉得自己突然被拉进了某种核心圈子，感觉又不一样了。

在食堂一层买了饭，遇到了吕晓敏。上届头名。"杨老师，轮到您受罪啦。"吕晓敏笑道。杨林生也笑着回应："你表现得那么好，叫我没法儿活啦。"吕晓敏开心了："没问题的，杨老师。我哪有您的教学水平。我都能得奖，您就更不用愁了。"听到这种话，杨林生就没有再继续对话的兴致了，"呵呵"两声，端了餐盘就走了。

一份烧茄子，一份炖粉条，一份韭菜鸡蛋。餐厅里大部分人，不论师生，一般都是要两份菜，杨老师向来要三份。一天消耗多大啊，两个菜不够吃，而且学校食堂的菜真便宜，吃多吃少对钱包没有什么影响。刚扒了几口，弟弟来电话——老家的大弟。"哥哥，博飞上火车了，明天到你那儿哦！你不用接的，他有你地址，自己会找去的。""他来找我干啥？"杨林生警惕地问道，然后叹一声，放下筷子，静等大弟说明。反正来找他绝不是来帮他忙的。那个博飞，大弟的儿子，十七岁，说忍到头了，不想上学了，不想高考了，非要到北京来闯荡，首都北京嘛，是必须来闯一闯的。再说北京有大伯，大学老师，教的都是外国人，帮他找个位置还不容易？哪怕给外国人当司机呢！"有啥办法？孩子大了，谁都劝不住，只好把他送上车。"大弟说。

果然！杨林生苦笑："你们就不能踏踏实实在家待着，好好过日子？"大弟在那头没出声，估计是不太明白哥哥的意思。杨林生借机发一通火："一个高中生，都没毕业，到北京来，来干什么？只有死路一条！海归，海归知道吗？海归都失业，博飞是身怀绝技还是怎么的？会开车管什么用？谁要他开车？我教的都是穷学生，哪有车？啊？还没学会开车？那说什么给外国人开车的话？来北京学？你疯了！北京学车是什么价！明天他到了，我给他买张火车票回去，回去接着上学！"杨林生挂了电话，对着不锈钢餐盘摇头，一连串的"离谱！离谱！真离谱！"

杨林生兄弟三人，大弟二弟都留在老家。杨林生一直是对他们抱有歉意的，为了这个学业优秀的哥哥，两个弟弟都没读完中学。现在好，一个种田，一个在电厂运煤，日子都苦，还都早婚早育。博飞比轩轩大六岁，二弟的儿子叫什么聪，也比轩轩大一岁。杨林生是有良心的，从挣工资起，没断了接济这一大群家人。逢年过节不用说了，私房钱的一半都是为他们攒的。为不给邱梅添堵，这活儿也是很伤脑筋的。

挂了大弟的电话，杨林生还是长时间在生气中。这生气是因为他心疼自己的弟弟。吃苦耐劳的弟弟养了一个不肯读书的儿子，苦了十七年，眼看可以卸担子了，好嘛，小子又往父亲的担子里扔进一块大石头。当年是想读书没钱读，现在是求着你读书你不读！可恨！更可恨的是这小子还自以为是，企图搭上便车享清福，既说是"闯荡"，还靠大伯干什么？现在的孩子，不成器！没法跟自己年轻那会儿比。

晚上八点多，正给轩轩听写英语单词，博飞的电话来了。说到了小区门口了，因为带的东西多，出租车又不愿意开进来，"大伯能不能出来接我一下？"一听是坐着出租车来的，杨林生没有好气。这是来吃苦打拼的模样吗？来干活儿的，带一大堆东西做什么？坐电梯往楼下去的时候，气不顺的杨林生好歹也想到了一个好儿来：幸亏是在跟老婆冷战中，彼此不说话，也就不用向邱梅通报这个博飞的前因后果了，否则，费口舌不说，"乡下亲戚"总是令人气馁。每当老家来人，邱梅口称"你的驻京办又开张了"之时，杨林生还是能听出话里挖苦意味的。

把博飞的三个脏乎乎的行李包拖进家，小声地把轩轩叫出来打了招呼，杨林生就把博飞带到阳台。博飞嗓门很大，问："伯妈不在家？怎么没见伯妈？"杨林生指指卧室："不舒服，可能睡了。"立刻问他几个严肃的问题。一是火车一早就到北京了，怎么晚上才过来？博飞嘻嘻笑着说："我要一早来，家里也没人哪！我去鸟巢了！还去军事博物馆了！""带着你这三个大包？""哪里！我存火车站。晚上吃了晚饭再去拿的。也不知道里边的年糕坏了没有？"第二个问题：又是出租车又是在外边吃饭，你是来挣钱的还是来花钱的？博飞又是嘻嘻笑着说："大伯！穷家富路嘛！省一时都不会富一世的！"杨林生不想再问下去了，不客气地说自己的意思："博飞，大伯老实跟你说啊，你这种情况，要在北京生活下去，难度比把你丢到美国去生活大多了！你不要笑，就是这么回事。你在这儿能做什么？身无长技还不以为然。你连个送水工都当不了！你住哪儿？吃什么？喝什么？天天下馆子？你能撑几天？"博飞换成了可怜巴巴的语气："所以我来找大伯帮忙嘛！大伯先帮我站稳脚跟嘛！"杨林生不想跟这个孩子诉苦，他直截了当："你只有两个选择，一个是明天回家，上学读书，我会给你买车票的；二是明天回家，去学开车，学会了就到镇上开出租。驾校学费我付。你现在去洗个澡，我在厅里给你打个地铺。"

杨林生交代完，回儿子房间继续辅导。他还记得刚才轩轩写到"magic"，真希望此刻身旁有个仙女，魔法棒一挥，万事俱妥！

十一点四十，把轩轩安顿好。客厅电视机和两个沙发之间的地上，博飞已经睡得四仰八叉，活像章鱼了。杨林生轻轻走过客厅，拧开卧室门把手。邱梅竟然开着床头灯在看手机，对杨林生进来没有任何反应，也可以说是跟平时一样的反应。杨林生到他那一侧，脱衣上床。正脱着呢，邱梅说话了："我在淘宝上看中一款榨汁机，一千多块，功能很全，明天下单了噢。"

声音响起时，杨林生停住了空中的手，听完后，把手放下来，手里的衣服扔到床头柜上，躺下。过了总有半分钟吧，他决定回答。他从喉咙里"嗯"一声——算是回答，算是和解。

哪里有什么和解？谁能做到和解？凡遇恼火事，杨林生总对自己叨叨两个字：修炼！但能修炼到位的也只有小事而已：买了件假货，地铁上被人推搡，饭馆里吃出头发，这些可以修炼。遇到老婆已有外心这种事，就难以修炼了。

杨林生真的没有修炼到家，睡到半夜，突然醒了。悄悄下床，走到邱梅那一边。床头柜上的手机在充电，杨林生拔了电线，关了音量，拿到阳台。他先翻找手机里有无异样的短信，几十条"通知"、"开会"、"快递发出"、"美容打折"、"订餐"，看下来，就不耐烦了，再看通讯录里有无陌生的男性名字。有，还不少，不少就不好筛查了。再到她的微信群，哇，这儿更是铺天盖地的垃圾对话，毫无价值。这是杨林生头一回这么偷鸡摸狗，心里高度紧张，手指头发抖，哗哗地刷屏，即便有什么异样也会被漏过去。这不行啊。既无效率，又很下三滥。杨林生对自己的举动都有些不齿了。赶紧退出去，进卧室，将手机恢复原样，躺回床上。

星期六一早起床，不必多言，三人按照固有的日程表行事，邱梅带轩轩坐地铁前往"拓智学校"，到了学校，邱梅就可以返身去逛街了，轩轩自个儿去上八点半到十点的两堂英语课，然后收拾好书包，转场到另一个教室上十点半到十二点的两堂数学课。十二点，邱梅在教室外等到轩轩，两人去麦当劳、肯德基之类的地方解决午饭。还不能回家，因为下午还有一个小时的作文课，但已经有盼头了，好过多了。下午的课邱梅就不能出去瞎逛了，她在专门开放给家长的休息间里玩微信，玩QQ，近来是给他发微信。发出去，等待，回复，再等待，再回复，时间快极了。有两次轩轩背着书包站在她面前时，她简直要吓一跳："下课了？一个小时了？老师宣布下课了？"这一整天杨林生在哪儿？杨林生当然不是在家睡大觉，他是"中外通吃"。他上午去大学同学开的培训学校教初级英语，学生是中国成人，多半都是学点儿"多少钱？""卫生间在哪里？"之类的赶去美国陪儿子读书或者带孙子的成年人，杨林生的英语足够应付；下午去国贸那边的韩国公司教汉语，学生是四个"部长"大叔，这就是杨林生的专业了，他驾轻就熟，游刃有余，就是路上时间可惜。杨林生这边挣的钱，儿子那边交出去，不但没有盈余，也非收支相抵，相反，是入不敷出！但杨林生仍然很欣慰，尤其是看到十一岁的轩轩毫无怨言，每个周六一早乖乖上路，下午回家又乖乖做补习班作业的那个懂事明理样儿。只要孩子学进去了，杨林生把自己榨出血来都不会觉得疼的。

给四个韩国大叔——其实跟他年龄相仿——讲了"由"和"被"的区别，"好在"和"幸亏"的异同，"一会儿"和"不一会儿"的语用变化，大家讨论一阵，练习一阵，一个半小时就熬过去了。回家的地铁上，杨林生发现自己还没有修炼好，因为他拿出手机拨给了跟邱梅关系最好的同事李佳佳。

"喂，杨老师，难得啊！不是向我要邱梅吧？没在我这儿哦。"李佳佳是个话极多极啰嗦的女孩儿，以前杨林生还想，跟这样的女人生活，会不会死于噪音啊？现在，杨林生却特别需要她的滔滔不绝、毫无保留。杨林生说："邱梅的行踪我是知道的，我是想问你她近期的动向，感情方面的。"李佳佳那边很安静，就像一条水渠突然合上了闸门。杨林生再说："你是她的好朋友，当然也是我的好朋友。如果邱梅有点儿风吹草动，我及时掌握，就可以及时努力挽救，你说是不是，佳佳？"杨林生说完，觉得自己很像个教唆犯，对一个三四岁的小女孩说两句好话，小女孩就傻傻跟着走了，连棒棒糖都用不着。李佳佳应该是立刻想明白了，立刻就知道孰轻孰重。杨林生地铁还没到站呢，邱梅和孙智勇的动态就尽在他掌握之中了。"杨老师，你确实得马上行动了。邱梅和老孙还没走到实质性的那一步，他俩啊，顶多牵个手，搂一下，最多最多 kiss 一下而已，我估计啊，有没有 kiss 都难说。要不，邱梅肯定会告诉我的。所以杨老师，你还来得及。我是邱梅的朋友，我这么和盘托出可完全是为了邱梅好，我不想看着好朋友一步一步走向深渊，所以杨老师，你得替我保密噢。你要是说出我告诉你的，邱梅跟我急眼，我绝对拿着斧头找你去！老孙的电话你记一下，我就不通过短信了，免得我留下我的罪状。"杨林生边听边消化边想：女人真是可怕，老成持重的女人可怕，天真活泼的女人更可怕；互相之间不对付的女人可怕，号称闺蜜的女人更可怕。

李佳佳最后说："其实呀杨老师，你不来问我，我也会找机会告诉你。我挺看不惯这种事儿的。互当小三儿，简直没底线！"这话好，让杨林生卸掉了一大半对自己的鄙视。

杨林生进门时，母子俩已在家了。一个在做作业，一个在上卫生间。杨林生走到儿子身旁，看他做的什么——用英文写周记。看着儿子小手下边工工整整的字母，杨林生突然有些心酸，他说："轩轩，别写了，咱俩下楼玩会儿？"轩轩仿佛听不懂，扭转头盯着父亲看。杨林生只好再说一次："咱俩下楼玩一会儿去？踢球？打羽毛球？要不什么都不干，就拔草！揪树叶！踩蚂蚁玩儿！"儿子听懂了，丢下笔，兴奋地"哇哇"冲到门口。杨林生赶紧找了个皮球追出去。卫生间里邱梅高喊："你们去哪儿？轩轩你去哪儿？"谁也没听到。

轩轩跟一个幼儿园大班的孩子玩儿，在滑梯和麻绳圈里互相追逐。杨林生看着这"放养"的一幕，如同一个刚刚打赢了战役的指挥官，欣慰地坐到铁制跷跷板的一头，准备下一场战役。手机里已经存上了那个孙智勇的号码，杨林生吸一口气，摁下那号码。

"喂，是孙先生吗？"对方接听后，杨林生开口。

"是，您哪位？"

"我姓杨，是您同事邱梅的丈夫。"吐字清晰。

"噢。"孙智勇还是很智慧的，不多说第二个字。

那就我来说，杨林生想。"我听说您对我家邱梅有一些不太妥当的想法和举动，我就是来跟您证实一下。免得大家误会，让您名誉受损。"

"噢。你从哪儿听说的？"

"从哪儿听说的不重要，我怕的是过几天传到您妻子那儿，事情就更麻烦了。"

"荒唐。"

"是谣言荒唐？还是您家人知道以后会觉得荒唐？"

一阵沉默，然后电话挂断。杨林生于是也把手机收进裤兜，专注地欣赏轩轩的身影，仿佛这场战役注定胜利。

"集体备课"这种东西不是说一个教研室的老师们坐在一起同一时间备课，而是大家坐在一起，共同来备某一个人的课。我觉得该这么上，他觉得该那么上，你觉得该怎么上？大会议室里，于珍英副院长和庞小鹏主任双双出席，杨林生坐在第三席位，他们的左右两旁坐了被院领导指定而来的十位教师，场面有些像要聚义起事的意思，杨林生开场时环顾了一周，几乎失笑。待进入了话题，就明白很难再发笑了，根本不是"起事"，正相反，是对他一个人的"公审"。

有人说，这一课原本不是要用六课时吗？杨老师您就展示第五、第六课时的内容，也就是让学生说啊，练啊，单独说，两两说，小组说，最后，每组派一个代表上台总结。多好！形式多样，气氛越来越活跃，学生们越说越熟练，马上看到效果！老师的压力也小啊，说错话的事儿主要发生在学生身上。

有人说，评委马上就知道这是在逃避。他们不会给一堂主要是学生练习的课打高分。虽然他们天天在说"以学生为本，以听说为主"，但是比赛就是比赛，跟平时的原则无关。比赛比的就是老师，比老师的表情、手势动作、步态、语气、用词、板书、讲解、过渡、组织。底下就是坐了二十个不说不动的木墩子，他们照样给你评出一二三等奖来。

有人说，最不喜欢讲课文了。我们的课文都有年头了，有没有二十年？反正我到咱们学院时这本教材就在，里边居然还有"同志"！还有"小姐"！太可怕了！请问各位老师，你们是怎么处理这两个词的？反正我不讲这两个词，学生问，我就说不用记，没机会用！所以啊，杨老师，我的建议是您就比第一、第二课时，把那些有用的词、语法点、句型、结构讲清楚，最后学生能用它们表达自己的意思就行了。

有人说，大家有所不知，那帮评委老头老太太其实最重视课文，用他们的话来说，就是要"细抠课文内容"，"抠门"的"抠"，可见多变态。一遍遍讲解，一遍遍读，一遍遍分析，最后弄到什么程度？底下的学生整个把课文倒背如流！比中国学生还过分。我们学校的优良传统就是这么被他们弄出来的，他们现在坐在评委椅上，当然不会放弃他们自己树立起来的所谓"旗帜"。

会议室中间的杨老师，随着各人的指挥棒，一会儿想："哦，讲五、六课时，那我就这么讲好了。"一会儿转到："哦，有道理，讲一、二课时，那我就这么讲好了。不行，还是三、四课时保险，那我是不是改成这么讲？"杨老师脑袋里忙得团团转，感觉自己就像是置身迷宫，在使劲儿儿找出口，同时还有这么多人帮着找，但是每一个人都指着不同的方向，迷上加迷。吕晓敏突然说："你们看杨老师，好像眼睛都发直了！"大家齐齐转过脑袋来看，顿时爆发出欢笑。庞小鹏说："哎，杨老师刚才的表情你们都用个什么词形容一下。"魂飞魄散，六神无主，失魂落魄，五内俱焚，肝胆俱裂，神游天外，神思恍惚，老僧入定。杨林生说："我也说一个？呆若木鸡？"

大家齐声叫："绝了！绝了！最传神！"

总之，说了三个小时的话，等于什么都没说。最后是因为天色已晚，各人归家心切，才散了摊儿。烦人的是，庞小鹏还冲着大家的后背预告："本周咱们再找个时间第二次集体备课。希望没有第三回啊。"

除了手机号码，杨林生还在黑板上写过自己的电子邮箱，告诉学生有什么问题可以给他发邮件，也可以是写了文章希望让老师纠错的。学生们从来没用过，有问题当场问呗，他们可没有中国学生那种不好意思对老师发问的扭捏劲儿。今天，杨林生的邮箱终于收到了第一封来自这个班学生的邮件。看发信地址，来自敦子。敦子发来了三张照片，照片的主角都是杨老师。一张是在教室，课间跟几个学生聊天；一张是在教学楼门口，杨老师抓着褐色提包进楼门；一张是杨老师走在校园里，身后是篮球场。这都是哪天哪时的事啊？这个敦子什么意思？粉丝成这样了？杨林生开始自问自己有何魅力，可以让一个扶桑女子这样的关注？反正这么多年，不必说年轻异性了，什么年龄的异性都没有把目光长久地放在他身上，包括邱梅。人们看他，他是丈夫、儿子、父亲、老师、朋友、邻居、同事、同学、同乡，但是，是不附加性别的。法语里连桌子椅子、叉子、勺子都有性别，他一个四十岁的壮年，却渐渐失去了、遗忘了自己的性别，弄成了一个无性之物。看着这三张自己居于画面中心的照片，被女人注视的甜蜜不由得弥散开来。绝不是敦子怪异吧？应该说自己身上必定还留有某种吸引力。

杨林生回复："看到你发来的照片了，很高兴。谢谢。明天见。"

明天见。一个约定。一个可浓可淡的约定。还能跟一个女人发出这样的约定，不管怎么说，都值得欣慰。

九点五十分，两节课以后的大课间，教研室里最拥挤。已经上完的、还没上的，都堆在一起了。也是通知、玩笑、八卦、订餐、找人、交费、上网的好时间。近期大家关心的是杨老师的公开课和副校长侵占自己所带研究生的论文的"谣传"。"杨老师，一等奖奖金是多少？要请客哦。""副校长论文那事儿，一直在说调查中、调查中，有那么难调查吗？凡是说调查中的，那就是实有其事！错不了。"

隔壁教研室的姜老师捧着牛皮纸包裹的沉甸甸两大摞东西走进来。

"哟！姜老师！您这是——"

姜老师不急着回答，微笑着把东西搁到屋子中间的大办公桌上，不慌不忙撕开牛皮纸，哗——哗——大家都围拢来看。

"哇！您的专著啊！"年轻伶俐的老师瞬间就看清了书的封面，飞快地拿过一本翻看起来。姜老师现在说话了："今天刚拿到。各位多多指教啊。每人一本。这屋二十本，应该够了吧。"《国际汉语教学大背景下的汉语推广新思路以及教学新模式》，厚厚的一大本，光洁的铜版纸封面，"姜义钢"三字光彩夺目地位于正中央。姜义钢把书一一递到老师们手中，口里念着："多多指教，多多指教。"老师们纷纷表态："太棒了！姜老师，恭喜恭喜。""姜老师，给签个名儿啊。""姜老师，太厉害了！这么厚的专著啊！"

杨林生拿到以后，五味杂陈。姜义钢，比他小四五岁呢，记得他刚到学院的时候，什么都不明白，进了课堂手脚不知道往哪儿放，学生问"然后"和"后来"有什么差别这样的问题也答不出来，要请教杨老师，现在，人家有一本皇皇巨著了。咳，惭愧惭愧！自己这些年都在干些什么！最大的成果就是每年一篇狗屁论文，交上去自己都觉得是垃圾。但是，自己的论文固然是垃圾，姜义钢这样的专著就利国利民吗？我看也就是浪费了巨量的纸张而已。书印出几百几千套，谁会去读？大家都是恭恭敬敬收下，到家后愤愤不平扔垃圾桶。都是垃圾，占地更多的垃圾。但是，到自己退休那一天，或者需要向子孙回顾自己一生的时候，我说些什么呢？说我教过成百上千个外国人？教他们学会了从"你好"到"学而时习之，不亦乐乎"？他们在哪儿呢？人家姜义钢就可以举着书证明自己的存在和学问。但是，为了这个虚妄的成就，就值得耗费宝贵的时间和精力吗？人生何其匆匆，去看个展览、去钓个鱼都比写什么"认知模块""文化策略""语义转换"强啊。这些都是没有生命温度的东西，是生命的反义词。但是，说人家无趣，我现在又在做些什么？开公开课！参加教学大赛！简直更加无趣。人家灯下苦思，最后有东西放在面前，你呢，比完了，即便荣登榜首，第二天，也就是一个灰飞烟灭！连根毛都不给你留下。

杨林生在短短的十几分钟里，所有的角度想了一遍，到底没有想清楚该如何看待这本书。铃声响，该他进教室了。

杨林生洗澡时，听到客厅里轩轩突然哇哇哭，还有邱梅的训斥。动静不小，都透过水声跑到了他耳朵里。杨林生立刻关了喷头，把脏衣服再套上，冲出去了解情况。他最不能忍受儿子受委屈，即使来自邱梅也不行。客厅里，邱梅双手叉在胸前，脸色发青，只出气儿，不说话，杨林生只好小心地问儿子怎么回事。儿子抽抽噎噎地说："妈妈，还，还，让我报一个，班，我，我，星，期天都，没有了。"杨林生扭头问邱梅："干吗还报一个班？语数英不是都有了吗？"邱梅不看他，对着轩轩嚷："我不是跟你讲清楚了吗？这个班也不是想报就能报的，是附中办的！你进了这个班才有上附中的希望，人家就是从这个班里选人懂不懂？！"

儿子抽噎，杨林生沉默。邱梅继续严厉警告儿子："要不是我们同事提醒，我还不知道呢。到时候你成绩不行，又不在这个班里占个位，你怎么办？到大街上流浪去啊？"儿子抽噎，杨林生还是沉默。

一说到读书、上学，杨林生有无穷无尽的体会和感慨，要写成书，肯定比姜义钢的那本厚。在他身上，最能体现苦读书、考大学的必要性。不不不，也可以这样解读：如果你觉得你的生活比你的两个弟弟幸福，那你就应该让儿子拼命读书，如果你觉得你的生活很不堪，很混账，你宁愿回到乡下去种田、运煤，那你就可以对儿子说："轩轩，咱什么班都不必报。已经报的班也甭去管它了。爱谁谁！"杨林生长久沉默，因为他连他自己的生活是幸福的还是不幸福的都难以定位，他怎么来替儿子决定未来？

把事情想简单点儿：至少他有钱来帮弟弟们，至少他比弟弟们有钱。他买得起空调，他买得起榨汁机，他买得起最好的电脑。于是，杨林生无比温柔地揉一揉儿子的肩膀，说："轩轩，那就报一个。坚持一下。不就一年嘛。爸爸陪你去。你再匀给爸爸一种作业，好不好？"

杨林生躺下了，邱梅从卫生间回来，关上卧室门，直直站到杨林生面前问："你给孙智勇打电话了？"

"对。"

"谁告诉你的孙智勇？"一个怪句子，但是意思很精确，所以杨林生听得明白。

杨林生回答："有一天我看到你们俩了，眼神、动作超出同事关系。"

"你怎么弄到他电话号码的？"

"这简单，你手机里有啊。"

"杨林生！你真混蛋！"邱梅都顾不得问他怎么知道那个人叫孙智勇，就对着床上的杨林生俯冲下来，不知是要揪他的头发还是掐他的脖子，杨林生迅速闪开，邱梅追扑，杨林生仰起上半身来抵挡，邱梅的手指抓来，杨林生眼角一道白色的抓痕，很快，有痛感，很快，白色抓痕变成红色伤口。

这下问题倒解决了。邱梅住了手，杨林生找出一管氟轻松之类的药膏抹上，睡觉！

早上起床，发现眼角部分不太雅观。血口子几乎未结痂，形状和角度像是他杨林生在流淌血泪。这要在讲台上展示两小时，太滑稽了！他在镜子前忧心了一会儿，终于想到了个补救办法：贴上一条创可贴，竖着贴。至少颜色是接近的。

整个儿算下来，杨老师的这堂公开课一共要出三十五页 ppt，五十六张图片。老天！这是在拍微电影啊。按照找一张合适图片需要一个小时左右的速度来计算，这 ppt 需要五十六个小时，再加上文字、排版、效果，还不得一百个小时？一个全职电脑操作人员一天八小时，就得耗时十二天半！杨林生再次深感荒唐。他觉得已经不能叫"比赛"了，更接近于"造假"。谁会为了平常的两节课花一百个小时备课？他现在在做的事情就相当于把整个园子里的树全都拔了，移种到客人将要经过的园子门口。

随它去吧。反正是一次。反正大家分头干。十四个人分这三十五页。也就是说，两个教研室里年轻力壮的，抛掉那些没来几年的汉语教学的菜鸟，全都接了活儿。又开了个会，统一了格式、字体、背景、色调，剩下的按着要求撒开满世界去找。杨老师感到惭愧，虽然头儿们早就说过这不是他一个人的事儿，他只是最后亮相的那个人，但，杨老师还是觉得这么多人来为他一个人的亮相做这么多铺垫，声势过大，愧不敢当。杨林生抱拳施礼："老师们，辛苦大家啦，给各位添麻烦了。不才日后定当重谢。"说两句怪话减轻郑重其事的尴尬。大家笑得勉强，但也一致高喊："请客呗杨老师，五星级海鲜酒楼。"

杨林生自己也有三页 ppt，六张图。这六张图分别是三张照片、三张漫画。照片不能是洋人脸洋人风格，漫画不能是西洋风，也不能是东洋风，只能是中国风。真是自己跟自己过不去，偏挑最难的路走。画面须清晰，主题明确，一看便懂，要生动要有趣，还要健康。网上图片不可穷尽，用人力一一搜索，如同用网兜子在汪洋大海中捞，想想都令人绝望。杨林生已经想好了结局：面对汪洋大海，最后人人都得缴械。那些标准？算了吧！有张骗骗小朋友的图就不错啦！从前没有电脑，没有 ppt，不也在教外国人吗？可能教得更好。

手机响，看显示，是敦子。杨林生心跳快了几分。敦子要说什么？干吗不发短信？其他学生找他可都是发短信，中英文夹杂，事情容易说清楚。

杨林生定定神，接听。

敦子一上来就带着哭腔说："老师，我感冒了。"

哦，感冒了？杨林生以为敦子以"感冒了"作为电话的开场白，后边接着要说的是"老师，明天不能上课了""老师，心情不好，不想做作业"之类的托词，没想到，敦子的电话就是"我感冒了"，没再说别的话了。

"老师，我感冒了。怎么办？"

怎么办？一个三十多岁也许四十多岁的女人不知道感冒了怎么办？怎么可能！杨林生当然要想到这是敦子的借口，给杨老师打电话的借口，听听杨老师的声音的借口。杨老师于是安慰："好好休息，多喝开水，注意保暖。"跟课文上写的一样。敦子却说："老师，可以给我带些感冒药来吗？"

杨林生已经快到家门口了，敦子的这个要求叫他进退失措。不，回家；好，回校。杨林生选择了"好，回校"。

四十分钟后，杨林生在学校附近的药店买了感冒灵、伤风感冒胶囊好几种药。其实，外国人是不会吃非正规医生开的药的，当然也不会给他人送药，否则出问题是要承担法律责任的。很多年前，杨林生还是年轻老师时，一个英国学生说他到了北京一直拉肚子，杨林生就给他带去一盒药。学生拿到药后惊得眼睛溜圆，当时杨林生还以为是把学生感动坏了，后来人家主动说：这不可能，这在英国不可能发生，因为"老师您不是医生"。这个敦子，肯定是醉翁之意不在酒。

敲敲敦子的二〇七宿舍，敦子来开了门。披着大毯子，眼睛、鼻子红红的。杨林生把药交给敦子，敦子问："老师，我怎么吃？"于是，杨老师烧了热水，泡一杯冲剂。敦子捧着黑乎乎的药汤，哽咽道："老师，你是世界上最好的男人。你的妻子是世界上最幸福的女人。"杨林生说："谢谢。"心里却说："前半句未必，后半句绝不。"世界上处处是假象。我们不能相信我们听到的，我们也不能相信我们看到的。

敦子痛苦万状地喝下半杯冲剂，再也咽不下去了，杨老师再大的面子也没用了。杨老师不等了，从椅子上起来："敦子，我回家了。你早点儿休息。要是明天还是不舒服，就不用去上课了。我会告诉别的老师的。""老师，你要回家吗？"敦子把眼睛瞪得圆滚滚，好像杨林生根本就不该有个家，根本不该回那个家。"老师，我怎么办？""你好好休息。"杨林生走到门口，握住门把手，回身跟敦子告别。敦子在身后边跟着，像一只不愿主人离家的小狗，眼神里含着委屈。

杨林生没有去拧开房门，他停了下来，盯着看了一会儿敦子，然后手离开门把儿，伸过去，放到了敦子的额头上。

除了邱梅，杨林生这辈子没有对第二个女人有过这种行为。只是放在额头上啊，又不是放在乳房上，杨林生已经热血上涌，呼吸急促了。

"哦，没有发烧。还好。"他说出这么一句，声音虚软。

"老师！"敦子张开胳膊，紧紧抱住了杨林生。矮小的敦子的头发正好搁在杨林生的脖子处，使他皮肤发痒，使他心发痒。于是他也伸出双臂，把敦子抱住。

接下来应该怎么办啊？杨林生已经完全空白了。

敦子将头仰起来，像电影中的画面。两个人的脸是这么近！两个人的嘴巴是这么近！两个人的眼睛是这么近！太近了，近得把杨林生吓醒了。

杨林生用胳膊把敦子的上身推开去："好好休息，我回家了。"

拉开门，不敢看敦子的脸，走出去。

往地铁站走的一路，杨林生手脚发软。方才那一场面，对杨林生心灵的冲击竟然超过邱梅要离婚的宣告。真的，真的是这样！杨林生再三对自己确认这一点。可这是为什么？原因何在？杨林生现在的大脑有点儿不像自己的，但他还是拼命想，必须找出这个答案来。离婚这种事是有出现的概率的，是可以拿出来跟朋友讨论的，但是，男女的私情或者说艳情在杨林生身上绝无发生的可能，其概率为零。这就解释了与敦子相拥的冲击力了。是这样的吧？

他双腿绵软地走到小区门口，门卫小亭子里的大钟指到了七点半。杨林生小跑起来。

进了楼道，电梯口堆了一堆人，两三个穿工装的小伙子扳手啊螺丝刀抓了两手，蹲地上对着电梯门吭哧吭哧地忙乎。门里边咣咣咣地敲，有人被关在里边了。一个修理工冒着汗，对电梯里的人吼道："别他妈砸门了，这不在修吗？！你这么砸能把电梯砸好啊？！能砸好叫我们来干吗！"里边的人的怒火喷出来，嚷道："关的不是你啊！说什么风凉话！快一个小时了！你们是干什么吃的！把物业费还给我们！"是邱梅！杨林生吃了一惊。儿子呢？这么说轩轩也在里边？杨林生冲上前去，挨着修理工身边，凑到门缝处叫喊："轩轩！轩轩在不在里边？"

"爸爸。"轩轩的声音。平静，过于平静，甚至都有些无精打采。

杨林生心疼坏了，轩轩也许缺氧了。"邱梅，让轩轩到门缝来，门缝有点空气。轩轩你没事吧？轩轩你再坚持一下啊。师傅马上就会开门的。"

"爸爸，我没事，我在做作业。"轩轩平静地回答。

一刻钟后，电梯门咣当一声开了。一家三口相见了。轩轩把膝盖上的作业本收起来，坐地上的时间久了，叫着"妈妈！妈妈！"，想让妈妈拉他起来，不过邱梅已经大步跨出去了，于是杨林生冲进来，蹲下身，紧紧抱住儿子，不需要任何顾忌、没有任何压力地紧紧抱住儿子。他从来没有这么使劲儿儿地抱过儿子。"儿子，不上去了，我们去吃好吃的。"杨林生拿过书包，把儿子牵出来。"好啊。我们吃什么？"轩轩问。"不去！"邱梅在楼道中央立定脚步，在那么多要上楼的和围观的人中间，凶巴巴地嚷道："回家吃！"杨林生用儿子电梯里那种平静的语气说："太晚了，没时间做了。"没料到这句话把邱梅点醒了，她严厉地问："你今天是怎么回事儿？比我们还晚！我们在电梯里都一个多小时了！"杨林生不做回应，牵着儿子往外走，温和地对儿子说："想吃什么你点，全听你的。""外边的垃圾食品，一个礼拜吃一回，还没吃够啊？"邱梅在他们身后顿脚。

"我们活得已经够垃圾的了，吃点儿垃圾食品怕什么？"杨林生没有回头，这么回答她。他听到她还是跟上来了。不管她跟不跟来，他都会坚定地带着儿子去吃好吃的。

庞小鹏把一张 A4 纸交给杨林生："杨老师，这是您公开课的学生名单。您试讲的课也就跟这十五个学生一起练习了。您演习，他们也得演习。"杨老师接过来，不出一分钟又追去找庞主任问个究竟。

"主任，这张名单，没搞错？"

"哪儿错了？名字打错了？"

"怎么我们B3班一个学生都没有？我知道要新组一个班，不过，我们班不会一个学生都选不上吧？至少应该有班长丹尼尔，还有俄罗斯的雅娜，他们两个学得特别好。"

庞主任宽厚一笑，把杨林生拉离楼道，拉进办公室，关了门单独解疑。"哈哈哈，杨老师，我跟您解释啊。这个问题我们有过教训，惨痛的教训！大概是从第三届开始，我们就另选学生组成新班——这也是跟别的院系学的啊——从别的班找了好学生来，原来班的保留一半吧，就这么组成一个新班，结果可好！原来的那个班，包括被我们选中的，都炸了，几乎要游行示威啊！当然没游成，但他们找校长去了，说我们搞歧视！为什么一半可以继续学习，一半没有学习的机会了？校长把黄院长叫去了，弄得黄院长极其难堪。从那以后，我们就学乖了，彻底换血！你们不是闹吗？那就一个都不要，好到天上也不能要了，换一拨人，就说你们的老师有一个额外的工作，跟你们无关啊！从此天下太平！杨老师，想通了吧？办法就是这么被逼出来的。"

"可是这些人，我一个都不认得，课怎么上嘛！"

庞主任笑："所以我们就需要试讲嘛！杨老师！一次不行，就两次。再说，来来来，您看啊，"庞小鹏抽过杨老师攥在手里的纸，指点道："这个，C班的杰里克，这个学生可厉害了，声调特别准，据说是学音乐的，您想，一张欧美脸，发音又标准，评委肯定有好感；这个，维克，特逗！郭老师特别推荐的，说有了他，班里就没有沉闷、冷场这一说了，搞笑天赋一流，但人家又不是恶搞、调皮捣蛋，人是时不常地来一句玩笑话，老师同学都听得懂，笑果一流！这个这个，美霏，小巧玲珑，声音嗲嗲的，可爱极了，能把几个评委老爷爷融化咯，水平也不低噢，也是C班的；这个这个，星野，B4班的班长，大哥级的人物，做事特别周全、热心、主动，他们班的常老师说他什么都不用操心，星野全帮他搞定，省心极了。哎，我们还要了两个A班的噢，他们就是来闹点儿笑话出点儿洋相的，听不懂啦，答非所问啦，磕磕巴巴啦，有这么一两个人特管用，我们发现评委们都喜欢班里出点儿事，把气氛弄活泛了，然后老师轻松一化解，表明我们的老师可以对付任何一类学生，好的差的，都不在话下。有他们，班级也显得自然哪，不会让他们怀疑这个班怎么水平齐刷刷的？"

庞小鹏滔滔不绝，如数家珍。这至少说明院领导确实重视，这是年度大事。庞小鹏把名单递还给杨林生，最后又兴奋地补充："杨老师，您的这个班里有四个班长！绝对称得上是史上最强班级！"

杨老师握名单的手不禁微微抖起来。这是史上最强班级，可见自己是史上最有压力教师，史上最欠债教师，史上最需要获奖教师。

试讲课安排在学院最大的阶梯教室里。十六排座椅，一排二十个座位，左右各五个座位，中间一条十个座位。十五个"选手"学生坐在一、二排的中间都坐不满。杨林生老师站在讲台上，放眼望去，从第四排起，除了黄院长、于副院长、两个教研室主任，所有没课的老师也都到了。人数大大超过演习的师生数，场面很壮观，任是多少年教龄的老教师，也不由得会手脚拘束，面部表情僵硬。嘿！第六排左边那个是谁？王姐。大家叫她王姐，都不好意思叫"王老师"，因为她的活儿是给各个办公室换桶装水，分发校刊，收集废杂志废报纸卖掉，定期到教室里更换签字笔，那种笔用得快，不怎么写板书也只能撑一个礼拜，灯坏了厕所堵了给后勤打电话。就这类的活儿，实在叫不出"老师"二字。但王姐怎么会坐在这儿呢？这是因为杨林生老师特别平易近人，谦恭小心，是少有的几个每天微笑着跟王姐打招呼的人之一。更让王姐感激的是杨老师教会了她发短信。为这些，王姐要来力挺杨老师。

杨老师开了电脑，插入 U 盘，放下幕布，打开灯光，浮现微笑，一切准备好，铃声响。杨老师对十五个学生微微颔首："同学们好。上课。我先点名。"

"我先点名"是要说给评委们听的。平常日子，所有的老师们抬眼一扫，当然知道谁来了谁没来。认真点儿的老师课后会在考勤表上打个钩画个叉；随意点儿的老师呢，学期末要上交考勤表时才会想起来，只好凭记忆圈圈画画的。没有人一个一个叫名字，叫一个画一个。可是教学比赛要求的第一条规范就是上课点名。你看，一上来就逼着大家演戏。好在，对杨老师来说，此时点名倒是必需的，因为杨老师还不认识他的已经开课近三个月的学生。

什么都考虑到了，什么都设计到了，有两个地方没想到，就出了问题。第一个是学生。学生虽然都是精选而来，但是你没法控制人家的思想啊，第十七分钟讲到"品种丰富极了"时，美国的艾伦突然举手提问："老师，能不能说'丰富透'了？""不行，"杨老师回答道："'极了'前边的形容词好的坏的意思都行，你可以说贵极了，也可以说便宜极了，可以说漂亮极了，也可以说难看极了，但是'透了'你就只能用意思不好的形容词了，你可以说坏透了、麻烦透了、乱透了、糊涂透了、脏透了——"，杨老师想举更多例子的时候停了一两秒，艾伦便接话道："那我能不能说，我哥哥的女朋友胖透了、丑透了？"十四个学生包括A班的放声大笑，欢乐爆棚。后边的听课老师也无法控制自己，咯咯地笑。学生们笑艾伦对哥哥的调侃，老师们笑的是"胖透了"、"丑透了"三字的滑稽组合。杨林生老师跟着大家笑了几秒钟，正色道："我还没说完啊，'透了'这个词的使用范围很有限，不是所有的坏意思都可以用，前面可以用哪些形容词，大家记住几个典型的、常用的就行了。"艾伦不以为然地挥一挥手："我知道我知道，中国老师常常让我们'记住这个'、'记住那个'、'记住就好了'，好吧，老师，请告诉我，'胖透了'、'丑透了'可不可以说？"杨老师严肃回答："不可以。""哦，"艾伦拱一下肩，表示很遗憾："我可以怎么说？胖坏了、丑坏了？胖死了、丑死了？"杨老师觉得不能由这匹脱缰的马跑下去了，于是佯装痛心地说："我觉得我们大家在这里讨论你哥哥的女朋友胖和丑的问题，真的不太好。"学生们又是一阵狂笑。艾伦也笑，开心大笑。

总算没有脱轨，但是，但是，气氛有微妙的变化。就像一台新车，某个地方有一道划痕，这道划痕立刻就从车上转移到心上了。

杨老师使劲儿啊使劲儿啊，终于把节奏拉回正常时，第四十二分钟，电脑死机了！ppt卡住了，不走了！多精彩的图片它就是不想给你看了！杨老师赶紧鼓捣，不行。一分钟以后，日本学生星野跑上来帮忙鼓捣，不行。"把电教室的冯老师找来！"黄院长在后边喊了一声，郭老师冲出教室。

冯老师来了，继续鼓捣，不行。下课铃响了，学生们笑了。当然他们都是非常好的年轻人，没有恶意。就是觉得好笑嘛。

黄院长坐在院长办公室的皮转椅上，虽皱着眉头，整个神态还是很冷静的；杨林生瘫坐在沙发上，如丧家之犬，身心俱疲；副院长于珍英是个女人，就有些情绪外露了，两只胳膊绞缠在胸前，在房间里走来走去。杨老师开口了，很郑重："头儿，我放弃，我要求退出。"

"啊？"这是两个头儿没料到的。他们以为杨老师要痛定思痛，重新做人呢。

"看来我不适合开公开课，心理素质差，应变能力有限，正式比赛那天肯定还会出问题。现在退出另选人还来得及。"

"杨老师，另选了人，那个什么——什么艾伦？不照样问这个问题？电脑要出问题还是出啊，这些问题不是冲着你来的。正好赶上了嘛。"黄院长说，算是公道话。

但是杨林生去意坚决："不行不行，我已经有心理阴影了。无法再面对这些学生了。"

黄院长转着皮椅，沉吟一刻。于珍英在杨老师身边坐下来，"哎呀哎呀"叹气。

"这样吧，杨老师，"黄院长开口道："这件事情呢，你还是坚持下去，不要半途而废。半途而废另找老师，对你不好，对替代的老师也不公平啊，你说是不是？就剩下一个多星期了，人家怎么准备？"黄院长的话里是满满的不容反驳，杨老师不好说什么。一时静下来。

黄院长看杨林生的撂挑子意思被压制下去了，下边可以加点儿安抚了："年底的副教授评审优先，这个我们已经说妥了，没问题。还有啊，开公开课费脑力费体力，这是共识，这个学期末的论文你就不用写了，参赛就算是你的论文了。"

耷拉着脑袋的杨林生没有因为这个诱饵而兴奋。他知道不给他这些饵料，他也得乖乖做完这件事，既然如此，有了额外的优惠，他应该高兴得蹦起来笑出来才正常嘛。但假设他蹦来笑出来，他算什么人哪？不是很低级吗？不是很像个小人吗？因此杨林生继续耷拉了一会儿脑袋，沉默，然后果断地站起身："谢谢您二位。公开课我开。我走了，回去好好把心态调整一下。"

"好好好，杨老师，没有问题。我们相信你能做好。"两个头儿都起身，把杨林生送到门边。

杨林生的脚步远了，拐到教研室那边去了。于珍英关上门，歪着嘴角恨恨道："什么人哪！装模作样的，跟咱讲条件！真是个滑头！"

黄院长鼻子里喷出一股气，也生气地说："咱们还是太人性化了，太软弱了。啥都不用说，就是你参赛，又能怎么样？不想干给我走人！现在好，弄颠倒了，咱们成孙子了，求着他们！你当是给我干哪？搞错了吧？"

杨林生回到教研室，不痛快，不轻松，不舒服。问题在哪儿？问题不是来自上午的试讲课，而是刚刚黄院长开出的用论文换参赛的交易。这个交易过于直接了，过于明确了，因此就显得很不堪，很低俗。当然也过于小了，一篇论文而已，怎么写不是写？哪个学期的论文费过心思？拼拼凑凑，也就两个晚上的事儿。为了省这两个晚上，却担了做交易的恶名，何苦？何苦！不行，这论文我还写定了！一定要写，必须写！

杨林生走出教研室，往院长办公室去。那会儿院长和副院长正关着门骂他呢，他当然不会知道的，何况他走到一半就停住了。算了，写了论文就是君子而不是小人了吗？那个副教授评审优先的交易也一并舍弃吗？既舍弃不了，论文不论文的则毫无意义。杨林生回转身。回转身就是宽容自己，不要跟自己过不去。世上有那么多人跟你过不去，为什么还要添上自己？

今天走进 B3 班的教室，杨老师立刻发现敦子不一样了。以前的敦子神色专注，面容发紧，这会儿她的表情舒展了，眉眼打开了，整个人像朵花儿一样，开了，杨老师不想给予特别关注都不行。敦子甚至跟同学们开起了玩笑，她对班长丹尼尔说："班长，昨天喝酒了吗？你的汉语这么好是因为你每天喝酒吗？我可以叫你喝酒班长吗？"她对已经离家三个月的已婚男人忠介说："不要找中国女朋友啊！为了学习汉语的目的也不行啊！我要帮助你的妻子注意你。"

课间，敦子来到讲台旁，双手贴着大腿两侧，笑眯眯地对杨老师浅浅一鞠躬："老师，非常谢谢你！"杨林生着实吓了一跳：一个拥抱，还是一个心惊肉跳做贼心虚的拥抱需要感谢吗？需要在全班同学面前感谢吗？老天，她要是被那个拥抱刺激得当场表白爱意，自己的名誉真是要彻底毁了！"来来来，敦子，我们到走廊上说。"杨林生将敦子带出教室，率先走到楼道顶头。

"不用谢。学生生病了，要是我知道，去看望一下很正常。我还有几次深夜去医院看学生的事儿呢。"

"是吗？"敦子又睁大了眼睛表惊讶："老师真的是世界上最好的老师啊。老师，谢谢你教我汉语。"敦子又低首半鞠一躬。

怎么回事？感谢得有点儿莫名其妙啊。

敦子接着说："老师，我今天很高兴啊。"

"看出来了，怎么回事？"

"昨天我的前男朋友给我邮件，他说想重新开始我们的关系啊。我们交往了四年，我想结婚，他不想结婚。我一直一直逼婚，他不高兴，就离开了。这是一年前的事。所以我很难过，就来北京换一种生活。可是，昨天，男朋友突然来信啊，他说能不能恢复我们的关系啊？我同意，因为我很爱他。"

杨林生说不上是应该替她高兴还是应该替自己尴尬，他只好泛泛地问一句："你的男朋友一年前跟你分手的？现在他想结婚了？"问了立刻觉得问得不好，听起来居心险恶。

"是啊，没有想到他还没有忘记我。我太高兴了！老师。"三四十岁的敦子雀跃如少女一般。

咳！杨林生在心中长叹一声。对前男朋友，对敦子和他自己，都需要长叹一声。

"老师，对不起啊，我打算下个星期回日本，去见我的男朋友。谢谢你教我汉语。"

去吧，可怜的女人。杨林生在心里道一声别。

"老师，"敦子突然羞涩一笑："老师，你知道吗？我很喜欢老师，因为老师的样子跟我的男朋友一样啊。"

原来如此……

不过杨林生淡定地回答道："噢，那我很荣幸。"

四节课上完，杨林生接近虚脱，瘫坐在教研室的长沙发上。跟邱梅的冷战在持续中，关系未有起色，杨林生不好要求性事，也因此没有机会丧失元气，但毕竟年已四十，元气不是丧于此，便是毁于彼。几堂课下来，体力的消耗不逊于一场床事。可谁能天天在床上玩儿？他却要天天大强度的两个小时、四个小时！可见，课后歪倒在教研室，没有什么不正常。对自己的身体不能再抱有太高的期待了。

几个年轻人开玩笑："杨老师，软了？"

杨林生笑答："咳，一上完就软，而且恢复的时间越来越长。"

休息一阵，跟那几个还要上会儿网的年轻人打过招呼，杨林生起身回家。

学校大门口，一个男人等着他，手里玩着车钥匙。

"是杨先生吧？我叫孙智勇。"孙智勇迎上来，像在车站接到了客人似的。

"哦。"杨林生吃了一惊，但尽量让自己不动声色。

"方便的话，咱俩谈谈？"

"好啊，方便。"杨林生不怕谈，何况是他的主场。

孙智勇四下看看，提议："咱俩上车？"望望身后不远处的一辆马自达。

杨林生摇头："不用。就在这儿说吧。"哼，怎么可能上他的车去谈？那不是瞬间掉气势吗？

"那您上车，咱俩另找个地方再谈？"

"不用。前边有个小店，走过去好了。"杨林生道。他把底线守住了。两个男人几乎并着肩往街西边走去。杨林生说的店是一家甜品店，一楼卖蛋糕面包和饮料，二楼摆着小圆桌，客人可以拿上去吃。不过一直少有人上去，很清静。

到了甜品店楼上，杨林生觉得有些搞笑。两个大老爷们儿，跑到这种地方来，店堂里连空气都是甜腻腻的，跟他们即将展开的话题很不搭调。

两人各点了一杯甜甜的果汁，也没有别的东西可选择。喝几口，孙智勇开门见山：

"杨先生，您爱邱梅吗？"

什么话！爱不爱的另说。"你有什么资格来问我？"

"我还是有点儿资格的吧！邱梅现在爱的是我呀！您要是愿意放手，事情就简单了，解决起来就快了。"

"你那头都处理好了？我听说你也是老婆孩子、拉家带口的。"

孙智勇耸耸肩："我这儿一点儿都不麻烦，想什么时候去办离婚证就什么时候去，想什么时候单身就什么时候单身。"

杨林生简直要吐。他把他老婆当什么了？一块抹布还是一块地垫？想扔就扔。对方是哑的还是傻的？随便你扔？杨林生觉得自己是在跟一个极离谱的男人说话，真是大大拉低了自己的水准。而邱梅，怎么会喜欢这种人？什么眼光！想到这一点，杨林生瞬间又迷惑了：一个女人怎么会既选择了他杨林生又选择孙智勇呢？这完全是两个极端的选择嘛！杨林生顺便又想到了敦子的那个一年前离她而去，一年后要求恢复关系的男朋友。那个男朋友也是一样的令人迷惑啊。

"既然你那边没问题了，邱梅又是什么意思呢？是她让你来跟我谈吗？"

孙智勇再次自信地笑了："我想，如果我提出跟她在一起，她不会反对的。我们这点共识还是有的。"

杨林生愤怒了，差点儿要将手里的半杯饮料朝他泼过去。店面很小，他只能低低地回答："如果你们有共识，你还来谈什么？邱梅直接把离婚协议拿出来不就行了？"

孙智勇稍稍有些尴尬："我还是想表达一下对您的尊重嘛！咱俩先见个面，您可能也会放心一些。"

杨林生不禁"呵呵呵"地笑出了声。笑的过程中想想真好笑，于是笑声越来越大。楼下的售货员和客人全都仰起了脑袋看他俩。

杨林生拎了包起身："我今天见到你，完全放心了。你们俩，赶紧的。"

杨林生上了地铁。一路上他摇头：邱梅啊邱梅，看在夫妻十三年的情分上，我真要好好劝劝你了！那个老孙，头发稀疏，过两天就要秃了；衣领上好多头皮屑，你从来没注意过？还有！小指竟然留着老长的指甲。老天！你即使只是我的一个邻居，我也要劝住你。

不管你如何痛苦如何煎熬，时间顾自走，总会走到那一天，总会走出那一天。

公开课的时间到了。

杨林生穿上了白衬衣蓝西服，小心检查了他的皮包，里边是不是放了两个 U 盘，其中一个做备用；还应该有一块擦汗的手巾，用手在脑门上抹来抹去不好；课本，学生名单，笔，手表，要分发给学生的资料。好，没有遗漏，出不了什么娄子。

进教研室，只有三个老师。其他人呢？肖老师说："没课的都去您的教室了。杨老师，我后边两节阅读，听不成您的课了，好伤心。"常老师说："没关系，两台摄像机呢。咱们看录像嘛！"小魏老师说："杨老师，预祝成功哦！"

还有一刻钟，应该往阶梯教室去了。这个时间设计也是讨论定下的。刚跨上一级台阶，包里的手机铃声大作！老天！好险！竟忘了关手机，幸好此时响起，再晚一阵，公开课就彻底毁灭，万劫不复。老天助我啊。杨林生慌忙取出手机：轩轩的班主任语文朱老师！这非同小可，这得接一下吧？哪怕是说："我两个小时后给您回电。"

"喂。"杨林生一脚在上，一脚在下，按下接听键。

"是杨智轩爸爸？你尽快来一趟学校，我要跟你说说你家孩子的问题。他的作文里出现了很严重的思想问题，很不健康，我认为我们要及时沟通，帮助孩子彻底消除这种错误思想，否则会影响他将来的人生。那就可怕了！我相信家长和我们老师一样，一旦发现了孩子思想上的坏苗头，就要及时处理解决——"

杨林生不得不打断激动的朱老师："朱老师，对不起，我要上课了，下课以后我去找您。"挂断，关机。

轩轩的作文里写什么了？不不不，是我在轩轩的作文里写什么了？最新的那篇，前天晚上写的？什么题目？什么内容？我还写了不健康的、严重的、错误思想？这是怎么回事啊？到底哪儿出问题了？

　　台阶走完了，杨林生老师推开阶梯教室的门。

　　那是一篇什么样的作文呢？

断　指

　　列车在二十三点四十七分准时启动，哐当哐当在夜色中缓慢爬坡。卧铺车厢的这一群男男女女开始了一次短途旅行。明天早晨六点他们将到达一个离首都不远的高原小城。目前只能说是一个小城。因为这个城市曾经十分灿烂辉煌，在一千六百年前的北魏王朝佛教最为盛行的时代，它是香火圣地，佛寺雕刻充斥了整个城市。高大威严，壮丽明媚，一切形容都不过分。人烟茂盛，商业发达，大道通衢之上行走着华丽的多种族人群。但是，一千多年的风云销蚀了它的耀眼，就像狂风吹散流沙一样，神秘的祖先没料到唯有他们的创作庇荫了他们的子孙。子孙依赖这些古迹生存，在寺庙和石窟前手执画册、钥匙链、宝剑、八卦图、泥塑、地图和一匹满嘴白沫的骆驼，成群地嗡来嗡去，附在外乡人四周，而且他们的面容由于急于推销手中的小商品而显得紧张生硬。

卧铺车厢里的这一群男女中大部分是外国人,小部分是他们的汉语老师。学生的年龄在二十五六岁至三十七八岁之间;教师在二十五六岁至五十八九岁之间。人数之比为 5:1。为了叙述的方便,我们假定学生们都能说一口极其标准流利的普通话。在下面的故事中,他们一般不犯语法错误。因为如果完全照搬现实,普通中国人根本没有耐心听他们说完一个完整的句子;即使有,也常常搞不明白他们想表达的意思。他们之所以在一进入中国就能大胆地口吐怪异的汉语并且有良好的自我感觉,全赖他们身旁的汉语教师们。这是一群经过了特殊磨炼的人。他们能叫人难以想象地快速理解学生们的表达,并且也惯于用一种非正常的汉语与他们交流,使学生们成了能听懂他们的汉语而听不懂标准汉语的一群人。在这个群体中,流通的是一种独立于汉语与学生母语之外的中介语。久而久之,教师们也开始对他们自身的母语似是而非起来。"这么说对吗?""这两种说法真的都可以?""你觉得没人这么说?我就是这么说的呀。"当然,他们的词汇量也随着工作时间的增加而不断萎缩。他们都有职业病。

夜行列车在黑暗中喘息,各式水果摆在这节车厢的每个茶几上。还有更多的食品将在以后两天中从各式旅行袋中拿出来。对学生们来说,到了中国,不把物美价廉的水果吃到吐,就实在太傻。

学生们殷勤地把水果递到教师手中。教师们谢着接过来,师生一片的咀嚼声混在铁轨与车轮的叩击声中,一时安静了些。陈梓、万晓真和另外五个男学生、一个女学生坐在七、八号隔断内。唯有那位女学生是外班的,胖胖的,外形粗犷。因为陈梓和万晓真班上有五个男孩子，而且其中两位尤其的高和帅，特别引人注目，所以，金珠美和其他女生一样，课间喜欢跑到陈梓班上来闲聊。金珠美很放得开，与男孩子们拍拍打打的，给单调寂寞的外语学习生活掺点儿提神的佐料。男孩子对她的态度是：金珠美比别的女生经得起玩笑，不怕她生气，捏捏掐掐起来手感也不坏，况且在背后还能做谈资。陈梓在课上请学生造"再……不过了"、"跟……一样"、"难怪"等等的句式，他们就胸有成竹地说：

"金珠美再丑不过了。"

"金珠美跟中国珍贵动物大熊猫一样胖。"

"金珠美每天都吃得很多，难怪那么胖。"

课上哄笑，大家都轻松。总之，什么词都能往金珠美身上靠。有一回用"果然"造句，陈梓心想这回该如何跟金珠美联系呢？金承勋"嗯"了许久，道：

"金珠美很喜欢我，她果然就给我打电话，想跟我约会。"

最过分的一次是，用"我看这样吧"对话。朴成贤和森永尚子配合。朴成贤想都不想，脱口而出："我看这样吧，金珠美……"然而这回是无论如何扯不下去了。大家笑，陈梓也忍不住笑。老师自己都笑了，还怎么好意思提醒大家"我们要尊重金珠美"？可怜的金珠美在隔壁教室一无所知。但她自身也要负点儿责任吧。陈梓跟旧式女人一般暗想：自爱！女孩子自爱一些，别人就不会太放肆。可惜金珠美的词典里就是没有"自爱"两个字。

现在，金珠美又抓住了这次好机会，一个长长的机会，混到这个班来。八个人挤坐在两张下铺床上，一边四个，面对面的，正式进入了旅程。

西井问："老师，可以抽烟吗？"

金珠美皱着眉对两个老师："他是不要命的人。"然后正经地问："陈老师，您心目中理想的男人是什么样的？"金珠美就问不出男女之外的问题来，即便问了，也是为男女问题作铺垫。陈梓道："每一个女人心目中理想的男人都一样吧？可是最终得到的一定不是理想的男人。"万晓真说："别说空的，就当作课堂上的问答题，举出几个必要的条件来。"大家一起说好好好。

陈梓看着学生们，一一数过去："应该有岩越的个子，李恒宰的眼睛，朴成贤的性格，金承勋的聪明和西井的风度。"金珠美领着大家"哇哇"地叫起来。西井得意道："风度最为捉摸不定，最难拥有，也最难模仿哟！"其实，陈梓最喜欢的是李恒宰的嘴唇。上课时提问到他，简直不敢去看他的嘴，但也只有在那个时候才能尽情地正大光明地看个够。要说出"李恒宰的嘴"这种话来就有点儿不妥了。

岩越说："金珠美，谈谈你的标准吧！"

金珠美道："只有一个条件：他爱我！"

万晓真说："这还用说吗？"

金承勋笑嘻嘻地对万晓真说："老师，你知道吗？这个条件对金珠美来说比什么条件都难呢！"金珠美佯怒去打他。

陈梓说："暗恋也很美呀！比有结果的爱渐渐变淡——一定会变淡的——美得多。"

金珠美说："陈老师，我现在正在暗恋，怎么办？"

万晓真说："陈老师是汉语老师，不是恋爱老师。"大家笑。

陈梓问："你现在是不是感到见到的一切都很美，都升华了？"

说到这儿说不下去了。因为"升华"一词成了交流的障碍。同时她觉得自己有点儿可笑：中国人总喜欢讲"升华"这种云苫雾罩的东西。

西井抽完了一根烟。在抽烟的过程中，他一直保持着一种很有明星风度的姿态，好像摄影机摇过来，他随时可以入镜头。烟雾弥漫在这小小的空间。列车声又回到了大家的耳边。顶灯突然熄灭了。凌晨零点半，只剩下靠窗茶几下的一盏盏壁灯。前后的几个隔断都安静下来。几位老教师早已睡下。灯光在此时十分迷茫，罩在他们脸上，有一种暧昧的表现。可是他们都没有睡意，好像在等待着什么。

李恒宰说："我有一个提议啊。"

"说，说。"众人兴奋地说。

"不过，先做好准备，就是忘了我们是学生、陈老师和万老师是老师。"

金承勋说："要不要忘了我们是男的是女的？"

李恒宰说："这个不能忘，而且更加要记住这一点。"他转过头，对身边的陈梓说："陈老师，现在开始，您不是老师，您是陈梓。"对万晓真："您是万晓真，不是万老师。嗯？准备好了吗？"还在陈梓的腿上拍了拍。这是一个信号。陈梓已大致想象到李恒宰会出什么主意了。她兴致勃勃，跃跃欲试。有什么新鲜有趣的游戏在招手。

"我们班呢，有两个漂亮老师，别的班都羡慕我们呢！我们下课以后常常谈论陈老师和万老师——不不不，谈论陈梓和万晓真——不仅漂亮，而且认真亲切，上课不觉得枯燥。我们感谢两位老师——怎么搞的——我们感谢两个女人。今天是个好机会，让学生们表示心里对你们的感情，让你们体会一下学生们的心意。"这番话说得堂皇，表情却是波诡云谲。"现在要请你们闭上眼睛，猜猜这个人是谁。"

万晓真嚷道："怎么猜？怎么猜啊？你们的声音我全了解，谁常犯哪种语言错误我也清楚，难道让我听你们每人咳嗽一声吗？"

"唉，那没意思。"李恒宰挂着笑道："刚才我已经说了，是我们感谢你们的心意，所以当然要用特别的方式。对！让我先征求一下他们的意见。朴成贤，岩越，用枕巾把她们的眼睛挡住。"

其实已经十分黑暗。但是朴成贤和岩越还是一人扯了一条枕巾挡在陈梓和万晓真眼前。她们身边的六个人靠着耳语、手势、表情和意义不明的喊喊喳喳以及互相懂得的一些韩语、日语，突然，就爆发出"哗——"的笑声来。笑声一出，才意识到四周十分安静。他们低下嗓门，道："同意，同意。一致通过。"

"好。"李恒宰清清嗓子道："我们已经全体通过了。两位老师也必须无条件接受我们的提议。能做到吗？无条件的。"

"好！"万晓真爽快道。李恒宰摊开右掌，与她击掌。意为定下了协议。

"陈梓，也跟万晓真一样无条件吗？"

"当然。万晓真是我的师姐呀！我听她的。"李恒宰摊开右掌也跟陈梓对击一下。

金珠美道："他们是坏人啊！老师们别上当。"

万晓真道："总不至于把我们卖了吧？要不谁给你们上课？

让我看看他们能坏到什么程度？"

岩越拿了枕巾把过道茶几下的壁灯遮上，这下光线又弱了许多，只能看到黑暗中人的体形而辨不出面貌了。岩越还嫌不够，又拽了一条枕巾把前边隔断处的壁灯也挡上了。他点亮打火机，走回来，挤坐下。打火机灭了，这时一片黑暗。车厢外是北方冬天的高原，荒芜死寂，了无灯火。

李恒宰说："这个游戏就是我们每个人在老师的脸上吻一下，然后请你说出这个人是谁？当然金珠美不必参加。"

金珠美笑道："没有预演过，怎么猜得出？"

金承勋道："老师们都很聪明，没有预演也猜得出。"

万晓真"哇"地叫出来，又大笑起来。

陈梓的脸一下热了。因为她想到了李恒宰的嘴唇。

陈梓的眼皮沉重起来。虽然这有魔力的群体使她不甘退场，但面部肌肉因为不停地说笑而酸痛，眼皮子上似乎挂着铅坠得她头疼。她决定睡下。没有必要自讨苦吃爬上铺，毕竟她是老师，学生们有义务照顾她、尊重她。因此她爬到中铺躺下，耳边听着万晓真和他们继续游戏，渐渐在有规律的晃动中睡去。

万晓真有些酒量。她已经和学生们干上了白酒。做一种游戏，谁输了谁喝一口。游戏规则非常简单，而且易于在黑暗中进行。将七个人编号。朴成贤 1 号，金珠美 2 号，西井 3 号，岩越 4 号，李恒宰 5 号，万晓真 6 号，金承勋 7 号。然后齐齐地敲起节奏，依着节奏由第一人说出 0 至 7 之间任意一个数，将这个数字加上 2，就该是那个号数的人随着节奏再说出 0 至 7 之间的一个数，将此数加 2 就是下一个轮着报数的人了。若说"1",则由 3 号接,3 号若说"6",则由 1 号接,1 号若说"7",则由 2 号接。一旦拖延节奏,即被罚。听起来规则简单,实则做起来非常之难。难到半分钟内就会有人喝酒。而且为了防止黑暗中有人偷偷将酒洒在地上,还必须细致地燃起打火机在众目监督之下一饮而尽。这个游戏的刺激跟第一个游戏的刺激不同。这种刺激是强烈直接的,是有酒精度的。

一瓶二锅头快要被喝完。金珠美已经要让人怀疑她是在存心发呆了。该由她报数时,她总反应不过来,然后就夸张地懊悔,于是只好喝、喝,一边在强迫与被强迫之间推推搡搡,挤挤拥拥,一边娇声地委屈,适时地加深醉态,可以随便东倒西歪了。

凌晨三点多,陈梓被金珠美含糊不清的大舌头声音弄醒了。她不知在对谁说:"你爱我吗?你爱我吗?"然后是用日语和韩语再问一遍同样的问题。那么的急切、无畏、诚恳,没有半点儿虚假和玩笑,在静默一片的车厢中,让陈梓心惊肉跳。没有人回应。金珠美还在诚恳地说:"你知道吗?我爱你。你知道吗?我爱你。"陈梓害怕了。她爬下中铺,找到鞋。看到两张下铺,一张躺着李恒宰,一张躺着朴成贤。金珠美整个壮大的身体压在李恒宰身上。她就是这么问的。但是,最奇怪的是,李恒宰居然在熟睡。无动于衷地熟睡。如果凑近去听,兴许还能听出他松弛下来的鼾息。他是在装睡不理金珠美的忘形,还是在他熟睡之后金珠美才敢这么表白呢?

从厕所出来,陈梓发现金珠美趴在李恒宰身上睡着了。两个人真的都睡得死死的,不管不顾的。此刻金珠美的形象很差,给陈梓留下了不太好的印象。其实从第一个游戏开始，陈梓就注意到了。

爬到中铺时，陈梓觉得，金珠美是可怜的。没有姿色的女人，不管神经多么坚强，都是可怜的。因此，这样的女人做出什么举动来，都要原谅她。她的压力不是一般人更不是美人所能体会到的。她比别人更需要异性的回响，因为她得到的太少了。从心底的私心来说，陈梓观感的不愉快也许还带着这样一种原因：她趴在李恒宰的身上，而不是别人身上。

五点多，陈梓赶在所有人前边，上厕所、刷牙、洗脸、化妆。她不想让学生们看到日日在讲台上神采奕奕的陈老师如今带着眼屎、肿着眼泡、嘴角起了皮屑、头发像乱草堆，还沾着列车上的点点尘屑。

车厢里热闹起来。师生们在厕所、洗手池与铺位间窜来窜去。虽然大部分人刷牙洗脸，但也有人用大嚼水果代替刷牙的程序，这是在学生中；有人用抽烟来消除口腔异味，这是在男老师中。然后他们忘了自己的特殊气味，同正常人一样说起话来。

金珠美消失了一阵之后，出现了，嘴唇上的口红浓得像是在滴血。"蒋老师好！吴老师好！丁老师好！陈老师好！万老师好！"她一一打过招呼。万晓真说："你们睡得怎么样？"大家纷纷道："很好，很好。"岩越苦恼道："上铺晃得厉害，我一夜睡不着。"岩越那么高大，可却在上铺睡，另一张上铺睡的是西井。看起来，在争取好处的方面，日本人败给韩国人了。日本人面子上还是客套的。

朴成贤在削一只苹果，说："水果最好！对身体最好！而且中国的水果比韩国便宜得多，也好吃得多。韩国的水果已经退化了，没有浓郁的滋味，都清淡。所以，来中国以后，我每天吃很多。我告诉他们应该多吃水果。以前韩国很穷的时候，我吃不到水果。我上小学的时候，还赤着脚去。我有一个同学，家里比较富，他父亲给他买了一辆自行车。他骑着自行车去学校。人人羡慕他，巴结讨好他，把最心爱的小玩意儿送给他，他成了大家眼里的皇帝，十分神气。后来，我父亲也努力工作，赚钱为我买了一辆自行车。不过，那已经到了我中学时代了。自行车不是只有皇帝有了。所以，我的人生格言就是：努力、勇气、信心和奋斗。"在朴成贤的陈词中，苹果一块一块地消失在他的嘴里。

六点四十，列车进入终点站。车厢门一打开，师生一下子感受到了高原的凛冽严寒。那种干冷和穿透一切的锋利。陈梓将自己包得只露出两只眼睛。各种颜色的围巾帽子，各种式样的冬衣和旅行包，队伍比北京出发时肿胀了许多。

这一大群人悠然地移向出站口时，引起了人们的注意。是什么吸引了人们的目光呢？面容上是没有多大差别的，最显眼的应该说是神态。一种自信和自在，一种每个人都带着厚钱包的观光客降临的神态，又展示出对此地的一种好奇和探询。这实际上是另一种姿态的高贵。土生土长的本地人当然用不着表示出新鲜和好奇。往往观光客表现出来的神情越东张西望、越一惊一乍就越衬出他们的别样高贵呢！学生们的这种神态还算本真天然，教师们的神态，老实说，多少有些做作。因为是中国人，教师们有必要将自己与本地中国人区分开来，同时因为是外国学生的老师，受到外国学生的尊重，自然也应该在这点上加以强化和突出，因此，他们显得话多了些，动作幅度大了些，表明教师身份的语言多了些。比如在通往出站口的拥挤过道中就纠正起了学生的不规范的发音，就请学生注意迎面张贴的新鲜词语让学生牢记，而且音量也提高到不止让一个学生听见的分贝。

六十余人出了站。旅行社的两位女导游已举着牌子在迎接了。她们身后停着两辆本田大巴，在清晨的广场上鹤立鸡群、威风凛凛。

大家按班级分坐两辆车。大巴驶动以后，陈梓和万晓真这辆车上的导游小姐站在车头，拿起麦克风"呼呼"地吹了一会儿，面向大家认真工作起来："各位朋友！你们好！一路辛苦了！我代表旅行社欢迎你们。在接下来的两天时间里，我将和大家一起……"话筒突然暗哑，学生们乘机大叫："听不见！听不见！"小姐"呼呼"地对着话筒吹气，最后端详了一阵，放下话筒，冲着全体叫："现在去吃饭！"

陈梓和万晓真坐在一排，看窗外的街景。已有上班的人和自行车稀落出现。灰黄的天空、灰黄的地面和灰黄的服装，真是一片高原印象。人们穿得也并不是太多，虽然气温比北京平均低七度，但在出发前，老师们搜罗了不少资料，向学生们做了很多准备工作、注意事项的专题讲解，因此，每个人的防寒措施都做得相当好。

话筒坏了，导游小姐坐在司机身旁可以扳下打开的折椅上，盯着前方，一言不发。开了不到十分钟，大巴停下了。小姐立起来，优美地指着车外的宾馆说："这就是大家今晚下榻的云林宾馆。"老师们没有谁为"下榻"一词感到敏感，学生们更无人注意这么尊贵的词汇。

早餐非常丰盛，自助餐形式。陈梓、万晓真和五个男孩子端着大盘坐到一张圆桌边。金珠美过来了："有我的座位吗？"

西井说："当然有！这儿有五双小伙子的腿，你想坐在哪双腿上？"

金珠美真就照着他的腿走过来，道："真的吗？谢谢你！"万晓真大叫一声："西井！别开玩笑！"陈梓没有说话，只是笑着看。她心里已做好准备：一旦金珠美坐到了西井腿上——这是完完全全有可能的——那她就马上做出去添加食物的样子离开这儿。她不想跟这样的一个画面靠得这么近，不想让别的班别的老师侧目过来时，连带着注意到这是陈老师的班，这是陈老师的一拨学生。

西井被万晓真一声叫，便对金珠美道："我愿意，可我的老师不愿意。真没办法啊！我只能听她的。啊！多么没有人情味的老师！"大家一齐笑。金承勋拉了一把椅子过来让金珠美坐下。

李恒宰塞一大口荷包蛋，突然说："金珠美，我想起来了，在火车上你痛苦地告诉陈老师'我正在暗恋啊'，"捏细了嗓子，"那么，你暗恋谁呢？"这一桌所有的目光都转向金珠美，她得意道："你想可能是你吗？"李恒宰道："我嘛！怕你暗恋我。你忘了我是美男子吗？"金珠美用叉子敲着牛奶杯沿道："真的不要脸啊！万老师，这种情况用汉语怎么来形容？"

万晓真道："想什么汉语啊！你们俩都是韩国人，用韩国话说不是更直接清楚吗？"这句话，让岩越憋不住，"噗"的一声把嘴里的一口粥喷了出来，慌忙起身，道："对不起，对不起"，拿了一叠纸巾擦。大家又笑。等再次平静下来，金珠美总结道："暗恋是暗恋，但不能公布。男人应该有这种敏感吧！不是石头呀！"西井还要饶舌："在金珠美面前，我觉得我就像一块石头呢！"

蒋老师站在大厅中拍了拍手，让大家安静，道："吃完后，分配房间，休息一会儿，八点半出发，去参观寺庙。"

"八点半？太早，太早！"每张桌上都发出了哀鸣。

现在，师生们再次分坐两车，驶往五十公里外的县城。吃过早餐，在房间内休整、化妆以后，一个个又干净利索、精神昂扬的了。行程将有一个半小时，对每一个人来说，都是漫长的。车窗外满眼的黄土高坡，方方整整，庞然巍然。与黄土融为一体的泥窑、泥坯屋的墙根下，三三两两的男人拢着双手半蹲着晒太阳。一个漫长的姿态。阳光和人的精神一样的散淡和有气无力。这里是难得一见的文化景观，学生们手中的相机对着这泥屋和男人们以及他们身后绵长苍茫的黄土高原背景"咔嚓咔嚓"地闪动。所有的人都想不起这儿曾经涌动过的文化经济商业的繁荣，这儿熙熙攘攘行走过的艺人、文人、商人、儒士、豪杰、英雄和僧侣，那些华美的服饰语言和行动。陈梓对导游小姐说："利用在车上的时间，先给学生们大概介绍一下我们要参观的寺庙吧！"

导游小姐这才想起了自己的身份，赶忙从座椅上起身，拿起话筒，吹了吹，准备开始了。她开场道："我姓刘。这位师傅姓赵，中国的第一大姓。"从车厢的最后一排大声传来："刘小姐结婚了吗？"刘小姐笑道："没有。连男朋友也没有呢！""太好了！我还没有女朋友呢！"陈梓回过头去找，是吴老师班上的一个男孩，眉毛很浓，眼睛小小的。他的同座大声替他旁白："他的条件是漂亮的中国姑娘。我们觉得刘小姐是漂亮的中国姑娘。"

刘小姐用手捂着嘴笑，说不出话来。陈梓轻声教她："你就说你要找一个帅气的美国小伙子，他们就没话说了。"

但是刘小姐不接受她的"指导"，因为她不想失去一车厢男子的起哄。

"那么，刘小姐的芳龄呢？"这是金承勋的声音。金承勋对某一类汉语词汇掌握得十分熟稔。诸如：色狼、同性恋、泡妞、性感、失恋、单相思、思春期、好色、情妇、婚外恋、三角恋、第三者、乱伦、求婚、求爱、艳遇、怀孕、性变态等等。这些词一般学生的词库里是找不到的，但不知为什么金承勋的词库中这一类词出奇得丰富。课堂上他喜欢不时地将这些词掺在句子中，让陈梓不知如何处置。而他每次说出这样的句子，就会得意洋洋地看陈梓的表情，然后一脸无辜地问："陈老师，这个句子的语法不对吗？"纯和邪两种表情都呈现在他的脸上，使陈梓恨不得也玩笑似的回复他："这是不是也算一种变态呢？"

"芳龄"的问题被提出来之后，刘小姐握着话筒道："你们猜一猜吧！"中国女人总是很大方的。万晓真对陈梓挤了挤眼睛。

"二十二！二十四！二十！"几个声音过后，刘小姐宣布："二十六了！太老了！""哇！刘小姐看上去年轻极了！"陈梓突然意识到有的女人之所以大方地公开年龄原来也是有理由的，她们想听到"哎呀！看上去比实际年龄年轻多了！"于是，她们显得更年轻了。

看来，靠刘小姐来纠正谈话轨道是没有指望了。万晓真站起来，要过她手中的话筒道："这次我们一共有五个班一起来旅行。在学校，可能不同班的学生有的认识，有的还是好朋友。不过，我想一定还有很多互相不认识、不了解。这样吧，我把话筒传下去，请你们一个一个地介绍自己，好不好？也是练习汉语口语和听力的一个好机会。可能大家说完以后，我们的目的地也就到了。"

陈梓起初担心这话筒会像中国人常玩的"击鼓传花"中的花一样，烫手，叫人避之不及。但是，很快她发现自己的多虑。学生们个个有表现欲，即使是用外语。坐在后排的甚至还不时打断喋喋不休霸占着话筒的学生："还没说完吗？我们快要睡着了。""你说得不太有意思，把时间让给我们吧！""发音不标准，我们听不懂。"

"老师们，同学们，大家好！我叫郑权杞，韩国人，是B3班的学生。今年三十一岁，还没有女朋友。生活真寂寞。如果你认识漂亮的姑娘，请一定给我介绍一下。哪国的都可以。西洋的也好。拜托了！我叫郑权杞，住在三号公寓楼二〇三房间。"

"我是彭斯，澳大利亚人。我来北京已经三个月了。我的汉语还不够好，所以我觉得最麻烦的是在街上买东西时挨宰。差不多我每天都要上一次当。每天遇到骗子。我现在每天尽量节省地生活，为了准备让他们宰我。我真想念澳大利亚。欢迎你们去澳大利亚。澳大利亚现在是夏天。"

"各位好！我叫山下达哉。以前我对中国一点儿也不了解，来中国以后，我非常吃惊。印象最深的是中国姑娘的身材。啊！我为日本姑娘的身材感到不好意思——车上的日本姑娘请原谅——可是奇怪，中国姑娘的身材那么好，为什么她们不穿旗袍？

如果她们都穿旗袍的话，外国男人一定都到中国来。我希望中国政府了解这一点。我说完了，谢谢。"

车在山道中盘旋，进入重峦叠嶂的恒山山脉。历史一样深厚的黄色铺天盖地地压迫过来，不容人喘息。两辆大巴像两只可怜的甲虫，在先人劈凿的栈道上爬升。蓦地，在右前方的崖壁上，海市蜃楼一般，一座玲珑剔透又壮观险峻的楼宇正吊在半空中。崖壁与地面所交之角不是七十度、八十度，甚至不是垂直的九十度，而是令人心悸的一百度！望去崖壁上只斜撑出几根老朽的木枝杈承托着这回旋勾连的飞檐重阁，人世间的真正奇迹。况且游客们还在纷纷地拾阶而上，在这坠坠乎如累卵的悬空之上叫喊、欢呼，向不到十丈远的对面山崖挥手致意。车停在崖壁下。头顶就是那凌空升起的奇迹。陈梓与万晓真招呼自己的学生："我们一起上去吧！"

李恒宰赶上来，轻声对陈梓说："陈老师，刘小姐怎么样？"

陈梓奇怪道："什么怎么样？你看上她了？"

"哪里，哪里。"李恒宰用他那张漂亮的嘴说："她远看是美人，刚才我离她很近，仔细看了看，原来很丑，全是化妆的效果。这样的人在韩国就叫'十米美人'，就是说只能站在十米外看。"

陈梓的心松下来，笑道："李恒宰，想不到你这么刻薄！"

李恒宰转对身边的岩越说："你知道'十米美人'的意思吗？我们的导游小姐就是'十米美人'，只能站在十米外的地方看。日本对这样的女人有什么特别的称呼吗？"

岩越仔细思索了一下，道："没有，没有。就叫'假美人'。

韩国话很有意思，日本应该借用。"

弯曲的底下几级石阶上，排列着几个地摊，一例灰扑扑的垫布上摆着砚台、佛像、龟、龙、鼻烟壶、似银的器皿、似金的器皿、似铜的器皿，都是那么的绚丽夺目。摊主们黧黑的面庞由于眼前这一队外国人群的到来而刹那明亮起来。陈梓的耳朵里塞满了他们的热烈招呼。西井蹲下来，拿起一只四脚兽形的矮茶壶打量，翻过肚皮一看，有一个黄豆大小的洞。

朴成贤笑道："坏了。喝不了茶。一块钱我也不要。"

西井却不理会，问道："多少钱？"

看去六十多岁的摊主伸出拇指和食指，底气十足地答："八百。"

"八百？"朴成贤轻蔑地一笑。

西井道："四百怎么样？"

陈梓劝道："西井！你没看见下边漏了吗？"

"四百不行。最少五百。昨天有人出六百我都没卖。这是青铜。懂吗？青铜。已经五百年了！"摊主说了一长串。

朴成贤笑道："是一年一块吗？"

西井道："那么，四百五吧！再贵我就不要了。"

摊主忍痛道："得！成全你。拿走吧！"西井掏腰包，抽出五张崭新的纸币，换回一张黑皱的五十元。

西井捧着四脚兽转头对迷茫不解的众人说："正是因为有洞我才买的。有洞说明它是真的。"

陈梓和朴成贤都没有话说了。

阅历丰富的吴老师说："买亏了。我能砍到四十五。"

西井道："没关系。我要送给我的总经理。我告诉他这是用两千块钱买的，而且要特别说明是真的古董。"

从万台河岸绵延几百里的青葱森林中，以挑剔到近乎千分之一的比例伐下的原木，圆、直、粗、匀，韧、硬兼具，城堡一样堆叠在金龙口绝壁之下。从细如瓶颈的固峡口吹来的森林和草原湿润清新的西风拂过三百个工匠虔诚肃穆的面孔。对佛，对供奉佛祖的举世无双的空中佛寺，是不能有一丝懈怠和疏忽的。他们的脸庞坚毅诚恳得使空气也为之肃然。下风处有二十几个工匠围着原木丈量比试。绝壁半腰中寺庙已显现第一层。俞工匠攀在梁顶。在他的身后目光炯炯的匠人们正铺龙骨、雕石门、凿岩、填土、架木、穿榫。俞工匠为将在这石壁之侧矗立起更奇伟的一重寺阁而激动不已。在他身下，两根檀木严密地嵌合在一起。俞工匠拍了拍，它们就像大地或岩石，丝毫不动。凭着他这么多年琢木的经验，他知道风吹雨打几百年也不会出现一毫松动。他弓起身，用双手卷了喇叭口，对着崖下喊："陈工匠，斫一根一丈一六的檀木送上来。"

下风口的陈工匠直起腰："好，一丈一六。"

"一丈一六。"俞工匠再次肯定。声音在两道峡口间回旋。

一根笔直光润的檀木被陈工匠们牵系好，缓缓地提升上来。八九个青年合力抱起，抬至俞工匠身旁。俞工匠将把这根檀木斜架在身下的横梁之上，与其成六十五度角，为更高一层的寺阁作梯架。檀木继续缓缓地斜抬起来，一头架在龙脊上，一头稳稳插入横梁顶端的槽口内。年青工匠们吁出一口气，松开手，各去专心自己的活计。

俞工匠抓住这根斜梁。他要攀跃上去，在上方再仔细审查一番。当他的身体轻捷地一跃而上时，一股不祥突然传遍周身。这不祥在闪电那么短促的瞬间又被无限放大。巨大的不祥，巨大的疑惧——他察觉到了手中这根斜梁的微如发丝的颤动。俞工匠的脸一下失去了血色。

镇定了少许，他攀到斜梁下端。正是在此处与横梁交榫处，有半指宽的间隙。这半指宽的间隙使斜梁产生了那发丝一般的颤动。俞工匠清楚地知道这间隙绝不会影响到寺阁本身的坚固，因为承托檀木两端的槽口深长到绝不至于让这根斜梁脱出。一千年过后也不会崩塌。然而，俞工匠低下了头颅。判断的差池像一条蛇滑过他的五脏六腑，五脏六腑随之寒凉。如果刚才让陈工匠斫下一丈一七将会是多么天衣无缝啊！痛悔！痛悔！一个工匠的荣誉和尊严。微如发丝的颤动已足以摧毁他二十多年修炼而成的荣誉和尊严。俞工匠将左手小指插进缝隙处，窄小的孔隙将小指压迫得殷紫充血。他咬牙将手指再往深处嵌。第一节关节已卡进榫中。俞工匠提起右手中的利斧，挥向小指。

红得刺眼的血珠滴下来，滴进榫坎中。这截小指就永远地留在榫隙中了。

斜梁此时真的是无可比拟的稳固了！

时间在峡谷间飘来飘去。时间把这群快乐的男女带到了这座千年后的古寺中。它真的是无比坚固。当然没有人会注意到某段斜梁下不同寻常的材料，他们也无法想象这一段被岁月征尘湮没的故事是关于一个工匠的小指。

一路谈笑的师生在"十米美人"的引导下匆匆回到大巴上。他们的下一个目的地是一座瑰丽奇异的石窟群落。对他们而言，最大意义是相片上他们各式姿态的背景。与方才相比，西井的旅行包中多了一只沉甸甸的四脚兽。这是这人群中唯一一件最具历史感的物件，而且很快也将被提高了身价送给公司的总经理。

草　莓

　　按我昨晚上床前的计划，起床后，我先给李镇权打了个电话，说我下午去看他。他在电话里满口答应："我没事，我等你，我等你。"然后我把自己穿戴得区别开韩国女子，要叫人一看就是个淳朴的中国人，上街了。

　　我所在的这个区域是首尔的贫民区。苹果、梨、橘子，水果店只有这三样儿，老百姓只能吃这三样儿，我想找一种稀罕的水果。我上了公共汽车，打算在江南区的任何一处繁华地段下车，这也是去李镇权公司的顺路。我心里只想着草莓。

　　这儿的姑娘大多还没整容呢，那些脸蛋的形状很少有完美的，每次在地铁上看到眼前一张张奇特的脸，我就着急地想给她们修补：把这个姑娘左腮帮子上的一嘟噜肉切割下来，粘到那个姑娘的右下巴上；这个姑娘的左眼眉垂下来了，可是跟她的翘得太过分的嘴角平均一下，倒正合适。坐一趟地铁，我能在想象中整几百张脸。这回，在公共汽车上，我面对的女孩，意料之中又意料之外的，不仅脸型不规则，更加上满脸的疙瘩，极小极密极红！不能盯视她超过两秒，否则会有浑身爬满小腻虫的感觉。可是！她依偎着一个很帅气的小伙子！非常帅！我难得在首尔见到这么顺眼的脸。他们互相眉目传情，旁若无人，好像被笼罩在一个喷了糖霜的玻璃罩子里，只有他们两个人感觉到世界的甜蜜。

我想起了我在北京的同事郑季。这么说，这种情况也不稀奇，郑季娶的就是丑妻。有一次，新年聚会，郑季安抚好妻子，跑来参加，聚会上一共六男五女，就有三女追过郑季。酒喝到第二箱时，那几个仍然想玩暧昧的女人一起逼问郑季何以做这样的选择，既伤她们的心，又伤她们的面子。

郑季说："你们没听说过《捡贝壳》的故事吗？你在海边走，假如只允许你捡一个贝壳，你会一直走下去，什么也不敢捡，因为你老觉得好的还在后头，直到把整个海滩走完，才无可奈何地捡起脚边的那块。"

"那块怎么就不是我呢？"

郑季只能嘿嘿地笑。但是我眼前的情形仿佛跟郑季的情况不完全一样，他们两情相悦，小伙子像是沉浸在幸福之中。我开始罗列这样的几种可能：一、小伙子曾深受漂亮姑娘的伤害，终于意识到貌虽丑但温柔的女人才是真正的归宿；二、女孩并非天生这么丑，而是在一次事故中为了救小伙子才毁了容，小伙子为了报答救命之恩，决心终生跟姑娘在一起；三、男孩因为曾经年少自傲，刻薄过一个丑女，使她对爱的幻想彻底破灭，她只有自尽，男孩悔悟过来，以这丑女作赎罪的替代品；四、这男孩生就崇高无私，人生的目标就是要拯救一个对世界了无生趣、自暴自弃的丑女；五、这女孩由容貌的丑陋引致心理变态，她威胁小伙子假如不爱她，她就会要了他的命，她什么都没有，只有靠他的爱才肯活下去；六、我发现我已经坐过站了……

我彻底坐过了站，窗外的景致十分陌生，大概早远离江南区了。我跳下车，观察四周。刚开始观察，我又意识到自己的第二个错误：我把包落在车上了。现在，我既迷了路，又无分文，还有，你们不知道，我根本不会韩国话。我永远随身携带首尔地图，现在，它跟包在一起。

今天是李镇权的生日，我原想带着草莓去看他。

即使离开了市中心，仍然高楼林立，密密麻麻，使人感觉自身渺小。我四处张望，盼望能有什么救星向我走来。韩国一共四千五百万人口，首尔占三分之一，我即使有弟子三千，要在此时此地遇上，可能性跟我现在突然会说韩国话一样小。我忧心忡忡，但不算惊慌。我镇定地四望，发现了在非常非常遥远的地方，那座标志鲜明的贸易进出口大楼，我曾经在大楼顶层和金赫在共进过自助餐。金赫在的办公地点在二十五层，他现在是科长，今年该是晋升次长的年头了。那天我们的座位靠窗，往外望去，整个首尔铺在下边像一张密密的星空图，光彩华丽得叫人想流泪。

我在北京的家位于十八层，每一天的黄昏，我都趴在阳台上，我的视线跌落在茫茫无极的雾幕中，我仿佛身处云海，身处一大团灰色沉重的乌云之中。起初我震惊、悲哀，后来我开始享受起这种因为浑浊而神秘的气氛来。我清晰地感到无数个颗粒在四周旋转、沉浮、撞击。在这巨大的灰幕之下，城市显得十分恐怖、狰狞，那些原本明亮但微小的车灯、路灯被满天弥漫的灰粒放大成浑浊的一团，缓慢地四处移动，仿佛能量不可估量的野兽的眼睛。我长时间望着脚下的世界，有一种莫名的快感。快感之后，我明白，我在这灰色半空中，也只是一粒稍大一些的尘埃罢了。

我坐在进出口贸易大楼顶层的自助餐厅，在西南角下方找到了汉江，那一条两岸被红黄车灯点缀而成的飘带。我尽量使自己的内心对这一切充满藐视。

坐在对面的金赫在有一头细密飘逸的黑发，但是这远不足以叫人爱上他。我只能喝下杯中啤酒的一小半，他把杯子拿过去，轻轻转过半圈，找准那个唇印，把啤酒喝下去，然后微笑地注视我的反应。因为这个，我不愿意去向他求救。可我只能去向他求救。

我始终仰望着进出口贸易大楼，交替着一会儿跑一会儿走。我确定了我的步骤：找到金赫在，借到钱，买到草莓，向李镇权祝贺生日。这是我接近他的最好机会，我连对自己承认都很难——我喜欢他。他任何时候都欢迎我去，但我不肯在任何时候都去，我很矜持，我希望他先表示他爱我，然后，为了回报他的爱，我说："你知道吗？我早就爱上了你，我一直在等你说出来。"

我在公司走廊上等到了金赫在，他吃惊得像这辈子没这么吃惊过，然后说："没有女人会到公司来找我——或者别的男人。"他用胳膊环住我，把脑袋凑近："kiss me now."他就是这么一个处处都要暧昧一下的情种。我说，借我点儿钱，我要去买草莓，还要来回坐车，今天是一个好朋友的生日，不仅得借给我钱，还得告诉我该怎么坐车、怎么换车。现在，轮到他得意了。

在酒吧坐下，我说最多最多半个小时，不管怎么说，在今天，过生日的那个朋友应该比你重要一些吧？金赫在苦恼地说："你打算让我在半个小时里喝完2000cc？太快了，我会醉的。我醉了，怎么继续工作？不工作，我的部长会骂人的！"我当然不信他的胡扯，可是我只能老实就范，陪他喝上几口。我可以开玩笑似的去掏他的口袋，抽出几张钱来，但他要是不肯配合，偏不说李镇权所住的芳荑怎么走，那我拿着那几张钱就会尴尬至极。我说，我在韩国遇到过两个坏人，只有两个，你是其中一个，你知道另一个是谁吗？三个月前，我坐着飞机飞到韩国。出关时检查行李，那个笑眯眯的检查员温柔地打开我的旅行箱，把我的东西一小包一小包从原来的位置挪到外边，生怕把它们弄乱了、弄散了。他看到好几包核桃仁，包装上有核桃仁的照片。他问这是什么，我说我不知道这东西用英语怎么说，但是你看这儿有照片，韩国没有吗？他说韩国好像没有，我留下一包，让他尝尝味道。我很高兴，因为有一个有权拦阻你的人在有求于你，而且态度如此谦恭。我说，请留下两包尝尝，两包，两包。他再把其他东西按原样放回，替我拉上拉锁，祝我在韩国一切顺心。他是我在韩国遇到的最坏的人。我真的希望在韩国有一天我能发现其实有很多核桃。金赫在笑道："我没有他那么坏吧？他喜欢核桃，我喜欢女人。女人是美的，核桃多难看啊！"

我们漫无边际地聊开了，从他以前在北京留学时最喜欢孜然羊肉，到韩国女人化妆精致。说到这儿，金赫在开始对中国女人无限神往："那么新鲜的脸！"酒吧间响着 S.E.S 的快歌，当然，我根本不知道这三个还没发育完的韩国姑娘唱的是什么，不管唱什么，都代表着此刻韩国的潮流。沿墙贴了很多电影招贴，正对着我的是《河流从此流过》和《秋天的传奇》，我兴奋地告诉金赫在，这店主跟我一样，喜欢 Brad Pitt。我看过所有 Brad Pitt 的电影，我对他如痴如醉，不管是什么类型的电影，只要有他出现，都会洋溢着诗情，还有激情，迎面袭来，你无法抵御。即使是血淋淋的《七宗罪》，因为有他出现，我的恐血症不治而愈。金赫在放下酒杯，拉上我的手出门，穿过马路，在越走越挤的人行道上蛇行向前，站到了一家电影院前。铺天盖地的大广告 Meet Joe Black。Brad Pitt 独一无二的侧面，轮廓俊美得让人无法相信，他怀中隐约偎着一个美女，导演把焦点全给了他。金赫在这才说话："一起看电影吧，我陪你。虽然我不喜欢 Brad Pitt。"好吧，我只能放弃李镇权。他就在这个城市里，在某个角落，知道我要前去，知道我会去寻找通向他的路。

电影院被女人们占满了。电影很深沉，很精致。在电影的后半部分，终于等到了男女主人公的激情戏。这一段戏出奇得长，出奇得静，细腻、清晰、完整得叫我呼吸艰难，假如导演再延长一秒，我必定要剧烈地咳嗽起来了。银幕上是 Brad Pitt 和女主角黄金一般的皮肤，寂静中最亲密的接触。银幕下，是我的响彻整个大厅的巨大的心跳声。我的手心渗出了一股一股汗，然后，金赫在同样汗津津的手伸过来，抓住了我的手。当 Brad Pitt 再次衣冠楚楚地站在观众面前时，我挣脱开金赫在的手，说："我去卫生间。"我真的要去卫生间。

在卫生间的化妆镜中，我看到我的脸红彤彤的，像着了火。我拼命用凉水泼脸，希望它迅速冷却。冷却需要时间。当我恢复正常，走出卫生间，看到电影刚刚散场，人群在缓慢紧密而安静地往外涌。我大叫："金赫在！金赫在！"众人听到了一种不熟悉的语言，全扭过头望我。我又陷入了僵局。

在这条不知名的繁华大街上，一个不知名的电影院门口，我坐在台阶上，想下一步该怎么迈。我的身边和对面拥挤的摊档上红艳艳一片，正是肉感诱人的草莓。对草莓，我总忽视它只是一种水果，它叫人想到红唇、欲望、灯红酒绿、梦幻和挑逗。《苔丝》女主角因为含了一粒草莓，转变了她的命运。我的妹妹因为想吃草莓，哭闹个不停，被妈妈打了一巴掌。草莓的滋味不仅仅是甜，也不仅仅是鲜美、微酸、软、香，还有凌驾在这之上的感觉。假使它的体积再大一些，它应该是比苹果更合适的"禁果"。我虽然与草莓如此靠近，但此时孤立无援，我合上双手，紧紧交缠十指。我说："上帝帮帮我，上帝帮帮我。"我的眼前全是女人们的夸线高跟鞋，混杂的香水味，拐着弯的语调，以及被瘦身衣勒出来的腰身。上帝，帮帮我！

我不能相信，我的呼唤真的使上帝降临到如此世俗的地面上！基督头顶五彩光环来到我面前。我盯了基督几秒钟，然后抬起头，眼前人正向我微笑。

这个年轻女孩儿手攥着一摞宣传纸，开始对我宣讲。我佩服她的眼力，她在这拥挤的人群中一眼看出我最需要上帝。她的语调轻柔圆润极了，而且流畅不断，但我只能对她说："木料哟（我不懂）。"这是我在韩国学的最有用的一句话。

"你是中国人吗？"她说。

我好惊奇，我说你怎么会说汉语，她说为了让更多的人信仰耶稣基督，自学的。在北京，我已教了五年汉语，我来首尔，也是为了教汉语，但是，在我的学生中，没有一个是为了上帝而学的。现在我感到有些羞愧了。其实这些跟我毫无关系。韩国人起码有一半信基督教，这一半中没有为上帝而学的，那是他们的问题。这个"耶和华见证人"说："我愿意你去天堂，如果你是耶和华见证人，你一定去天堂，你不当耶和华见证人，你常常有苦，你的旁边都是黑的。"她坐到了我身边的台阶上。我立即说："我很想听你谈耶和华，可是我现在有大麻烦，我迷了路，也丢了朋友，我不可能听你谈了。"女孩儿成竹在胸，她收回那摞宣传纸，包括放在我膝上的，从包里换了一种："耶和华一定能帮助你，现在我们一起念吧，念完以后，你就没有麻烦了。"

我手中塞了一张中文繁体材料，标题是"为什么耶和华是唯一能引领我们进入天堂的光明？"我不能拒绝如此善意和诚恳的劝说，我开始念，她跟我一起念，我还随时注意她的发音，帮她纠正了几处韩国人学汉语爱犯的毛病。我一边念，一边暗中希望金赫在找过来，所以念得有口无心。也许正是不够专心的缘故，当我们念完，我的状况仍没有改善。女孩儿说，不如我们去把手头的这些宣传纸分发出去，这是真心真意的一种表示。其实，我一直在试图开口向她借钱，向她打听怎么去李镇权的所在地，当我刚要张口，我就被某种糟糕的联想缠住了，我真有点儿说不出口。

曾经有一天，我骑车走在由西直门往动物园的路上，一个头裹方格围巾，满脸长满皱纹的老女人从马路牙子上伸出手，拦住了我。她手抖得厉害，像电影里老人临终时从棉被下伸出的手——老女人抖着手递过一张皱巴巴的纸，她要去纸上标注的东王庄，我牵她到车站，她不肯上去，她说她身无分文。这不是问题，我打开钱包，真是一个被上帝考验的时刻——我的钱包里居然只有三张百元纸币！我犹豫了一段时间，老太太说："没关系，没关系。"我以为她不打算向我要了，可是她的真实意思是一百块的也没关系，她把它拿过去了。她上了车，我骑上车，在这场考验中，我和她都不是合格的人。

两个小时后，我骑车走在由动物园往西直门的路上，我看见了一幅更打击我的情景：那个老女人伸着手中皱巴巴的纸，向一个中年男人打听怎么去东王庄。我骑过她身边，对她说："你能不能换张地图？"

我决定跟这个"耶和华见证人"一起分发宣传单。我们走下电影院台阶，并肩站好，向过往人群递出手去。她在一遍遍重复着什么话，我只能沉默不语。愿意接受我的并不多，我的脸有些发烫，我的心态开始不正常起来，我认为人们拒绝的不是什么宣传品，而是我这个人。我赌着气，开始追赶那些逃避我的人，我同时大声央求"Take one, please!Please!"他们更害怕了。我就这样渐渐地与"耶和华见证人"走散了。

我必须做点儿什么来改变今天的局面。这一路，我仿佛在走一个迷宫。我从未走过迷宫，听走过迷宫的人说，走的时候好玩极了，可是出来以后，觉得无聊极了。所以，想去试试迷宫的人准是从未试过的人。我知道我该怎么做。我不紧不慢地往前走，逆着人群，直到我看见眼前站着一个精神的警察。这是今天的又一桩不寻常的事，一连遇到几个帅小伙，在首尔并不容易。我像一个机器人一样一字一顿地："Do you speak English？""Y-y-es!"他说，声音发颤，因为突然用起了外语而十分害羞。我说我迷路了，我丢了钱包，也丢了地图，我当然知道我从哪儿来，我也知道我该去哪儿，可是我就是陷在这儿，无能为力。小伙子一直严肃地听着，当我说完了，他开始腼腆地笑。我完全理解这种笑，这是一种无法自由表达时苦恼无奈地笑。他在脑中紧急排列、组织词句，他的表情有些失控，使我感到很抱歉。我不该使他如此难受。

他憋红了脸，只有"I-I-I"，像要窒息而死。突然，他拉住我的手，坚定地蹦出一句："Follow I"。我如释重负，他将领我走出迷宫。自从我来到韩国，我遇到了无数个单纯热情的好人，这使他们都变得很美丽，美丽得更加美丽。

我跟着他走，感谢他的好意，他窘得只会摇头。我不想给他压力，于是不再作声，只是跟着走。一个涂着银唇的女孩儿不知从哪儿钻出来，突然立定在我们眼前，双目炯炯，发出亮光，如同电影中女明星的表演程式。警察小伙子在吓了一跳之后，叫了她一声，叫的是她的名字，她"啊——"地尖叫着，对我亮出她的十根银色指甲的手指。我被吓晕之前已经可以肯定，她以为她抓到了男朋友的外遇。

当我醒来时，我躺在一张床上，我对我在哪儿一点儿都不好奇。

我的脸上火辣辣地疼，后脑勺是沉甸甸地疼。我仍然记得我今天一直在迷路，我得起床，继续寻找出口才是。我缓缓地仰起身子，我看到了一天中最美好的事情：床边一大盒饱满得要流淌的草莓，正是这个季节最娇艳的水果。

荒漠甘泉

借着窗外迷迷蒙蒙的灯光，我看到枕边的闹钟显示已是三点半，可我仍然睡意全无。最近我体会到失眠的痛苦远胜于瞌睡，就像过胀比饥饿难受。失眠和过胀除了生理感受，还牵连到精神上的折磨，苦闷和负罪，这就更要命了。

窗外建筑工地上高射炮一般的灯光把我的屋子照得鬼影绰绰。我不信鬼，近来的生活却仿佛遇到了一连串的鬼，到处绊我的脚。父亲母亲同时但又是分别给我写来了信。母亲的信里说我弟弟找了个好吃懒做爱打扮的女朋友，不但把那点儿可怜的工资都花光，还觍着脸向家里要钱，去讨好那个缺德女，不知是什么样的父母把她给养出来的。更可气的是，"你那一向蠢透了的爸"不仅不跟母亲站在一条战线规劝儿子，还责怪母亲夸张生事，有时候更与儿子联合起来反击她。除此，他还迷上了湖山公园清晨的老年舞会，天天五点钟起床，把那辆破车骑得噔噔的，连刮风下雨都不放在眼里。他的这种兴致勃勃与他对儿子恋爱的无所作为一对照，母亲伤心的程度我是可想而知了。

父亲的信里说——

我儿：最近家里不太安生，你妈妈的性格你是知道的，从跟她结婚到现在三十年了，家里的一切她都要牢牢地控制在手里。不管对错，只要听她的，她就舒服了。你填报大学志愿，填的都是外地大学，毕业了，又想方设法留在北京，也一定有脱离你妈妈的意思。可是我没办法脱离啊！现在她退休了，更闲了，不但把我和榆儿管得叫苦连天，还管起了榆儿的女朋友，什么都看不顺眼。要照她这么下去，哪个姑娘都娶不进来！我想找清静，早上去跳跳舞，好么，又是一大罪状。实话说，我在老年舞会上认识的那些妇女，都比你妈强！强一百倍！人家那个知书达理！

躺在中央有些塌的床上，想到这彼此不适应了三十年的夫妻，握着笔向远方的儿子诉苦的情景，我就要苦笑。假如一个人经过了三十年的婚姻始终不明白婚姻的意义、婚姻给予我们的互助和陪伴的温暖，多可悲。有耐心忍受长达三十年的矛盾冲突，让它败坏对生活的其他感觉，这更可悲。我辗转反侧，为父母无谓消耗的生命感到不值。我该给他们分别回封信的，按道理，但我又清楚地知道这毫无用处。老实说，有的人生到世上，不是来享受的，是来给别人提供教训的，他们虽是我的父母，我也不得不承认这点。

可是，我怎么这么世事洞明啊？也有点儿荒唐吧？我对婚姻的美好体会全部来自艺术作品或根本触摸不到的文字里。让我向早在三十年前就把我生出来的父母指点婚姻与爱情的迷津，有些过分。大概正是由于我过分地痴迷于那些人类文学遗产中描绘的爱情，才时时感到现实的生活与我格格不入。

我的辗转反侧里还有别的烦恼。我的眼前老晃着卫主编那张保养过度的圆脸，白里透红，放着光。脸上虽有皱纹，纵横密布，但是连那些皱纹处也都是嫩皮肤。卫主编恰似一个满脸皱褶的粉嫩婴儿。这种观感不可能是愉悦的，因为卫主编不是婴儿，毕竟已经五十八岁了。我就在他的领导下当一个关于音韵学月刊的编辑。

杂志极其乏味，你很难相信我编了六七年的音韵了，我没完整读过其中的任何一篇文章。如果你问我什么是音韵，我一定支吾其词。我们编辑部的大多数同事也比我好不到哪儿去。但这本《音韵学研究》也有它的骄傲之处。学术圈内它可牛了，那些想评讲师、正副教授、正副研究员的，都得拿上边的铅字说事。在这本权威杂志上发过若干篇文章，意味着你的晋级"够数"了。这六七年中，我见过不少手握稿子低三下四求发表文章的音韵学工作者，有时候简直都不像个知识分子了。

这些当然不是我讨厌粉嫩的卫主编的理由。卫主编是这样规定我们的编辑部的：编发有分量的稿件的，可领一等奖金；有名气的音韵学者写的文章，叫有分量的稿件；谁去约名家写稿由主编安排；主编只安排女编辑们和四十岁以上的男编辑们去约名家。这样规定的结果是：我是唯一的从未领到过一等奖金的人。

我不想计较这些鸡毛蒜皮的一百块、两百块。我计较的是何以卫主编单单把我独立出来，想出这种绝招对付我。在沉默了近七年之后，今天我走进了他的办公室。我决定在沉默中爆发，音调高了一度，语速快了一拍，用词很大白话。我不知道我啰嗦了多久，反正人家扼要简明，卫主编是这样答复我的："你是小人之心。回去吧！"

　　这就是今天我自取其辱的全过程，也是我今晚无法安眠的一个重大缘故。我感到我这七年是失败的七年，是被别人生生厌弃的七年。这挫败感本已足够把我打倒，而父母的两封来信又表明原来创造了我的这两个人也是失败的人生。楼下机器轰鸣，在静夜中倒像是从另一个世界传来的声音。不细想，总以为机器在自动地滚动、掘进，其实是有一批三班倒的工人们在操纵它们发出噪声。白天我经常遇见他们，都是些灰色的看不清面目的人，他们自己对积攒在头发上的大量灰土、皮肤缝隙中的泥垢、服装原本的颜色都毫无知觉了。我每次经过他们的身边，对他们还有笑声惊讶不已。因此，他们肯定也会对这大楼内有人无痛无灾却在床上来回翻滚睡不着深感不理解。

　　还有我的厨房地面的那一片水渍。我请了一天假，等来了一个据他自己说是会水暖、会泥瓦、电气兼通的木匠。他花了半个多小时，把那片水鼓捣走了，我付他讲定的五十块，可是只有百元钞。他找不出零钱。然后我让他稍等，我去邻居家看看。当我回来时，你能猜到吧，那个木匠和一百块都消失了。同时，水又漫在了地面上。你欺骗了我！木匠！我是如此地信任你。然后我责问这个世道：你们怎么都冲着我来了？

那个木匠使我心情败坏，但是经过了今天，我躺在床上，我的失眠是因为我对周围的整个人群失望——有知识的、没知识的，陌生人，我的亲人，从前离我而去的姑娘们，以及现在所有生活在我四周却根本跟我不相干的女人们。

既然我的生活已经如此失控，如此的一团糟，我就对工地上那些移动的黑影所代表的实实在在的劳动羡慕起来。我起身，趴到窗台上，从十二层上空观察一座楼房在建筑中的局部过程。我观察他们起吊、定位、解缆绳、用铁丝拧紧钢筋、扳动齿轮调整作业箱的平衡，他们还用对我来说相当神秘深奥的手势传递作业意图。这一晚我直看到整个天空像布满了浓雾一样渐渐发白。

第二天，我眼皮浮肿地开门去上班。在暗淡的过道里，邻居的那只灰猫蹲伏在面前，挡住了我的去路，并且阴阳怪气地喵喵地叫。我对猫总是敬而远之。它们被人传说有一种通灵的异秉。我绕过它，却忍不住回头看，猫也在回头看，很像一个不动声色的侦探。通过这只猫传达给我的信息，我相信上帝把我从幸福的人群中摘出来了。连猫都在鄙视我的存在。

到了办公室，我的同事们已经齐了。大家的精神状态非常好。今天的话题仍由怀孕的于丽娟提起，然后围绕着她展开。她把昨天下班以后离开大家到今天上班见到大家，这中间的十四个小时里自己的生理反应详细地描述了一遍，还插叙了她丈夫的种种被她评价为憨态可掬的表现。她捧着她尖锐的肚子，邀请大家上前用手触摸感受一下："你摸，你摸，是不是在动？有时候还踢呢！一下一下，踢得可有劲儿了。还没有，现在还没有，你再等等。"大家轮番上前把手搁在她的肚脐四周，纷纷表示："在动！在动！"

包括半谢了顶的老严，已经安了两颗假牙的四十多岁的老蒋，他在老婆面前总是点头哈腰的。

"有意思，有意思！"老蒋最后一个摸完，招呼我："小郑，你也来摸摸，提前感受一下当爸爸的滋味。"于丽娟满足地微笑着，像在等待我前去摸奖。我坐在办公桌前没动，我对他们说："你们每天这么摸，有意思吗？我是绝对不会摸的，我也劝大家以后不要再摸了。摸来摸去，会把婴儿摸畸形的。等他出来了，不怕他找你们算账！"于丽娟的脸像是我把大奖摸去了一样恼怒："难怪你三十啷当了还孤家寡人一个！什么德行！"我豁出去了："你是傻还是怎么的？听不出来我是为你好啊！这种东西，在家让自己老公一个人摸摸就算了，拿到大庭广众下叫男男女女都来摸，是不是有点儿变态啊？"

"小郑，你怎么这么说话呢？今天吃错药了！平时和和气气的，大家对你的印象都很好，丽娟还说要给你介绍个女朋友呢！同事之间互相关心爱护，摸摸胎儿正常不正常，这叫变态？照你这么说，连老卫也变态啦？老卫前几天也摸了。难道老卫也变态？"

"真可笑，老卫怎么就不会变态？我看，他最可能变态，瞧把整个编辑部都传染的！"我站起来，往外走。我不知道我这一起身一迈步是什么结果，但时势逼我必须有所行动，必须远离这些人。当我迈出了第一步后，我的意志更坚定了。我大步流星走出大楼，开车锁，飞身上了车，刷刷地往前蹬，一往无前。骑出院子，联想到母亲向我描述的父亲奋勇蹬车去跳舞的姿态，我感到有些好笑了，这才把节奏慢下来。

我又回到了我的屋子。这个屋子没有女人。我曾在这儿接待过若干女人，有邻居，有老同学，有朋友的女朋友，还有我试图把关系深化下去的几个姑娘，但没有一个女人在这儿逗留时间超过十二小时，甚至六小时！这个没有女人味的屋子那么生硬、干巴，而厨房又是一片水渍淋漓，不管怎么样，此时它是我唯一的不与人冲突的安全地带。我瘫倒在沙发里，打开电视。现在我需要的就是痴痴呆呆，什么都别来袭击我的大脑。看电视也许是最好的方式，尤其是有很多人七嘴八舌抢着说话的节目。我多少次发现，当我喝着啤酒，往嘴里丢着怪味豆，双目炯炯面向一部嘈杂的电视机时，我跟建筑工人一模一样。

　　啤酒和怪味豆，这两种东西一起吃，能一直吃下去。吃下两颗怪味豆就需要一口啤酒涮掉嘴里怪异的滋味，而一口啤酒下去，苦涩的液体又需要我往嘴里扔蹦豆去苦。我就这样喝光了四瓶啤酒，两袋怪味豆。我没想到我的酒量这么大。我看完了差不多十个节目，相当一部分的节目名称我从未听说过。还有一部分我在晚间看到过，现在是重播时间。有一个节目很有趣，好像叫什么《打开你心扉》，请人来自曝隐私，类似电台的深夜节目，诸如《午夜心声》《真情四射》《给我倾听的三十分》，我曾经挖苦过那些肯把自己放在 X 光下的来人，但现在，我看得津津有味，还生怕节目结束。

　　现在有一个模样大大方方的姑娘在说：

　　"他爱打篮球，总穿一件浅蓝的毛衣，高领的，翻下来，但是从来不拉脖子后的拉链，他的毛衣领子就这么半竖半趴着，我永远也忘不了这个形象。可以说，我对他最初的好感就是那个毛衣领子引起的。"

长着一对甜甜酒窝的男主持人打趣道:"你看吧,明天大街上的小伙子们肯定都把毛衣领子的拉链给拆了。不对,现在不流行高领的毛衣了,领子也不用拉链,季节更不合适,穿上毛衣,一脖子痱子。"说完,带头先笑,现场观众跟着大笑。

姑娘接着说:"他还有一个让我动心的姿态,他经常一个人坐在操场边上的台阶上看书,看着看着,就对着书微笑,非常陶醉的样子。他不是在摆样子看书,他的笑能说明这一点,是那种完全被书里的内容吸引的样子。我开始不知道他常在那儿看书,后来偶尔去找我的一个室友,发现了,以后我就天天去那儿跑步,希望能引起他的注意,其实我这个人特不爱锻炼。可是,他一次也没注意到我,他只专心致志地看书,这倒更证明他只对书感兴趣,不是那种见了女孩子乱贫乱逗的轻薄人,我就更加喜欢他了。有一次,我还大胆地跑得离他很近,经过的时候,看到他手里的书名是《荒漠甘泉》。我从图书馆借过那本书,一点儿也看不懂,第二天就还了。"

场上又大笑,主持人道:"是《荒漠甘泉》呀?我也很喜欢这本书,而且看过多遍。到现在印象还很深呢。写得非常有思想。作者是——那么后来呢?给我们继续讲后来的事。"

姑娘就继续说:"后来我又去图书馆把《荒漠甘泉》借出来了,我想看看借书卡上他的名字是不是列在我的下边,那也是一种很幸福的感觉吧!可是,借书卡上没有他的名字。我当时产生了一种又失望又留恋的感觉。"

"日本电影《情书》里也有类似借书卡上写名字的细节,你不是在模仿电影里的人物吧？"主持人自以为找到漏洞一般狡猾地看着姑娘。

"不不不，那都是十年前的事了。我根本不知道《情书》的什么细节。"姑娘拼命摇头。

主持人于是回到讨好的地位："对对对，我忘了我们的节目都是回忆初恋的故事。那么，请问刘怡小姐，最后这段美好的初恋怎么没有下文呢？"

"我开始就说，我的这段往事很难说是初恋，因为对方根本不知道我的心思。我之所以没有勇气向他表白，是觉得他离我太遥远了。他像一个帝王一样高不可攀，我在他面前根本没有信心。我完全配不上他。所以不敢想我能当他的女朋友。可是十年过去了，我仍然忘不了他，仍然想知道他现在什么样，想知道他结婚了没有，他的妻子是个什么样的人。"

"假如他还没有结婚，"主持人简直就是急不可耐地问出来："你你有勇气向他表白吗？"

刘怡静静地考虑了一会儿，点点头："我会的。"

掌声雷动。而我被点中了穴道一样。

虽然我喝了几瓶酒，但并非就神志不清了。我确确实实认出了电视屏幕上的"刘怡小姐"，而且我在大学期间最常穿的也确凿是一件浅蓝的高领毛衣，假如拉上拉链，我简直无法活动脖子，是母亲亲手织的。母亲寄来以后，常会问我合适吗。我当然回信说非常非常合适，我很喜欢。事实也是，如果不是拉链太紧，就是一件好衣服。前年我把毛衣捐出去了，当时还有些犹豫，犹豫其中凝结的母亲的心意。要是那件已不知去向的毛衣和刘怡那张我已经回忆起来的脸还不足以证明我的身份的话，那现在我就把书架上的《荒漠甘泉》拿下来，给你展示这是十多年前的版本。酒窝主持人是否熟读它，我不得而知，我只知道这是我最喜欢的书之一，我读过多遍。当然我已经想不起来是在哪儿读的了，对一个爱读书的人来说，在操场读还是在酒吧读，无关紧要。这不应该成为怀疑我对号入座的理由吧。

现在来说说刘怡吧！我对她有印象只是因为她身上有一种奇怪的气质：她长得很美却十分腼腆。大学中，但凡美的女生就张牙舞爪、声势嚣张，因此刘怡反而引人注目。我们的宿舍还几次分析过她：是不是性格中天然的谨慎？是不是欲擒故纵？是不是俗气的做作？观察了一段时间，发现人家是本性，是真含蓄，这下，光我们宿舍就有两位毫无绅士气度，前后脚地给刘怡送去了情书。从此无下文。我对刘怡是有好感的，但当时我正一门心思地跟中学毕业留在老家的一个女同学频繁地通着信，按当时的风气，这是一种不言自明的恋爱关系了。何况在刘怡周围，已然出现了一个激烈的竞争圈，我不愿凑热闹。当然，现在可以承认头一个因素是主要的阻碍。

这真是阴差阳错！但是多么奇妙！刘怡是一个多么好的女人啊！——我该称她为女人了。岁月使她豁然开朗，她的美加倍了：容颜的美和气度的美。后者的美需要经历，需要时间。她有了自信，有了坦然的微笑，而且从容地期待，使人舒适、松弛。对，这正是刘怡刚出现在电视中给我的第一感觉。

此时刘怡已经从屏幕上消失了，我的心里却一圈一圈振荡开来，叫我的心变作了一个雨点纷纷的池塘。但是我爱这种纷扰，我讨厌的是今天一早办公室的那种污浊之气。仔细品味吧，命运原来是这样神不知，鬼不觉。过了十年，我才得知我曾经充当过别人朝思暮想、渴望牵手的对象，我居然稀里糊涂地错过了这种幸福，太傻了！但无论如何，我确定了一点：命运是厚爱我的，从前让我被爱着，现在为我揭开真相，老天没有抛弃我，它又给了我一次机会。这两次幸运都是稀少珍贵的。一个美好的女子为我付出她的爱情，已足够幸运，她还把爱情保存到十年之后，那就是无比幸运了。我明白了，最近种种烦躁不顺原来都是为今天作铺垫的，低谷之后登上山巅，才叫心旷神怡！

刘怡使我皲裂的心像沐浴了一场甘露。我该重新安排即将而立之年人生的下一步了。我给老卫打了个电话，请一周的假。老卫在那头冷冷地说："你可考虑好了，请一周假就要扣一周的钱，这是规定，不是我个人要打击报复你。还有今天的无故早退，也得扣钱。"我发自内心地感激道："老卫，这我还不懂吗？该扣就扣！您准我的假，我就非常感谢您了，钱不算什么，我想通了，我为那点儿奖金的事跟您计较，很无聊，把心思用在计算领导对我的态度上，太小家子气了。老卫，过一周，我上了班，再向您当面道歉。"老卫说："有事，请几天假，是可以的。有什么紧要事啊？"我说父母最近有些事处理不了，需要我去帮一把。我对老卫说的是实话。我确实该回趟家了。我已经有一年半没回去了，我与父母的关联是当我远离他们的时候，我时时想起他们来，当我在他们身边时，我总急着要离开，也许是因为我离开他们太久，已不习惯那么近的距离了。亲情也会让人无所适从。老卫的语气使我想象到了他松弛下来的面部表情："把家里的事处理好。

别的咱们以后再谈。"

我收拾了几样简单的东西，头脑中全是对刘怡的一切美好的思绪，出发回老家了。我当然渴望下一分钟就见到活生生的刘怡，不被电视屏幕隔离着与刘怡一起把青春年少时光再回顾一遍，一起体会时间之河冲刷过后凝结的醇厚的滋味，但我把这种念头克制住了，我想延长这种期待，在期待中慢慢把我早已丢掉的珍贵的记忆捡回来，擦拭干净，珍藏起来。我心中充满了突如其来的胀鼓鼓的幸福感，我希望做些什么，让它稍稍得以疏通缓解，比如跟我的父母在一起。

十多个小时的列车奔驰，我站在了童年、少年时代疯跑疯玩过的故乡土地上。跟偌大的北京城比起来，这儿仍旧安详宁静，空气、行人、语言以及道旁的大阔叶树，所有的都像水一样缓缓而来，缓缓伴行。我也配合着这种情调以舒缓的脚步往家中走去，我想象我并非在独自行走，我的身边还有刘怡，她和这个江南小城是多么相宜啊！里外都相宜。

我敲开门，屋里的父母呆了好久，他们想不到我会突然抵达。"桐儿，"他们又同时叫出来，"出什么事了？"这就是我的父母。儿子的安危永远挂在他们的心尖。待放下心来，父亲就攘着一只布袋子出门，"去买点你在北京吃不到的菜。"母亲拖着我的手到房间各处视察。榆儿还没下班，我在他的房间里看到了那个姑娘跟他勾肩搭背的合影。

母亲撇着嘴问我："是不是有点儿妖媚气？"

我说："妈，有姑娘看上了您的儿子，表示人家欣赏您的遗传基因和教养成果，您应该得意啊！"

母亲说："我不得意，气都气饱了，怎么会得意。"然后说："榆儿要真把我的东西都遗传下来就好了，可惜像的是他爹。"

她又在她的床头柜抽屉里取出一张报纸，说上边报道为纪念我的母校建校八十周年，请历届校友与母校联系，并把自己取得的各方面成就总结成书面材料，母校将编印若干册校友成就录，以激励后辈。"你要不要跟学校联系一下，你在北京的文学杂志上发表过好几首诗，他们都不知道吧？"

母亲又把我带到阳台，指给我看父亲的山水盆景，激动地说："花掉了多少钱！买这些破烂玩意儿来，又占地方！你爸他有工夫，怎么就不肯帮我分担点儿事呢？"

我问她，您要爸帮你做些什么？母亲说，信里不是都告诉你了吗？管管榆儿的事，也好啊！他宁肯弄盆景，宁肯去跳舞！我早晚活活累死苦死在这个家里，他们也不会心疼。榆儿也不把这个家当回事，我里里外外服侍他们，一点儿都不讨好。你说这盆景，好看在哪儿？就靠它陶冶情操？你爸突然就酸溜溜像个大知识分子了。

母亲的抱怨有点儿颠三倒四，她寄希望我在几分钟内就明了她的所有委屈，并且站在她一边。我从一进门就发现她几乎没有黑发了。我的心有些沉重。

晚饭吃的是红烧小鲫鱼、毛毛菜、梅干菜蒸肉、香干炒笋丁，以及父亲平日就腌好的呛蟹，摆了一桌子。父亲扎着围裙，从厨房出来，一头的汗。母亲带着榆儿为我腾地儿架床。他们都不让我插手，用忙碌不停表达他们欢迎我，见到我的快乐心情。跟我从小就熟悉的那样，父母在家中的角色分工总是错位的，父亲立足于厨房，而母亲指挥着孩子们的一切，包括我小学时的功课。当我们四人坐下来吃饭时，我自然想到了这些。

我说我小时候那个笨，特别是算术，亏得妈妈每天给我补课。我记得学负数时，怎么也想不通：2怎么能减8？5怎么能减10？妈妈就拿她和爸爸之间借钱、欠钱、亏钱打比方，我最后到底弄明白了，可以后一遇到负数的题目，我就习惯性地要去想象这回是妈妈欠了爸爸的钱还是爸爸欠了妈妈的钱。说到这儿，爸笑说他也想起一件事来，那就是"因式分解"。

"小学课本也不容易啊！我们小时候哪学过这种东西？我和你妈两人琢磨了大半夜，演算了厚厚的一摞稿纸，总算搞懂了因式分解是个什么意思，第二天你妈就像个专家一样地来辅导你了。"

大家都笑。榆儿说："怪不得我上小学，明明没问题，妈也要多余地指导几句，原来是技痒难忍。"

我问这是什么时候的事，我怎么不知道你们俩还共同研究过我的算术问题。我以为妈妈自然就该懂的。"哪能让你知道？你睡了以后呗。"听母亲的语气，这实足是跟父亲一伙儿的。

"对了，对了，我想起来了，最难的是什么，你还有印象吗？"母亲转头问父亲。父亲歪着头仔细回忆，母亲等不及，埋怨地说："设方程式嘛！x、y、z的。""对对对，"父亲也举着筷子大笑，"一个未知数就设一组，两个未知数就设两组，有x、y、z的就设三组。"等他们笑了一阵，我很正经严肃地对他们说："等我有了儿子，就养在这儿，你们也跟从前一样给他补习算术，好吗？"

没想到气氛忽然伤感起来。母亲红了眼睛，说："桐儿，快三十了，别飘着了，安个家。"父亲补充："是啊，该有个孩子了。别让我们总担着心事。"榆儿假作不满："真奇怪了，我比哥孝顺，早早就找好了女朋友，不让你们操心，妈怎么也不高兴呢？"母亲的伤心事又加了一桩，沉着脸。我说："放心吧，半年之内就结婚，明年年底就让妈抱上孙子。"

我真不是在说大话。想到刘怡，我就觉得一切都会是令人放心的，顺理成章的。她此刻对我的梦想，我此刻对她的梦想，加在一起，足以击倒所有阻碍我们的力量。三人看着我："真的？"我坚定地点头。母亲的脸色一刹那又恢复了红光，笑道："别忘了先把姑娘带回来给我们看看。"

母亲对我真是宽容，在对待我和榆儿的恋爱的态度上表现得非常明显。这是对远离身边的孩子的宽容，我希望榆儿能理解母亲的这种倾斜的补偿心理，不把这种不公平放在心上。我感到我确实离家太久了，我逃避了很多责任，也逃避了接受父母教训的很多必须的义务。在这点上，榆儿值得我尊敬。

第一晚，情绪就大起大落的。

第二天一早，我悄悄起身独自出门。也算不上悄悄，父亲母亲都不见踪影，榆儿还在痛快地大睡。当我迎面被初夏清凉透明的空气环抱着时，我感到我真真实实回到了我的故乡，时光仿佛已经倒流，我已经置身在少年时代了。我望去，一切都有了若隐若现的变化，两旁的建筑，人们的衣着，可为什么对我来说还是那时的景物、那时的人物呢？也许是因为人们篮中的早点和空气中弥漫的一如既往的柳叶香。拐出巷子口，我看到两侧的铺面房都已利利落落地敞了大门，做起生意了。居民区里的铺面店大多是卖早点的，大锅里沸腾的乳白豆浆、笼屉上箬叶碧绿的粽子，还有诱惑了我整个童年、少年时代的葱煎包，这会儿我又与这些好似只有在天堂里才能享用的食物面对着面了。我在一口极大的平底锅前定住了脚，那一圈一圈欢欢喜喜挤坐着的葱煎包，每个脑袋顶着一撮碧绿葱花，此刻以最热烈的最无保留的姿态散发出清香。我看得呆了。

"桐儿。"母亲叫我，她手中提着竹编篮，篮中大搪瓷杯居中，四周围绕着青团子、薄荷糕和葱煎包！母亲笑吟吟地："我知道你最喜欢葱煎包。你怎么不多睡会儿？还不到七点。""我睡不着了，妈，杯子里的是什么？我知道了，豆浆！"我揭开杯盖，大口地饮，一气几乎喝下一半。母亲开心极了，在一旁随着我的喉咙里的"咕嘟咕嘟"声发出"哎呀哎呀"的叹息声，怜惜着欣赏着，我故意在母亲的目光下喝得更夸张更急迫。可以说，我比母亲更享受对方的反应。母亲看我喝饱了，让我跟她回家，接着把早点吃了。我让母亲先回去，我还想继续在外边走走，会很快回去。

我穿过了这条小街。为什么故乡带给人的牵挂总是那些使我们发育长大的食物呢？我问自己，因为当我穿过这条小街，眼前出现的景物又使我想到了一件旧事，非常甜蜜而孩子气。这家名叫"丰豚"的卤味店居然还在，里边飘出的肉香还是那么浓郁。我走进去，买他们用卤肉汁腌渍的豆腐干，四四方方的小块，从前是一分五厘一块，现在是一毛五分一块。

从前——我的中学时代，因为我每天上学经过"丰豚"，头一天放学前，有几分余钱的同学就交给我三分、六分不等，我做一本小账本，记下各人的名字以及金额。第二天，我捧着用黄蜡纸包裹的喷香烫手的豆腐干进教室时，同学们一哄而上，取走他们记挂了整整一个晚上的美食，手脚慢一点儿的，就要为其中的几块缺角损边而耿耿于怀。大家细细地咀嚼，把所有的滋味都强留到第一节课铃声响起。渐渐的，那些余钱不多的同学还办了"会"，今天你出钱，几人凑到一起吃，明天他从家长那儿要了几分来，就轮到他请客，这持久的盛况直到班主任发觉，严厉呵斥我们没出息，哪像个艰苦朴素、勤奋向上的重点中学的学生。这些豆腐干！我到现在也想不通它为什么会美味到根本不像豆腐干的程度。

　　我对红薇的爱慕也正是借了豆腐干来表达的。我总事先把最大最油汪汪的豆腐干另裹一包给她，还不敢往里添上一块两块，怕她反感，虽然我很愿意舍了自己的享受，看到她心满意足地嚼动的一幕。可是红薇并不总能吃上豆腐干，要知道，她爹妈有四个孩子。到我上了北京的大学而她留在本地的一个大专学习时，我们通起了信，她还在信里写道，当时以为我把她的那份另包了一包，准是欺负她，是隔天的说不定。我对红薇的爱情从豆腐干作信物始，鱼雁三年，终被她的一封断绝信画了句号。她想到了我们之间的种种距离。"我们俩之间太遥远了。不仅仅是地理上的。"她在那封信中说。

　　这会儿我突然很想再见到她。自从那封信后，我虽然也回过几次故乡，可从未想过要跟她见上一面，今天这种强烈的念头必定是因刘怡引起的。由于有红薇，我的眼中没有过别的姑娘，任凭刘怡独自默默地受煎熬。红薇对我关上了门，轮到我受煎熬了，可是我仍与刘怡错隔着，互不知情。爱与不爱在当时如此苦恼，在今日又是如此引人回味！为了这一切奇妙的离合，我想见红薇了。

母亲曾告诉过我红薇的近况。她结婚了，还有了个女儿，现在还只会在床上翻身。她丈夫在市公安局，"长得很富态"，这是母亲的评价。母亲看不出来他们过得幸福不幸福，只能看到他们配不配。"蛮配的。"母亲的总结。

我跨进老旧的石头院墙。我曾经来过若干次，大多是我把红薇约出来，我们沿着湖边走，我把大学校园里的种种事都夸大了说，为了让自己在她的眼中更高大耀眼些，我讲我们的外教，讲我们的男女辩论赛，讲成群结队跑到北大去听知名人士的演讲，还递上条子提问；圣诞夜，我们在操场的雪地上手擎蜡烛低唱《平安夜》，红薇所能做的只有听，愣愣的。我说的这些对她来说都是天方夜谭，她为她的大专感到羞耻，她根本不愿提起她的学校，她低着头听，隔一会儿撩拨一下身旁的柳枝。

我以为我完全把她征服了呢！仿佛我就是北大，就是外教和圣诞夜，就是演讲的知名人士，我就是整个磅礴大气的北方！我就这么自以为是，怨不得三年级结束时，红薇的信中说："我们俩之间太遥远了。不仅仅是地理上的。"

为了失而复得的刘怡，我应该感谢红薇，我也满怀对红薇的歉疚。当一个人手握大把的幸福时，定会同时感到歉疚不安。对不起，我占了如此多的份额！一站到天井里，我与红薇就面对面了。她臂弯抱了孩子，另一只手中握着一个缺了小半的苹果，她正打算把嚼软的果肉塞进孩子嘴里，这时看见了我。我们俩互相对对方微笑了。

三个人慢慢在湖边走，三个人是我、红薇和她的女儿。我替红薇抱着她不认生反而对我好奇的有趣的小家伙，她一直在用乌溜溜的眼睛观察我。走在这湖边，不用说，多年前漫步的场景在我们两人各自的心中泛起来，同样是缓缓地走在柳枝低垂的石径上，心情已不同以往。不能说我已心如止水，但形容我此时心如平湖却十分贴切，正像眼前的湖面，有一点一点的反光，有一轮一轮的波纹，然而，从远处看去，如同镜面一般，浩荡平滑，即便水面下是另一番神秘而神奇的景象，那是刘怡将要带给我的无限喜悦。我的心有了这种沉甸甸的寄托，我变得单纯了，我专心地走着，专心地与一个曾跟我产生过某种缘分的女子一起走着，我们的命运之痕已不会再交叉、重叠了，但我们都欣慰地接受另一种安排。孩子不安分起来，她看到了湖中的小船，船上有跟她一样大小的孩子，她就咿咿呀呀地挥着手，把身体从我的肘弯中探出去。我对红薇说："一起坐船，怎么样？"红薇犹豫起来，犹豫了不少时间，我说："就当是你们陪我吧！我现在也算外地人了，回趟家，还能在这么好的早上悠闲地坐游船，不容易。"红薇的表情舒展开来。她向岸边待客的船娘招手。

　　湖面的风像绸缎一般滑过我们的脸。我曾在这湖中划过、坐过许多次船，与不同的人，但还没跟一个不到两岁的孩子同过船。她的皮肤比水还柔，看了叫人心里发软。我从未像今天这样注意过一个婴孩的皮肤，美到使人不敢抚摸。我们每一个人都曾经是这样被上帝创造出来的，被如此稀罕昂贵地包裹着降临到人间，当我们成长时，我们的老态从内心开始，渐渐渗出来，侵蚀我们的肉体，从皮肤的纹理到眼珠的清浊。刘怡仍然是清纯的，她的心中还点着她的梦想，我已开始变得浑浊，这种浑浊使我很难体会什么叫鲜艳，什么叫清澈，什么叫单纯了。我感觉刘怡正在帮我擦拭，一点点擦去浑浊，眼前的世界又开始变得透明了。

阳光明亮起来时，船靠上了岸，我们上岸的埠头在湖山公园，它临湖，又枕着一处低缓的小丘，有湖有山，一览胜景。我立刻想到了来此处跳舞的一群老人。我问红薇，听说过这儿清早的舞会吗？红薇笑道："当然知道了，可是你怎么知道的？我父母一周来两次，周六周日，跳得筋骨放松，红光满面的，然后喝了豆浆走回家，已经跳了半年多了，现在都盼着早点儿退休，能天天来。"红薇的这番话，是我今天的一个无意收获。

第二天，下起了毛毛细雨，这是故乡初夏的平常景，雨细小得如发丝，落在身上像是被上天的呼吸轻轻掠过。父亲昨天一早出门为我去远处的市场买活蟹，今天他说得接着去湖山公园活动活动了，一天没去，"骨头有些发痒。"我催促他快去，还故意当着母亲的面跟他开玩笑："去晚了，有风韵的大妈就被抢走了。"母亲的表情果然是故作淡然。父亲在牛毛细雨中骑上车走了，我在阳台上目送他骑远，我其实很为父亲高兴，从他的背影看去，他仍然有活力，有情趣，对一个已经退休、不再被妻子儿女依赖的人来说，这是很难得的境界了。我回到屋里，把母亲手中在洗的碗筷拿下，用坚决的语气说："妈，我们跟着去看看。"母亲有些愣怔，大概以为她的儿子要为她去兴师问罪，还她公道。我就趁着母亲吃不准的工夫把她拉出了门。

一路上，母亲居然变得少话了。她有点茫然，她从未看过父亲跳舞，她在很多时候见过湖边、公园、活动站、小区绿地前的各种舞会，都是一望而过、一走而过，那都是些游手好闲的人，即使是上了年纪的人，母亲一样觉得他们不正经，跟自己是两路人。父亲从前也古板得很，我从没听他唱过歌，他的手脚也根本没有舞蹈细胞，退休后居然爱上这种在大庭广众下的活动，难怪惹得母亲不解、恼火。其实呢，我是对父亲新的生活舞台好奇，我不单单是让母亲来看，更希望自己是一个不对父亲存有疑问的儿子。但我也有一点儿紧张，我有些担心我们将要看到的场面会不会印证母亲的怀疑，虽然我对父亲是有充分的信心的，他在我的心中永远朴实善意、毫无心机。

我与母亲刚走进湖山公园的大门，叫我想不到的是居然有人招呼母亲！一个矮墩墩的妇人，手摇一柄画着仕女的绢扇。母亲也喜出望外，给我介绍说这是从前同科室的大姐。虽称大姐，其实两人年龄一样，是同年退休的。两人热烈地聊起来，"大姐"只顾得发出惊叹："你看看你！身段还那么好，皮肤怎么还跟小姑娘似的？儿子都这么大了，你要跟儿子比年轻哪？当心人家把你们看作姐弟俩！"母亲笑着不停摇头，驳她胡说："你看看我这满头的白头发！""白头发算什么！这里谁不是染黑的？我四十岁就开始染了！"母亲问她来这儿做什么，胖大姐被问得奇怪似的："跳舞呀！"母亲比她更奇怪："跳舞？""我们这种长相的都敢走出来玩，你怎么就待在家里？告诉你，劳碌是劳碌不完的。"她真是什么都说得直接。又走了一半，母亲更吃惊了：两个比她早好几年退休的女同事居然结着伴儿来赶舞会。她们与母亲告别时最后说的话连我这个比她们年轻一倍的人都觉得过于坦率了："在家里看自家的老头子看腻了，趁现在我们还走得动，跳得动，就抓紧时间出来看看帅老头儿。寻开心嘛！"她们扯着彼此的胳膊，跟十五六岁的中学女生一般走了，母亲看我一眼，笑一笑："居然她们也在这里跳。"我突然觉得不公平。我对母亲说您比她们强多了，她们在这里这么风光招摇，您要加入，肯定是舞会皇后！要跟爸爸同时出现，爸多有面子！我的这番话是我做儿子的第一反应，后来想想，倒像是激将母亲似的。

公园西南角，就是临湖的一整片开阔的水磨石地，音乐从那儿传来，仿佛借助了湖面清风和半空中的水雾，越发悠扬缥缈。我和母亲都变成了怯生生的乡巴佬，面对一种新奇的事物失去了惯有的自信。不可想象，父亲竟与这个陌生世界水乳交融。我看看母亲，她正用目光寻找父亲，这目光仿佛一个走丢了的孩子在寻找父母。我跟我母亲一样，眼前都需要一个引路人。对母亲来说，是父亲；对我来说，是刘怡。这不是我们自己可以选的，他们早就占据了那个引路人的地位。一直都在。

我很快便会见到刘怡，但我仍然坐在湖边，给她写一封信。我的信里有这样一句话：谢谢你，我相信从此我生命里的每一天都会跟我的故乡一样美好。你知道的，人人都把这里叫"人间天堂"。

暑 热 的 身 体

蝉声已经渐渐使夏莲的耳朵失去了听觉。它是那么尖锐、机械、无休止。下午三点的阳光从西方射过来，混着蝉声，裹住了夏莲。

她低下头，看着小臂上的毛孔，就像分针的移动速度一样，你知道它在动，可是你捕捉不到它。毛孔在向外滋滋地冒着清澈透亮的汗珠，但是夏莲来不及抓住它们凝聚起来的那一秒。她用这样的两条胳膊支在阳台的栏杆上，任由夏天在她的身体上肆虐。

在长久的蝉鸣和暴晒后，身体起了变化，她不再感到火烤一般的烧灼感了，一种凉意一寸一寸地在扩展，最后遍布全身。这会儿她进入了一个无比畅快舒适的境界。她只感受到凉意，强大的凉意，把阳台外以六十度斜角照射进来的日光和像网一般扑过来的蝉鸣阻隔在她身体的外围。

前边的那座楼是一家小旅社，总共才三层，隔得近，夏莲能看清油漆斑驳的窗棂，锈得黑红的纱窗，纱窗上趴着的昆虫，以及屋里人明晃晃光着的上身。

那都是些在城市之间奔波的人，跑着诸如蟑螂药、塑料拖鞋、自己发明的微型电扇等的买卖，有些钱，然而有限，这样的旅社跟他们正相宜。夏莲甚至能听见他们在屋里屋外移动着热腾腾的身体时，他们的各种腔调，南北混杂，都需用尽气力说的。不连贯的思绪，呼喊着身材走形的女服务员：有没有冰镇西瓜卖？为啥澡堂淋浴头的水那么细？电扇不摇头，赶快来修！

同居一室的两个陌生的小本生意人在谈起各自经营的生意时，一下子就熟络了，用自己的乡语，听着对方不怎么好懂的普通话，结交一段离开旅社就丢弃的交情。他们所有的句式中都有直截了当的粗话，可是这不代表他们在骂与他们交谈的对象，这些铿锵有力、充满活力的词汇在他们的嘴里进进出出，可是又完全不必理会它们，它们不代表任何意义。住在十米远的这座楼三层的夏莲也早就听熟了，已经不觉刺耳。

夏莲和吴英英坐在湖边的冷饮室等吴英英的男朋友。吴英英是个活泼的女孩，在她与夏莲从初中到中专的友谊中，她总在滔滔不绝，她讲过许多遍她小学四年级时滑入一个大粪坑的事；也讲过许多遍她小学三年级时偷穿母亲的胸罩，被母亲扯着耳朵在邻居门前游了一回街的事；还讲过许多遍她小学二年级时与邻居的一个孩子抢别人掉落地上的一枚硬币，结果是她胜出，手疾眼快，把硬币吞进了肚。这会儿硬币仍然在她的身体中，在某个她自己也不知道的角落潜伏着。

当夏莲偶尔想起她的好朋友是个体内暗藏硬币的人，便会有一种不适，像是硬币已经悄悄转移到了她自己的体内。两个女孩子坐在冷饮室，吴英英最近的话题就是她新交的男朋友。她必须让好朋友亲眼见见，否则她会被无人领会的兴奋压迫死。她们点的红豆冰有些牙碜，而且越来越热，与她们期待的清凉爽快相距很远。夏莲感到难以下咽，但吴英英几乎快吃完了。她们时不时地扭头去看玻璃窗外，窗外的湖面上蒙蒙一片，那是被阳光烤晒而起的蒸气。

郭卫终于走进了冷饮室。吴英英高叫了一声，站起来，拉了他在桌边坐下。在她为夏莲做介绍时，夏莲看见郭卫的圆领衫被汗水浸湿，紧贴在背部，清晰地突出了他宽大的双肩和脊柱凹沟的弧线。以后的谈话中，夏莲老控制不住地去看郭卫的肩背处，甚至想用双手去触摸这弧线下的皮肤和肌肉。那天，是入夏以来气温最高的一天。此后，气温居高不下，像个顽固的高烧病人。

夜晚降临了，比白昼更难呼吸。浑身像是被一种胶状物刷了一遍。夏莲在卫生间对着镜子高举着胳膊剃腋毛。这些毛的生长速度远远胜于身体其他任何部位的毛发，甚至比男人的胡须还不安分，简直要跟时针的速度媲美了，刻薄地生长、生长。剃净了腋下，隔几个小时上街，夏莲就会有点儿不放心，最后弄到缩手缩脚，局促不安。

"夏莲！开门！"母亲叫。在啤酒厂上班的母亲带着一身的啤酒味儿回家了。一进门就甩掉脚上的凉鞋，打开包，抓了两听啤酒，开了一听，咕嘟咕嘟地喝，同时把手伸得长长的，将另一听递给夏莲。夏莲的剃刀还在手上，上边沾着皂沫和细短的毛发，她把刀放下，与母亲一同仰头喝完"云瀑啤酒"——这些罐装或瘪或鼓奇形怪状、只配处理给生产线上的工人的酒。酒从她们的喉咙口畅流而下，直抵肺腑。

"那死鬼呢？"母亲环视了一圈家中的家具。

"马上就会回来。你还不知道啊？"夏莲继续回到镜子前，换了一只胳膊剃。她看不见母亲现在的表情，但是能猜出来那是一种又嘲讽又嫌恶的复杂的混合。父亲果然回来了。

他把两只眼睛的视线都放在母亲脸上，嘴角向上牵引出笑容。那是一种不友善的笑容。母亲低着头，弓着背，脱她的丝袜，她用后脑勺看见了丈夫的笑容，可是她要把它当作穿了一天充满汗酸气的袜子一样扔得远远的。丈夫发出了"嘿嘿"的笑声，道："今天你隐蔽得很好嘛！"

夏莲的胳膊举酸了，但是她还是想刮得更彻底些。电话铃猛然在这间屋里响起。屋子里的三个人，作为丈夫和父亲的那个男人一个箭步冲过去，拎起了话筒。母亲在那儿冷笑。在低气压的盛夏夜，冷笑的威力也打了折扣。

"喂！喂喂！！"丈夫暴怒地喊，然后更暴怒地扔下话筒，"夏莲！找你的！"

夏莲绝没有想到电话那头是郭卫，宽肩膀的郭卫，汗液充沛、浑身都散发出热气的郭卫。今天中午夏莲在湖边的冷饮室认识了他，晚上郭卫在电话里对她说："跟我去湖滨公园的露天舞场跳舞吧！"

夏莲飞也似的冲了澡，身上和腋下沾着的毛发、皂沫被哗哗的水流急速地带走。她在自己的小屋中选裙子时，发现穿的是白底绿色小圆点的内裤，便顺手扯下，换上了一条黑色带蕾丝边的。窄窄的一条，很紧，要在饭后几乎就穿不下了。

"跟朋友去外边吃饭。"夏莲对着屋里的两个人交代一句，拉开纱门出去了。父亲沉闷地在身后骂道："烂坯子！"夏莲听见了，转过身，隔着绿莹莹的门回敬道："烂也是你下的种！"

郭卫和夏莲在湖滨公园的露天舞场跳起了舞。挥之不去的暑气把人们都逼到了湖边，从湖面上飘来若有若无的微风，带给人一种虚假的安慰。在这种安慰之下，人人以为可以用无所顾忌的剧烈运动来反扑一天的热气流，他们男女成对，互握着汗津津的手，在音乐中迈动着一条条同样汗津津的腿。这些穿着短裙短裤的腿时常在舞步交错时接触、摩擦，滑溜溜地一碰而过，刹那间感知对方的热度。

夏莲也感到了越来越浓重的燥热，并非来自四面八方的空气、节奏分明的音乐和磕头碰脑的舞群，而是由她和郭卫两个人制造的也只在他们两个人之间传递的燥热，只属于他们两个人的异常燥热。他们已经无视除他们之外的一切东西，夏莲甚至觉得自郭卫在公园门口等到她，随意地一揽她的腰，走进公园里来的时候，他们就已经开始无视所有的东西了，他们根本想不起来他们共同认识的一个叫吴英英的女孩，更想不起来吴英英的身份。郭卫的右手从夏莲的背部正中渐渐挪到了她的腰上，仿佛是在用他的手掌丈量夏莲的腰部尺寸。夏莲仰起头，看郭卫，郭卫在对她笑，还孩子气地眯了一下眼睛，与此同时，他蜷起手，将手掌下隔着夏莲衣裙的内裤边缘拉起，又松手，皮筋轻轻地弹击了一下夏莲的胯。这儿已经被郭卫的掌心烘出了汗水。

夏莲的眉际正顶在郭卫的鼻梁处，她稍稍低头，便看见他敞了衣领的胸口。那儿也沁出了汗水，一粒粒的，缓缓下滑，濡湿了周围的布料。夏莲把脸挨近，伸出舌头对着郭卫胸膛上密布的汗珠舔了一下。"咸死了。"她告诉郭卫。

他们的脚步已经挪出了人群，移到了舞场的边缘。边缘就是砌成长条石板的湖岸，湖中水波不兴，静寂慵懒得仿佛已死去千年。整个湖面都被沿湖一周的灯光包围着，透过这些迷离的光线，仍能看到飘荡在空气中的水汽，仿佛一个醉酒的人，摇摇晃晃，失去了方向。郭卫突然说："我一个人住。""真好！"夏莲说："我家三个人，这个季节人隔了一米就有热辐射，屋子里好像有三个火球在烧。要是一个人，就可以什么都不穿了。你在屋子里还穿吗？"

"穿！有女人来了我才不穿。"郭卫盯着夏莲，笑起来。他带着邪气的表情使夏莲仿佛饮下一杯鸡尾酒，在各种味觉的争夺中把持不住。他们的脚步散漫飘忽，又是在朝着某个确定的目标，两个人都失去了语言，只用手指绞缠着对方的手指，猛烈的，像是要将它们一一掰断。他们的身影离舞场越来越远，终于被梧桐阔大的枝叶遮盖了，但是身后好像留下了彗星划过地球表面拖曳着的那条燃烧的光尾。

吊扇在头顶艰涩地转动，在它的三叶大翅膀下，父亲母亲僵直地躺着。母亲的脸朝着纱门外的阳台方向，现在她能看见对面旅社里无法入睡的房客来回走动的巨大的投影，还能听见澡堂不间断的水流声、每个房间里音量拧到最大的电视声。那些小小的旋钮把屏幕上女人无中生有的娇喘放大了几十倍，刺激着四围一个个微明的窗口。在一声女人的惊叫声后，父亲猛地按住母亲的肩膀，将身体翻到母亲身上。

"你不说话哦？越这样，我就越笃定你勾搭上了野男人！"

"好啊！你把他找出来啊！你找啊！"

"你以为我甘心叫你们耍啊！我当然要找！你小心着点儿。"

"你盯梢不是已经盯了一个多月了吗？怎么还没找到？"

父亲越发凑近了母亲的脸："你别嚣张，哪天我生捉了你们，把你们绑了游街！"母亲从鼻子里喷出气："土鳖！"她挣开父亲的手，再次将脸朝向门外。父亲再次用更强大的力量扳回母亲，两张脸近在咫尺，像两只猛兽一般敌视着对方。

"老实点儿！你是晓得我的。我不是吃素的！"他狠狠地说。

母亲抬起右腿，用她的热得发胀的右脚"砰"的一声蹬向父亲。沉闷的声音之后父亲大叫起来，捂住裆部，头颈、脚踝死死地往身体中部缩，蜷成了他四十多年前从母体出来时的姿态。母亲听着对面的电视剧里女人欲言又止的"兄弟"声，"也许是潘金莲。"母亲猜。她知道最近在演一个替潘金莲翻案的电视剧。

郭卫的住处很小，进门的过道一左一右是厨房和卫生间，并排容不下两人。唯一的一间屋子被一道竹帘分割成两半。郭卫拉开放在外侧的冰箱门，一股酸腐味迎面而来并迅速地弥漫到整个房间。郭卫用拳猛击一下冰箱顶，"又坏了！"但他还是从酸腐气中掏出两罐可乐，给自己和夏莲一人一罐。夏莲捧在手中，像掬着一捧冬日的炭火，当她喝下一口，这些因为温度而变得更加涩辣的液体几乎要把她的肺部炸开。她索性与郭卫一碰杯，一鼓作气地喝尽，把自己的身体变成了一口沸腾的锅炉。

郭卫扔掉了两人手中的空罐，同时开始扯夏莲的上衣和裙子，夏莲在第一秒内吃了一惊，第二秒开始随着他手指的举动变换着身体的曲线和姿势，与其说这是一种毫无意义的抵挡，不如说是作为合作的一方，对郭卫行动的鼓励和赞赏。两人倾倒在吸纳了整个夏季温度的地面上，耳边仿佛听见了皮肤在与之接触的一刹那"滋滋"作响的声音，类似于烤肉架上油脂渐渐被压榨、滴落的时刻。他们用手指死死地抠紧对方的肌肤，把呼吸和唾液源源不断地送达对方的口腔，他们的节奏混乱而暴躁，既像是急欲把对方甩掉，以获得凉爽的空间，又像是在快意地复仇，不叫对方挣脱，使之体会皮肤被炙烤的滋味。在含义不明的互相钳制中，他们的喘息盖过了整个夜晚所有的声音，成为至高的主宰。现在，身下的地面已经失去了威力，变成了一块正缓缓冷却下去的钢铁，它曾有的热量转移到了这两个发出红光的身体中。他们还在继续升温、升温，直到把自己熔化，瘫软成失去了形状的蜡油一般。

郭卫撑起身来，惊奇地问："你是第一次？"

夏莲笑，点头。

"那你怎么这么老到？"郭卫的眼神迷茫不解，他抬起手，将指头上的那丝血吸进嘴巴。

"我不知道，可能太热的缘故。"夏莲答。在她心里，她的回答是："我要让那个骂我烂坯子的人明白，他真的有个烂坯子女儿。"望着那丝已经消失在郭卫唇里的红色黏液，夏莲长舒了一口气，夏莲对自己说："原来作践自己也有快乐。"三十八路公共汽车在水曲巷停下，放下了七八个乘客，生怕车外的热流排山倒海地灌涌进来，闪电般地关上车门继续开。母亲还没立稳脚步，父亲的脸突兀地挤到了她眼前，转而又冲向已经启动的汽车。父亲擂着车门，大叫："停下！停下！开门！"司机瞥他一眼，用踩下一脚油门答复他。父亲改而哀恸起来，他叫："师傅，求求你了，开开门！"他追着跑，汗珠像未冲净的洗发液，粘住了一绺一绺的头发。"我女人不规矩，车上有奸夫！"父亲的话音一落，一前一后两个女售票员几乎同时朝着车头吼道："老蒋！停车！"

汽车在路面发出了长久的、刺耳的刹车声，随之两扇车门"砰"地弹开。父亲为这意外的待遇表现了短暂的迷茫，他不知那个奸夫在车厢前半部还是后半部，他应该由哪扇车门进入。他的身体随着他的思维左右地晃起来，最终他迈上了前车门。两扇门及时地在他身后关上了。进入车厢的父亲突然从乘客们热切的目光中意识到，此刻他的形象如同一个正气凛然、神勇无畏的特工，一个接到情报前来生擒歹徒的英雄，于是他把腰背挺直。车下的母亲夹在一堆看客中，跟大多数人一样将胳膊环在胸前，饶有兴致地充满耐心地等待着。

父亲的眼睛在所有的男人脸上停留几秒，所有被盯视的男人都浮出若隐若现的笑意。当确定自己绝对清白时，他们都乐意使这场游戏稍稍曲折波澜一些，甚至不妨让自己充当冤屈者的角色，当冤屈洗净，他们就会像一个优秀的演员，迎来的只能是热烈的掌声和欣赏的目光。父亲在所有这些诡谲的笑容前乱了方寸，他骂道："妈的！我上当了！奸夫肯定前一站就下车了！"众人，车内的，车下的，都哈哈大笑。母亲笑得尤其开心。

跟郭卫在一起，夏莲感到了前所未有的痛快。就像大汗淋漓的身体能带给人痛快一样，她看见自己变成了一个陌生的、完全不留过去影子的人，她也感到了痛快。她时时惊奇于她的身体对郭卫的感觉，也时时惊奇于她的头脑中各种簇新的念头。她用尖利的笔尖沾着墨水深入到郭卫胳膊的皮层下，刻了她最近常说的一句话：快让我流汗！郭卫则收集了她的六种体毛，制成镜框做纪念。两人站在镜框前，欣赏了好久，并评出了曲线最优美的那一根。他们都心照不宣地认同这个夏季是跟他们最般配的季节，在每一天的烈日笼罩下，他们像鱼儿游进了深潭，获得了大自在。

　　吴英英连把遮阳伞都不撑就找上门来了。

　　吴英英在正午叫醒了夏莲。夏莲睡得满面通红，左脸被凉席压出了一道道细密的辙。她脚步踉跄地拉开纱门插销，道："你坐，我再睡会儿。"吴英英跳起来，尖叫："你不怕你睡着了，我把你杀了？"夏莲问："你凭什么把我杀了？我跟郭卫好，两相情悦的事，郭卫卖给你了？"吴英英乘着夏莲困意未消，突然冲上来，抱住夏莲的腰，把她推倒在地，将十个指头极大地张开，满把握着夏莲的头发，撕扯起来。夏莲彻底醒了，她跟她母亲一样乱踢乱蹬，两人在地板上撞出吓人的"砰砰"声。彼此都只能发出急促的喘息，没有余力容她们说出一句砸向对方的咒语。在她们喘息的间隙，窗外的蝉声在尖锐地应和着，仿佛是个疯子在推波助澜。她们都听见了蝉声，在整个夏季无所不在的聒噪，一刻不停到了叫人忽视的地步，真奇怪，这会儿，在无暇分神的关头，却真真切切撞击着她们的耳膜。精干的吴英英占了上风，夏莲感到了头皮生疼，不仅如此，她的腿被吴英英扭到了一个反常的角度，在那儿肌肉与骨骼的连接处传来了被锯子拉锯一般的疼。在这个时候，夏莲想象到压在她身上的吴英英因为身体的不停扭动，她体内的那枚硬币必定也随之晃荡吧！它在叩击着小肠壁，或者突然跌入了阑尾，更妙的是，也许躲藏在肺泡的门口，只等她一咳嗽，就顺势滑入，叫她一命呜呼。夏莲想到这儿，痛感减弱了许多，她微笑着一边攥紧吴英英的手腕，一边等待。吴英英俯下脑袋，像热恋中的情人一样，将整张脸完全埋在夏莲的颈窝中，夏莲被她的热气激得浑身酥软，痒得无法克制。不等她大笑出来，她的耳根一阵灼热。吴英英仰起了脸，夏莲看见她齿间黏稠发亮的血。

含着一嘴的血腥味，吴英英终于平静了。她熟门熟路地跑进卫生间，打开水龙头，"哗哗"地冲刷她的整个口腔。她在镜中看到了自己被愤怒扭曲的脸，一张她没见过的脸。她对着镜子大声说："郭卫我不要了，就给你吧！咬你耳朵的事别告诉他。"

夏莲仍然躺在地板上，精疲力竭地回答她从前的好朋友："你放心吧。用一点儿血换个人，我占便宜了。我是知道好歹的。"

铃声在车间响起，中班工人该上线了。在流水线上做了一个月早班的母亲伸了个大懒腰。虽然已是午后，但她还是急于赶回家补上一小觉。在最适合睡觉的清晨出门上班，这在八月的盛夏是令人痛心的事之一。但是，在出厂门迎接火辣辣的太阳前，母亲一屁股坐在包装箱上，开了一罐状如橄榄的啤酒喝起来。母亲潜意识中希望这些酒精能给她一点儿精神上的镇定作用。前年才进厂的姑娘——因为乳房特别大而被叫作"保龄球"，走过来告诉母亲，刚才有个找她的电话，"男人家打来的，他说他不想去你们家见你，怕邻居看见说不清。只有几句话，就在你们家前边的那个旅社等你。""保龄球"因为年龄比母亲小得多，又经常被别人开荤笑话开怕了，不敢多打听一句就走开了。

母亲不动声色地"嗯，嗯"地点头答应着，一边在心里骂："怎么会这么呆！托人传话，说什么"怕邻居看见说不清"？这不是不打自招吗？清清白白都要被你搅出是非来！"母亲一边往公共汽车站走，一边想好了见了面先要把这件事说清楚。呆成这样！以前倒没看出他是这样呆！母亲气恼地走进了白花花的日头下。

夏莲用两只胳膊支在阳台的栏杆上。此刻她已经忘了周遭笼屉般的热气。她希望日光快些消散，夜晚快些到来，郭卫的电话就该响起了。吴英英被她自己打倒了，从夏莲眼前消失了。可是说真的，夏莲很想留住这个唯一的好朋友。"吴英英热昏头了，为什么谁先看上的就得归谁？"夏莲想，既然吴英英这么蠢，也没办法了。郭卫，这个男人的吸引力，当然不是友谊能比的，即使是穿着开裆裤时就认识的伙伴。何况认识吴英英也没有那么久啦。

对面居中的一个房间突然起了慌乱。服务员"哇哇"大叫，但并非像电影中展现的那样尖利。她的拖鞋带动着她的身体冲出房间，楼道中响起她钝刀一样的声音："死人了！死人了！"夏莲看到所有房间里昏昏恍恍的住客都一跃而起。"死人了！死人了！"他们附和着喊起来。所有的房间都空了，人群都涌到了居中的那个黑洞洞的屋子。看到这会儿，夏莲小臂上的皮肤猛然收缩，蕴藏在皮下的体液被挤出来，变成了一颗颗冷汗珠。

在她背后，电话铃声大作，惊天动地像枪声一样。夏莲手臂上刚涌出的冷汗被铃声震落在地。她恐惧地跑上前，压住话机。话机在她胸下固执地抖颤并尖锐地叫唤。夏莲在几秒的大脑短路后拿起了话筒。

话筒里是郭卫。他的热烘烘的声音。夏莲笑了。

挂上电话的夏莲长舒了一口气。一个天气闷热、心情烦闷的午后终于要过去了。接下来的时间将欢乐无比，一眨眼就如水蒸气一样飘开去，兜都兜不住的。跟郭卫在一起，怎么也不觉时间够。她撑起大花朵的阳伞，袅袅婷婷地出门。此刻郭卫在一个半地下的酒吧等她，刚才的电话里他说他发现了一种夏莲从未见过当然也从未喝过的刺激的饮料。"一口下去，哇，像被一把刺刀捅穿。"夏莲轻盈的脚步里带着要被刺刀捅穿的向往，脚步就像阳光下俏皮的口哨声，对毒辣的日头现出微笑。

夏莲轻快地从旅社门前经过，连望都没有望进去一眼，虽然门口已聚集了激动的人群，还有穿着公安制服的面庞严峻的男人们快速汇拢过来。夏莲早把她方才听到的那几声惊叫忘了。

警察挤满了屋子。这间屋子显得比其余房间暗得多。父亲蹲坐在地，手扒着床边，脸色煞白，浑身无法控制地战栗，就像在冰天雪地中顽强生存下来的可怜虫。一个年轻警察想开灯，被脸上写满"经验"二字的老警察伸手按住了。所有人都不作声。父亲终于在一片制服一片寂静的压力下崩溃了。他哭起来，几乎要断了气地抽咽，说："我女人，我想假冒一个男人，试试我女人，我说在这里见，她真的就，就来了，她是有奸夫，我气得发昏，我就，杀死她算了，大家干净，大家干净——"

一个警察在父亲的哭声中打断他，问："你住在哪儿？"

父亲僵硬的手指抬起来，对着窗外："那个，那个挂红拖把的。"阳台外挂着红拖把，阳台里的夏莲挂上电话，从肺的深处长吐出一口气。一个天气闷热、心情烦闷的午后终于要过去了。接下来的时间将欢乐无比，一眨眼就如水蒸气一样飘开去，兜都兜不住的。跟郭卫在一起，时间怎么也不够用。她撑起大花朵的阳伞，袅袅婷婷地出门。

夏莲轻快地从旅社门前经过，连望都没有望进去一眼，虽然门口已聚集了激动的人群，还有穿着公安制服的面庞严峻的男人们快速汇拢过来。夏莲早把她方才听到的那几声惊叫忘了。

在她几步走过的这扇门内，走进去，上楼梯，再上一层，在三层的三〇九房间停住脚步，屋内父亲复杂的眼泪与他身边渐渐冷却的母亲的血混合在一起，湿漉漉的地面发出了浓浓的铁腥味。

飞 翔 的 阻 力

很久以前的一天，我突然想当一个诗人。

一位女诗人，居住在清冷无人的海边，整日徘徊在沙滩上，从淡蓝色的清晨到橘黄色的黄昏，光着脚，当然手中也没有纸和笔，偶尔会捡起脚边稍大一些的沙砾或者贝壳抛进汹涌的海水中，也会漫不经心地用脚掌在沙地上画出图案。

当我被海风吹得疲惫时，我开始往回走。在通往小屋的路上，几句诗句像不速之客，闪进了我的脑海，然后我不疾不徐走进屋中，握起笔，那些诗句自动铺排成了一首诗。我迷上了这个画面和画面中的自己。那时我想，诗可不是什么要费脑筋思考出来的东西，一个诗意地生活着的人，诗就会找上门来。

虽然诗是这么自然而然来的东西，不必熬得灯枯油尽，但我总得知道什么是好诗吧。我留意诗刊、文学杂志和报纸，我把我看到的诗都大声地朗读出来，一遍、两遍甚至三遍。

我慢慢发现有一个诗人的诗遍布所有的媒体。还有许多对于他的诗的评论。当我看到那些评论的时候，我对自己的感觉起了怀疑。因为起初我看到他的那些诗，我说："这只不过是些打油诗和顺口溜罢了。"可是越来越多的访谈和诗论都在说他是个怪才、奇才加天才，假如我不认同，我就很难当成在海边漫步的诗人。我只好命令自己抛弃对他不恭的想法，转而虔诚地拜读。除了大声诵读，我强迫自己记忆。后来我几乎把我能看到的他的诗全背了下来。有时，那些诗很短小，每一句都押韵，一段一段互相之间排比——总会使我再次冒出不敬的念头，但我拼命压抑住它们，我这个还没有进入诗的王国的追随者是没有资格去贬低一个人人惊叹的天才的。

不到一年，我满脑子都是那些短小、押韵、段与段之间排比的诗，我使劲儿向上跳着去够这个标准，还攒了一本形神皆似的习作时，报上出人意料地登了一篇揭秘文章，占了第二十二版的整版，说那个诗人其实是个乡镇企业家，做饲料发了财，可是他不喜欢别人叫他"乡镇企业家"，他喜欢"诗人"这样的雅号，他的每一首诗以及每一篇对他的诗的吹捧都是花了大价钱才面世的。屈服于那些票子，审稿的编辑们给自己铺台阶说可以以此去扶植其他优秀作品。这篇曝光文章最后说：有一点我们不得不承认，那些顺口溜倒确确实实是这位乡镇企业家亲手炮制的。

我能向谁喊冤呢？我的诗情已经被那些顺口溜弄得无影无踪，

我几乎要跟这位企业家一样张口就是工整地贴在庄户人家门楣上的对联了。还有那些非常严肃、非常理论地说他是天才的文人们，我如何去要求他们赔偿我的诗情？他们就这样联起手来毁了一个纯真的萌芽的诗人。那个在海边独行、随时准备拥抱优美诗句的我，已经化成了沙滩边的泡沫。大学毕业，我到了图书馆工作，再也没想过当诗人的事，连诗也读得很少，诗使我羞愧难当，我改成了读小说。我喜欢图书馆，喜欢在整日空寂无声的世界读我的小说。图书馆就好像是那座海边的小屋，不同的是我从有激情去创造变成了有激情去欣赏。

我待在图书馆里，偶尔在读者的招呼声中把头抬起来，接过他手中的书，对着封底的条形码一扫描，听到"嘀"的一声，就把书递给对方。我的工作就是这么简单。我甚至连这些都有点儿不情愿做。通常，这个排列着巨型书架的大厅只有三个人。我的座位在东端，夏莲在西端，她管还书，当读者将书交给她，她对着封底的条形码一扫描，听到"嘀"的一声，就把书扔回到身边的手推车里。等手推车满了，她懒洋洋地起身，推到那些书架前，照着编码放回去。还书的工作比借书烦琐，因此我一来图书馆，就央求夏莲无论如何把借书的岗位让给我，夏莲有好脾气，什么都能答应。我也不白白地占便宜，我许诺假如她正忙着把书放回到书架上时有人来还书，我就会从东端走到西端，帮她完成那些程序：接过还书人的书，对着条形码一扫描，听到"嘀"的一声，就把书搁在桌面上。幸好，这种帮忙的机会非常非常少。还有，每个星期二，图书馆闭馆休息的前一天，下了班我会请夏莲吃饭。我们吃得很简单，总是那些炒饭、饺子或者麦当劳、四川凉面，但我们都很满足。大厅中的第三个人是我们的馆长，他的座位在我们之间，桌子上没有电脑，他什么事也不做，但是双目炯炯，好像是在监视着每一个走进图书馆的读者。读者其实也十分稀少，当无人出入时，馆长的目光就会使人联想到两个安在眼眶中的玻璃球。我们三个人即使在没有读者的时候，也是那么安静，沉默寡言。我迷恋这种气氛，在这种气氛中，在我手中的小说的字里行间，我不知不觉就变老了，到了二十七岁。

夏莲比我大两岁，更危险的年龄。至于馆长，他的年龄仿佛已成一种可有可无的装饰了，谁会对五十二、五十三还是五十六较真呢？我和夏莲对他的年龄就是这么一种态度，馆长就好像是一个丢掉了年龄的人，或者说是一个不再需要年龄的人。我和夏莲早晚也会这样的。我猜想，当我们到了三十岁，或者嫁了人，生了孩子，我们就会丢了年龄，变成一块又硬又丑的石头，谁管它活了几百年！连我们自己都没有兴趣得知。

星期二的下午，我们都做好了歇息的准备。夏莲突然走过来，问我："你干吗不找个男朋友？"我的小说里正讲到一个女死刑犯在执行枪决的路途上，她昔日的几个相好——他们互相之间并不认识——埋伏在路边的草丛中，看着不远处那个女人的身影过来了。我心情十分紧张，不知道那几个男人会做出什么了不起的事来，同时又无比羡慕这个死刑犯，夏莲的问题惊骇得我跳起来。我说："那你呢？"

"我就是因为有了，才想到来问你的。"

"你有了？什么时候有的？"

夏莲的眼睛亮闪闪的："有人给我介绍了，今天一起吃饭。"

"哦，是吗？"我低下头，继续读下去。

"可是你别忘了，今天晚上你得请我吃饭的。"夏莲往西端走去。

"什么意思？你是跟我去吃饭还是跟他去吃饭？"

"跟你吃饭的时候跟他见面。他的那份钱你让他自己付。"她早就拿定了主意，得意扬扬的，根本不关心她跑来问我的那个问题的答案。

在去不远处的阿亮烧卖馆的路上，我想起来，问夏莲："今天不是第一次见面吗？你怎么能肯定地说他就是你的男朋友了？"夏莲说那个介绍人的丈夫是清华的一个讲师，跟"男朋友"同事。"男朋友"去他们家的时候，他们两口子因为无聊，正在重看自拍的各式录像带。郊游的，聊天的，打牌的，站在自家阳台上望出去的四季风景，等等。"男朋友"被迎进客厅，在沙发上落座后，电视画面正巧就是野外聚会那一段——好脾气的夏莲跪在草地上，为一大群青年男女在卡式炉上煎炒烹炸，满脸都是透明的汗珠，脚边排列着一兜兜塑料袋盛装的原材料。在锅铲翻飞时，夏莲还时常抬起头来笑盈盈地看一眼那些七嘴八舌、唾沫纷飞的"食客"。

"男朋友"立即就问道："这谁啊？结婚了没有？"

主人夫妇就拿他开心："早结了！你看这家庭主妇的架势！"

"男朋友"顿足道："可惜可惜！"

女主人这才哈哈笑道："开玩笑开玩笑。怎么，有好感？要不要介绍你们认识？"

"男朋友"说："就是她了，就是她了。"

我们走进阿亮烧卖馆，挨着落地玻璃窗的一个男人站起来，冲我们挥手，隔着老远问："是夏莲吧？"夏莲对我一笑，我们走过去。他伸出手来，先与夏莲握一握："你好，你好。"又与我握一握："你好，你好。"我与夏莲并肩坐，他坐夏莲的对面。趁着他们开始东拉西扯、一来一往，我观察起这个叫郑季的清华讲师来。他很高，刚才已经知道了；很瘦，使得衬衫像一件袍子；皮肤特别白。这三点都符合夏莲的审美，却与我截然相反。他的发型不怎么适合他的脸型，显得他的颧骨越发地突出；他的五官中最令人不舒服的是他的鼻子，好好地由上往下渐渐升高，到鼻孔那儿却猛然趴了下来，像一把倒扣的汤勺。他的神情有些紧张，这使他稍稍可爱了一些。郑季的容貌没有给我造成压力，我于是轻松自在地加入他们的谈话。

我们从郑季的专业，聊到了克隆这个话题。我和夏莲主要是从社会伦理和科学幻想的角度扯开去，比如，一个人和他的克隆人是什么关系？克隆人该叫他什么？是爸爸还是哥哥抑或是妈妈？假使一个被克隆过的人犯了罪，那个克隆人岂不是也惹上了麻烦？他的模样、血型、指纹与罪犯一模一样，警察逮到他时，他真是百口莫辩，甚至连证人都吃准了他。夏莲还非常关心凭指纹开启密码的方式到底还会有多少安全性。郑季在我们接连不断的问题下开始向我们解释什么是体细胞、单细胞，面对着两个科盲，从最初的科学原理讲起，也就是从人的二十三对染色体讲起，他诚恳的眼神和辅助的手势像是在拼命地为我们启蒙。可我觉得他说的这些跟我们的问题毫不相干，我们那么有趣的话题被他严谨的科学术语弄砸了。我只好打断他："你果然是个搞科学的。"

我是不得已，因为烧卖端上来了，他的"专题报告"是无法就着烧卖咽下去的。郑季的最后一句话一半被他吐在空中，另外一半还在他的咽喉内作梗，他看起来就像是被什么硬物噎住了。他缓了缓，转而把眼珠盯住我们中间那屉热气腾腾的烧卖，笑道："烧麦好吃！里边可没有麦子啊！"

我又看完了一篇小说。小说中有这样一句话：考古学家几乎没有女性，因此可以肯定几乎没有一个女性会对如化石一般冥顽不化的男人感兴趣。这句话其实漏洞很多，考古学家当然有女性，而生活中冥顽不化的男人也比比皆是，可最终他们都会找到属于自己的并非考古学家的女人。不过这句话叫我想到了那个郑季，郑季确实如化石一般啊。化石可能很有价值，有很丰富的矿物质和远古的信息，但对人来说，总是过于硬邦邦了。

夏莲那天趁着郑季坚持跑去付我们三人的饭费时，用胳膊肘捅捅我："怎么样？"

我撇了撇嘴角，摇摇头。夏莲"噗"地笑出声来："什么呀你！我觉得他挺不错的。"

"不错？不错在哪儿？你的脾气也太好了。"我说。

夏莲合不上嘴："好好好，你看不上就好，我还怕你横刀夺爱呢！"

我扭过头去看，郑季表情也跟夏莲一样，喜气洋洋地付了钱，走回来。我的脸仍冲着郑季的方向，低声对夏莲说："你放心，我绝对不会横刀夺爱的。"郑季看见我一开一合的嘴巴，隔着老远问："你说什么？"

我向图书馆大厅西端望去，夏莲开始织起了一件灰色毛衣，双手上下飞舞，就像是开讲座的职业编织师傅。有人来还书了，夏莲左手擎着毛线针，右手飞快地一一扫描，然后把那几本书扔进身边的手推车里。她的眼角望见了已经堆得满满的车，她的手又上下缠绕起来，头也不抬地叫我："小乔！你帮我把书放回去。"我明白了那天我们一起走出阿亮烧卖馆，夏莲故意拖后几步，对着郑季的后背左顾右盼的，原来是在估摸他的尺寸。我起身走过去，"真堕落！"我笑骂。

"谁？谁堕落了？"占据屋中央的馆长警惕道。

"夏莲！馆长你看，她在织毛衣！"我假作严肃。

"咳！"馆长拱起的双肩塌下去："你用词太夸张。"我们三人都笑起来。

可是说真的，我真不满意夏莲的举动。为什么女人在表达爱意时，总是这么程式化？结婚前是织毛衣，结婚后是翻检丈夫的口袋。她们把爱情搞得很紧张。爱情应该如夜晚我们头顶的星月一般，将我们笼罩起来，我们在它们的光辉下行走，却难得去瞭望。当它们突然消失时，我们才猛醒，原来失去它们后的夜路是如此难行。夏莲眼中的爱情不是辽远的星月，是一场瓢泼大雨，把全身浇得透湿，稍不小心就会感冒，所以我骂夏莲"真堕落！"并没有太夸张。

我会织东西。我曾经给自己织过一副小巧玲珑的手套，但是，编织所耗费的时间是惊人的，而且，在编织的过程中大脑总是一片空白。大学时，我们宿舍六人，在一段莫名其妙的时期，有四人为她们单方面认可的男友织起了毛衣。她们热情高涨，起床前在被窝里织几行，上课时，双手在课桌下运动，甚至熄灯后，她们还要凑在一起，就着桌上的一支蜡烛加班蛮干。闲钱都消耗在毛线上了，蜡烛只好轮流买，一次只点一根。她们呈正方形围着那根摇摇晃晃的蜡烛时，一句话不说，暗中比赛谁最先让那个不知情的男友将毛衣穿上身，可是，她们手中十多根长长短短的竹针、铁针互相摩擦、叩击，发出密集如雨点的声音，使我和黄丽敏不得不在前半夜失眠。那四个女孩，拿起毛线活儿时，当然是知道所为何来，可当她们陷入手指和针线的陷阱中时，她们根本就忘了她们在做什么以及这件毛衣的意义所在。就这么左一针，右一针，绕一圈，跳一行，难道爱情是这样枯燥磨人吗？我望着那四颗昏暗中的头颅，发誓说我绝不会用这种东西充当爱情的奉献。

夏莲已经二十九岁了，也许从人性的角度看，她比我的大学舍友值得原谅。她的母性积攒了多年，终于要在郑季身上大发作了。

下了班，回到我的一居室，我继续念小说。阳台上的风很清凉，而光线还充足。这篇小说的主干情节似曾相识，女主人公总是欲言又止，使男主人公会错意，终有一日，女主人公的密友无意中透露事实，男主人公醒悟过来，可是斯人已去，此情不再。虽然如此，我还是放不下手中的书。我发现读小说其实并不是在读故事，故事是会穷尽的，我是在读故事后的那个作者的智慧。有的作者使你欣赏得失妙语，有的作者使你鄙视得连连冷笑，读小说的每一秒都是在用别人的文字刺探自己的感觉，这是无法穷尽的有趣之处。我想到了我曾有过的理想，并且为了那个理想痴痴呆呆地投入过，冤屈地遭了暗算，但是，我此刻一点儿都不后悔我没能当成海边小屋中的女诗人。在我的阳台上，我得到的快乐也许远胜于当初的理想呢！

天色黯淡了，我起身，走进屋子。我饿得厉害，冰箱中除了几袋奶，还有一颗白菜和七八个鸡蛋。我决定去外边，步行四分钟，有家饭馆，环境很雅致，干净又不贵。在路上，我已经点好了菜，一个鱼香肉丝和一碗榨菜汤，我突然很想吃这两种东西，简直有些等不及了。

我进去的时候，服务小姐机械地问："几位？"我之所以说她是机械的，因为她紧接着回头望了望店堂里的情形，说："哟，没地儿了。"我真是沮丧，而且一下子感到饿到了极点，看到身边那些人在大嚼大咽，觉得自己可怜极了。小姐说："那儿行吗？"她一指角落处。"行，行。"我说。她走在我前头，带我去。我觉得没有必要。当我们走到角落时，我才发现她来是有必要的。桌上有一个人在吃饭。只有一个人，他占据的是能坐四个人的座位。小姐问："先生，这位小姐能坐这儿吃吗？"我认为这句话糟透了，我立在小姐的身后，像一个讨要他人盘中餐的乞丐，我有些后悔走过来。

那个喝着啤酒的男人抬起头来，看看小姐，又不慌不忙地把脑袋偏过一点儿，看看我："没问题。"我对小姐说："算了，我还是去门口等一会儿吧！""没问题。"他再次说，而且把他的饭菜往他胸前挪。我已经把身子转了一百八十度，小姐拉住我的胳膊，说："就这儿吧。"把菜单硬塞进我手中。我只得坐下来。现在我不好意思立即说出我在路上点好的那两个菜了，我打开菜单，装模作样地翻找，还顺便用眼角瞥了一眼这个男人点的菜。他点了两个肉菜，不过动得很少，两瓶啤酒，一瓶已经喝完。我甚至还瞥见他现在停止了进食，他看着我，好像在等待我点菜，好像我们是一块儿来的，我们在一块儿斟酌该要些什么。我合上菜单，一边递给小姐一边把我的那两个菜名报给她，这时，我与桌子斜对面的他目光会合了。在半秒钟内，我就看清了他的模样。他的线条很柔和，两颊有一些若隐若现的肌肉，眼睛不小，却是单眼皮，眼神淡淡的，像个孩子。我能看见他整个的眼珠，一般当我们看见眼眶中的整个眼珠，那意味着对方的惊异、发呆和恐吓，现在我看到的却是如同孩子一样的友善的等待的目光。我又说"等待"了。因为他真的就是这个样子。过半秒钟后我们互相冲对方淡淡一笑。也许我的微笑就是他等待着的东西？他问："住在附近？"

"你怎么知道？"

他拿筷子指指我的拖鞋，我笑着点头，顺便看一眼他的鞋，问："你住得很远？"

他无声地笑着点头。嘴角厚实的弧线向上弯起，好像很愉快。

"那怎么在这儿吃饭？"

"我来找人。他还没回来。我电视台的。"他的手机突然响了，他打开手机，"喂！"一声，对我点点头，起身走到门外去。

那是一个很长很长的电话，我的菜来了，我慢慢地吃，又不能过于慢地吃。我看见门外的他，他的侧面对着我，他的身材不高、不瘦，他整个身体和姿态都表示他的柔和。我把眼前的东西一点一点咽下肚去，而他还举着手机。他微微伏着头，时而转动一下他的身体，仰一仰头，望望街道和行人。我无法再耽搁下去了，我只好站起来，到柜台去付账。

我应该走出饭馆，向右拐，但是我摸不透自己心思地向左拐了。在一瞬间我就做出了这个奇怪的决定。是我做的决定吗？是谁替我做的决定？我经过他的身边，他看见我了，耳朵伏在手机上向我点点头。我也笑着向他点点头，继续往前走。我沿着那个错误的方向走下去，胡乱逛了几家商场。我拿捏不准时间，我不知道此时他是否仍在饭馆中。我怕让他看见我再次经过他眼前，他心里在对我窃笑，但我好像更怕他已离开那儿。想到这儿，我回转了身。我急得跑起来。

接近饭馆时，我改成了小跑，当我走入饭馆玻璃窗区域时，我放缓自己的呼吸，稍稍扭头望进去。那张桌子已经空了。

在往家中走的那几分钟内，我痛感羞耻，不停地责备自己。责备自己的冲动和失态。我看不上自己的这种举动。何至于此呢？难道是被夏莲和郑季的步伐逼迫的？我怎么也不相信自己在这种事情上会去跟风，只能说所有的原因都是那个人。只凭那个人。可是，凭他的什么？凭他那时时显现的等待的神情、柔和的脸、淡淡的笑？一想到此，我的心又不管不顾地化开来，化成了一汪清水。但好在桌子空了，他已经走了，冲动和失态只留给了我自己，在他的印象中，顶多只是我的家在饭馆出门往左拐的某处而已。我又无比庆幸起来。

第二天夏莲手中的毛衣已经惊人得长了。夏莲动作越发流利，面部失去表情，甚至顾不上跟我说话。这合我的意。整整一天，夏莲只是"嗯嗯啊啊"了几声。馆长说："下个月有个进修机会，图书馆应用电脑管理系统的一些新手段，你们俩谁有兴趣？"夏莲埋着头，我也埋着头，馆长等了一会儿，没人应答他。"小乔？"馆长点名了。"不不。"我说。"夏莲？""嗯——"夏莲曲里拐弯的腔调表示她根本不予考虑。馆长央求道："学一个月，又不远，就在清华。""在清华？"夏莲高呼了一声。馆长激动地说："是啊！想去了吧？""嗯——"夏莲摇着头甩出来，手中喊喊咔咔作响。馆长望望我，我假装专注于纸间。馆长叹口气，说："那就我去喽！"我们两个人的喉间咕咕地笑。笑完了，我的心情并没有大改变。我好像飘忽在云雾之间，我手中的文字也随着我漂浮在云雾中，使我捉不到它们表示的确切含义，它们彼此商量好了似的，躲避着我的眼睛，可是又并不跑远了，它们就在我的身边打转转，像一条条滑溜溜的泥鳅。

　　这篇小说到底在讲一个什么故事呢？一个老态龙钟的妇人不断进出于一条巷子，巷子是条死巷子，她每次碰了壁都会在墙上刻一个古怪的图案。她好像是个疯子。巷子里的一幢三层楼上的男孩总是趴在窗口看这疯女人的行为，还默默计数她进出了几回。我不明白作者的意图，难道是在说其实看疯子的那个孩子也是疯的？或者是说巷子是宿命，想走出宿命的人就如同这个疯疯癫癫的老女人？我以前痴迷于这种猜谜般的小说，今天却一望而头痛。我抛开书，发起呆来。看看西端的夏莲吧，她准是不头痛的。

　　晚上，我开了电视。节目是越来越两极化了，严肃的话题都是一堆专家，探讨南极科学考察对自然生态的利弊，议论中学语文教科书中古文容量多少为适宜，深奥的还有经济学家的什么模型，有一个频道是怎么看新的离婚法草案。屏幕上的男女老少都似离过婚的过来人，一旦把住话筒，对草案的质疑或赞赏便滔滔不绝，使主持人插不上嘴，在一旁显得十分焦急。我选择了一个能使大脑得到最彻底休息的节目：七八个十几岁的男孩子整齐划一地在舞台上蹦跶，他们的裤腿肥得像是给大象裁的，他们的动作直不愣登，胳膊舞动起来叫人担心会被甩脱了臼，他们没有一秒钟是安静的，活像草地上的一群蚱蜢。我的眼睛就跟随着这群不知疲惫的机械的"昆虫"，我觉得他们也替我运动了似的，我四肢酸软同时还无比畅快。这是一个现场直播的演唱组合表演，台下少年们的尖叫表明此刻在城市的某个商场门前已是人潮如蚁，群情鼎沸。我竭力找出他们的长处来：他们充满活力，他们简单率真，他们比我年轻，年轻得多。我不该去忌妒他们，忌妒年轻是愚蠢的。

电视镜头在各色彩灯下四处捕捉精彩画面，一忽儿是流着泪拼命往前挤的女孩子，一忽儿是台上孩子们金黄一片的乱发，一忽儿是台下无数只手中挥舞的"我们永远支持你！"之类的不负责任的空头支票。镜头再一摇，我看见了他！他在台沿，真是万幸！他不在那群疯狂的歌迷中。他当然不会在他们之间，因为他是那么沉稳、从容，从他微微偏着头对我一顿首的致意中我已得知。他像是在照看着那些灯光器具，又像是在维持现场秩序，不管他做什么，我都认定他是处于那两类痴狂的人面面相对的中间地带，在人人失去形状的场面中，唯有他安然怡然，使我再次情不自禁。

我跳起来，抓了一把钱，跑出家门。

当出租车驶近现场时，我的心凉了。与方才电视上所见的汹涌起伏的人潮相比，此时的广场清冷得就像灾难过后。我不禁怀疑我在家中看到的是否是一台直播节目，我明明听到主持人是这么嘹亮地宣称的呀。我不甘心，下了车，往台阶上走去。我看到了已经拆卸下来堆在地上的机器！我感到有些手脚发抖，我向离我最近的那个忙碌的人影走去。"请问，"我对这个弓着背缠电线的人说："您是电视台的吗？"他扭过脸来，声音粗糙："是啊。"我说您是否有这么一个同事：中等个子，不算瘦，当然也不胖，单眼皮，时常微笑——可能吧，眼睛像孩子一样……他反问我："你说的是不是姜起宁啊？""是吗？他叫姜起宁？"虽然他是那么的犹豫，但我毫不迟疑地就把这个名字和我正在寻找的人联系在了一起，我相信我寻找的就是姜起宁。这个名字非常非常适合他。"他在那儿，姜起宁——"这个热心的人把手圈起来，对着西南边喊。我的手脚真的发抖了，现在我几乎已经再次面对他了，同时我面对着一个我自己羞于明说的问题：我突然出现在这儿，突然来找一个点头之交的人，这是不是太疯癫了？比刚才狂呼乱叫的孩子们疯癫几百倍！而我的年龄已是立在悬崖边的二十七岁！我是不是该百倍地来嘲笑自己呢？我的脸发起烧来，我站在那儿，举步维艰。

西南边走过来一个人，他也大声喊着："谁喊我？"

我的脚动起来了，我假作轻松地跑过去，没有一点儿拖泥带水，我一直跑到他跟前，说："嗨，没想到真是你呀！"学那些没心没肺的女孩子的口气。

他看见我，"嗯"了一声，点点头。为什么他是这样的反应？但我不得不爱上这样的反应，因为这是由他的身体做出的举动。

姜起宁有车，他说他把我送回家。我关上车门，他发动起车。我偷看看表，已接近十二点了。车很快窜出去，驶上了静谧宽阔的大街。车轮和路面发出亲密和谐的摩擦声，仿佛埋首于桑叶的蚕，或是鱼在水底滑行。灯光在我们的两旁连成一线，当我时时向身边的这个人侧过脸去时，我希望他误以为我只是在看那车外的流光。

他的手松松地把着方向盘，偶尔东张西望。他的脸被那些光衬得发出了油画般的光彩。我问他："你在演唱会上做什么？"

"我嘛，我之前负责到处找人。演唱会我就去找歌手、乐队和观众，把他们拉到一起。谈话节目我就去找那些出话题的主角、专家和听众。有时候，我还去找有关部门，法律的、政府机关的、气象的和银行的。"

"那你得认识多少人？得有一个多么大的圈子啊？！"

"那是导演。我只是照他的意思去找。他给我一堆电话号码或者一堆线索。"

"你只是打电话？一个接一个地打？"

"对，对，我只是打电话。"他居然为此而开心，笑起来，双手有节奏地敲打着方向盘。

而我居然也很开心，借着这气氛长时间地看他。

"来，来。"他突然说。我不明白他的意思。他扭过头来：

"你的手放在这儿。"他拍拍掌中的方向盘。"左手，放在这儿。"那是他的左手处。"右手，放在这儿。"他的右手处。我把身体倾过去，虽然我仍在迷惑，可是我打算照做。在这么一个夜晚，我是不该反对的。

我的左手挨着他的左手，右手挨着他的右手，这使我的身体须紧紧地靠着他。看起来，他好像是想教我开车，或者是他无力把握，需要我力量的加盟。我一边这样扭曲着身体一边迟疑道："路上会不会有警察？"

"警察？！我看看。"他猛然把他的双手挪走了。在那一瞬间，我魂飞天外！我的手中掌握着一辆飞速向前的车和车中两个活生生的人！可在这一刻之前，我从未碰触过驾驶座上的一切玩意儿。我的手搁在那儿，那是毫无用处的一双废物，但是它们却不能移开，只能死死地握住手心里的那圈弧形硬木。我听到我尖锐的叫声："我不会开车！"

我已听不到方才车轮与地面"沙沙"的柔美的和声，我的心早已跳出来，在整个车厢里嘭嘭震动。

姜起宁悠悠地说"不用怕。"将双手插进口袋——他继续折磨我！我看不到他的表情，但他的举动碰到了我此时死命靠住他为的是死命揪住方向盘的身体，我也跟着他动了！车像一头庞然怪物，微微不顺意之下大发雷霆了。我已感到了它在爆发前的瑟瑟颤抖。我恐怖到了即将昏厥的边缘。

"快救救我！快来救救我！"我在失声之前用尽力气喊出来。

他大笑起来。他的笑是那么舒展开怀，澄澈无碍。在笑声中他把手抽出来，压在我的手上。他的体温覆盖了我冰凉的死过一回的手。

"怎么搞的你?"他感觉到了我的温度,又扭头看看我的脸色。同时,他的手使劲儿捏住我还被迫抓着方向盘的双手。他很使劲儿,我恢复了知觉。

夜晚,应该说已经跨过了子夜,进入了第二天,当我躺在床上,我又一次一次地回到了他的车中,一次一次去把住那个方向盘,一次一次被他的手覆盖,甚至还有他的温度、他使的劲儿,这些我再一一经历,像头一次那样经历。我的身体和灵魂好像都停留在那个时刻,却又在那个时刻中高速飞旋。这奇妙的混合叫我陷入了迷乱,难以挣脱。我就这样整夜地失了眠。也许是在整夜地做着梦!这一场梦!它是清晰的,我的双手还残留着触感;又是虚无缥缈的,我不得不问:"他是谁?他怎么会?"

夏莲的毛衣快完工了。我已经看到了一个完整的身子和一条细胳膊。现在夏莲的手中是另一条胳膊,起码夏莲对郑季身材的了解是准确的,那就像是给一个高挑的瘦女孩织的毛衣。

夏莲招手让我过去,完全没有必要地压低了嗓子说:"我有一个创意!一个特别棒的创意!"我说:"你大声说好了,这儿除了我们俩,没有第三个人。"夏莲仍然压低了嗓门说话,仿佛不如此她的令人兴奋的主意就会随着音量逃遁于空气之中:"我打算在毛衣的胸前,我指的是里边啊,把我的名字绣上,要不把他的名字绣上?你看哪种好?这样,他根本注意不到。可能要过好长一段时间,有一天,他一脱毛衣,毛衣正好翻了过来,他就会看见早就绣在那儿的我的名字或者他的名字。你说,这多浪漫啊!有一种柳暗花明又一村的感觉。我的毛衣就得这么不可思议!"

我说："我的建议是：你把你们俩的名字都绣上，同时把郑季的'季'和夏莲的'莲'用线勾在一起。"

"哎呀！"夏莲用胳膊箍住了我的脖子，并把她全身的重量吊上来。我被勒疼了。"你真伟大！这就是说我跟他是永不分离的意思了！"夏莲推开我，把毛衣翻转过来，用手比比画画："绣在这儿？还是这儿？"

夏莲的兴奋多么像我那个不眠之夜的躁动啊！可我们俩又有许许多多处的不同。我难以相信夏莲会对一个如郑季这般的人产生这么大的激情。郑季，站在姜起宁做背景的舞台上，即使借了强聚光灯的光亮，也是难以让人注目的。我告诉自己我已经飞翔在云端之上了，揣着空灵的喜悦，飘忽鼓胀的幻想，脊背插上了一对硕大的翅膀，它们轻轻扇动，我不知不觉上升。当我在空中掠过，我向地面望去，夏莲和郑季就如同忙碌于花丛中的褐色小蜜蜂，虽然他们是那么的甜蜜胶着，但他们永远无法飞上天来，他们哪里想得到像一只鸟、一片云在高空飘飞的美妙滋味？我看着夏莲，这个满脑子的思想都被几团毛线球困扰着的人，我不禁怜悯起她来。可怜的人！不觉醒的人！爱情缚住了她的手脚，她连走都走不快了，而我却被赋予了一双翅膀。我的快乐是无法传达给夏莲的。因为我飞在空中，衣袂飘飘，而夏莲在寻找鲜嫩的花瓣，一洼解渴的水塘，她预备把她寻找到的所有地面上的好东西都献给郑季。我们差得太远。

下午，在图书馆，我接到了姜起宁的电话，这是他打给我的第一个电话，也是我等待了很久的电话，其实我们分别才两天。铃声响时，我接起来，"喂"了一声，他在那边也只是"喂"了一声。是他！我一瞬间就肯定了，我还听出了这声音之后他漫不经心的笑容和散淡的表情。这是他给我的最强的印记。我们谁都没有说对方的名字，他直接地说："今天非常非常无聊。你出来吧。"我看看墙上的大钟，离下班还有近两个小时。"现在吗？"我问。"就现在。你出来，打辆车到中心环岛。"他挂了。我出门了。

我出了门，像每天出门往左上厕所一样的平常。我甚至不跟夏莲打招呼，仿佛这是一个一说就会破碎的秘密。今天，什么在前方等待着我呢？

我坐在环岛的水泥墩上，不知姜起宁会从哪个方向走进我的视线。我定定地向着南方。午后的阳光下，我看见自己的影子匍匐在脚下，缩成一团，那么恭顺，又有那么一些叫人怜悯。这感觉真使我吃惊，为什么我忽然开始怜悯起自己来了呢？是什么东西拨动了一向埋得深深的某处痛感？难道是因为我早已在无数篇小说中对这个阳光下孤独的影子似曾相识？

姜起宁似乎从天而降，从已停在我眼前的出租车里走下来，搭着半开的车门，问："想去哪儿？"

"不知道。"我说。

"上车吧！"他说。我起来，随他钻进车。在弓着身子钻进去的时候，我又对自己起了怜悯，不要这样吧！我劝慰自己。

"去哪儿啊？"司机问。

姜起宁看看我，我再次摇头："不知道，你定吧！"于是他对茫然的司机说："你随便开吧！——你想去哪儿？"

"嗨！"司机师傅生动的一声叹："得！那就成全我了！

去天客隆吧！我媳妇让我买一包卫生球，一盒地蜡，一根晾衣竿。"

姜起宁笑起来："好好，好主意，就去天客隆。"

那天是怎么结束的呢？但愿我可以忘掉。但是与姜起宁在一起的时间，哪怕一分一秒，都是难以忘却的。

天客隆屋顶高，大厅阔，呼吸倒是畅快，顾客寥寥，货架又高高耸立，我们俩穿行其间，像仓库里的两只小动物，心满意足，一言不发。在走到一排玻璃器皿前，姜起宁伸手拿下一只彩色花纹的高腰酒杯，将拇指和食指并拢一弹，"叮——"的一声，久久萦回在我们身处的空气中。我似乎都能看见那声波一圈一圈扩散，如池塘中被石子儿击中而起的涟漪。这声音还未消散，姜起宁将杯子搁回到架上，当他收回手，它来到了我的腰间，搁在那儿，用他的两只手指并拢一弹，弹到我的腰上，他口中及时发出脆生生的伴音："叮——"

"真可惜，我没有酒杯那么好听的声音。"我说。

"那有什么？女人不是用来听的。"他的话使我哑口无言，羞于追问。后来我暗自揣测，假设我问出"那，女人是用来做什么的"，我将得到一个什么样的答案？也许我真该问出那一句。

我们手中各拿了一罐饮料去结账处，其实我本是两手空空，而我也不知道应该拿些什么，应该为他拿些什么，是他在终于决定走出超市时，取了两罐可乐，将其中一罐交给我。我们等待付款时，我觉得稍稍有些滑稽。这么小这么廉价的东西，还分别握在两人手中。幸好几条出口通道都空着，除了收银小姐，没有顾客。大厅内那些跟我们类似的用购物消磨时间的人离我们都很远。

我把可乐搁到柜台上，姜起宁把他的那罐也放下。小姐一一扫描，电脑屏幕上显示四块八。"有零钱吗？"姜起宁把手伸进我的口袋。我的口袋里没有钱，他很快把手抽了出来。不等我打开包取钱，他已从裤兜中掏出了一张百元大钞。

我们揭了盖边喝边往外走。姜起宁手里还抓着找回的那一大把散钱。我又看到了明晃晃的阳光，从西方的天空斜射过来，把我们的影子长长地拖在地上。

"小姐！对不起，你不能走！"一个年轻得稚气的保安赶上来拦住我。他非常严肃，唇上的那圈刚刚萌发的浅色胡子看起来有点儿气候了。

"怎么了？"

"你偷拿了我们的东西，没付钱！"我笑了。我原谅了他的严肃："你搞错了吧？"

"不承认？那好，我要搜身了！"他真是严肃过分了。

我就生起气来："你怎么敢？"但这个保安同样年轻得固执，他闪电般地把手伸进我的口袋，像熟练的魔术师一样，瞬间他的手心里变出了一盒包装完好的剃须刀，图片上一个美国男明星抚摸着腮帮子望着我。

我蒙住了。在我还没来得及呼吸一口气，我就被这个果敢有力的人拽住衣领子揪回了店堂。为什么占上风的人们总爱揪住对方的衣领？收银小姐们的脖子都扭成了同一角度盯着我，还有从深处赶出来娱乐的顾客。这个前所未有的时刻，我居然还能意识到语言是无力的，我所有的解释和申辩都只能起到被他们嘲弄和延长他们观赏的功用。我在那些灼热的眼光下，强自镇定，打开包，掏出钱夹，拿出一百块。我说："我认罚。"

这句话好像把拦洪闸门猛地提起，被囚在闸门后的恶毒话语汹涌而出，劈头盖脸裹住我。原来我错了，我只要有所行动，都会给予他们强刺激，不管是什么行动。那些像子弹一样的语言，从前在街上我偶尔地听到过片断，但从来没有设想过有这么一天我会是这些咒骂的对象。我让自己挺住，当咒骂得不到回应，他们会疲惫的，会感到无趣的，我只要好好举着这张票子就行。

时间在我身边嘀嘀嗒嗒地走，我的感受如高速摄影下的画面，把所有的细节都看明白了，把所有的难堪都抻长了。当潮水慢慢退去，我看到人们愤怒的红脸膛上漫上来一层尴尬，他们被自己横冲直撞的怒火、对着空气击打的拳头弄尴尬了。也许他们将很快伸出手来，接受我的"罚款"了。

"这东西我们来这儿前就买了，你们根据什么说是你们的？"天！我听到了姜起宁的声音！原来他也在这儿！可他在说什么呀？他干吗要再搅起一团污水来？我不是在猜测，我的话即刻应验了：人们的愤怒死灰复燃。说不清有多少只指头伸过来，点点戳戳，我们被这股力量驱赶着，跌进了一间小屋。门"砰"地关死，"等着吧，等派出所来人收拾你们！"一个声音警告我们。

他抱住了我。他的胳膊环绕着我的肩，把我圈进他的怀里。这个举动是怎么起的头？他是怎么伸出的手？我是怎么紧贴住了他的胸口？我毫无准备地就被他这样抱住了。我希望这一刻能叫我张大了每一个细胞来感受，可是它发生了，过去了，我简直回忆不起来。当我将来要重温此刻时，我上哪儿去找这最初的感觉？

因为它发生在这么一个使人沮丧和慌张的时刻。我还能记得的就是我已经将我的身体像婴儿一样偎住他，他抚摸着我的头发，轻声说："没事，没事，你不用怕。"我和他的身体间没有任何东西阻隔着。我盼望过这画面，想象过这画面，可猜不到是在这时候，在这个时候，我的感觉走了样。我懊恼极了！

　　我们走出小屋时，已是深夜。早已打烊的商场为我们开启了一道矮小的边门，用铁栏杆圈出的，我随着姜起宁缩着身子迈出这道如监牢的门槛时，我的委屈和痛楚一瞬间涌出来，眼泪流了一脸。可我不出声，我拼命压抑住，抹去那些毫不节制的泪。铁门关上了。姜起宁找到我的手，笑了。他的笑像是埋藏了很久很久，从五脏六腑里得了命令，跑出来，汇聚到一起，哼哼哼，哈哈哈，嘎嘎嘎，他笑得真痛快！我不去管我的眼泪了，我怕他被这件事气昏了头，他是不是出了问题？我挽起他的胳膊，他的胳膊因为欢笑在那儿前后晃动着。在他刹不住的笑声中他对我说："终于把，把，无聊的一天，打发掉了！"

　　我不知道该如何呈现我的表情了！我到现在都不知当他说出这句话，我该如何回应。在收银台他那只假装掏我零钱的手，原来正在导演这场戏！他故意在那儿把剃须刀塞进我口袋，他故意把平静下来的气氛又拨弄起来，为了把这场戏演到底，他自始至终不揭穿，他要享受围绕着他的人，包括我，是多么投入到各自分配到的角色中！我把事情理清楚了，但我怎么也没法给它打分。我完完全全迷惑了！那些委屈、愤恨、声嘶力竭、郁闷乏力、强忍住情绪的波澜，胸腔又被它们冲撞得生疼的种种不忍回想的感觉，算什么呢？还有那被他的双手搂住的心情。它们就这么从我的体内被撕扯下来，抛出去，扬到空中，让风一吹而散，什么痕迹也没留下。我应该恨姜起宁吗？他是孩子气的吧？他只是想让生活如阳光下的玻璃球一样，能不时变幻出另一种颜色，这是他独有的对待世界的方式，没有错吧？或许还应该说他的心比我的透明，比我的干净，他像一个顽童在筑着自己的沙堆。上帝，我这样理解，对吗？请帮我这样理解！

我和夏莲已经好久没在一起吃饭了。我们彼此都没有这种心思了。在停止每周二我请她吃晚饭的活动期间，郑季拎着以各式口服液为主的大小礼物上了夏莲父母家，经过了她父母的相看，夏莲说她父母当着郑季的面就频频点头。夏莲，正在为周末跟着郑季去河北某小城见未来的公婆而做着神经质的准备。馆长在清华的学习快结束了，听说他在那个培训班里学得最差，因为学员中只有他是馆长。老师很同情他，经常给他个别辅导，使我们的馆长愈发不好意思，几乎要逃课。这几天要结业考试了，有人偶见馆长，跑来告诉我们："你们的馆长快秃了！"我和夏莲都微微一笑，我说："可见他从前没怎么学习过。"图书馆中长时间的只有我们两个人，夏莲继续织毛活，那天我过去一看，大吃一惊：她在织婴儿的毛衣！我愣在那儿，夏莲老到地说："反正早晚要织的。我怕以后赶不过来。"今天她不仅织婴儿毛裤，她的面前还摆了一张大白纸，她每想起一个可以带到河北小城的见面礼，她就用笔划拉在上面。然后她埋头织，继续想，时而写，看起来相当紧张有序。我的小说读得零零乱乱。我对那些能耐着性子写了两页还不进入主题的小说很不耐烦，就干脆放弃，另开一篇的头，往往要扔去好几篇才找到看得下去的，甚至连对中篇都吃不消了。我每天都看许许多多的小说开头，最后这些开头都在我脑袋里打上了结，互相纠缠，你我不分。

一些知青来到了遥远的山村，粮荒使他们个个有气无力，面灰眼绿。唯一能使他们感到活力的是某家的媳妇，在这个村庄，她像个异种，红润透亮的皮肤，水汪汪的眼睛，头发乌黑，腰肢柔软，更使人想入非非的是她那一对衣衫下涌动的乳房，如刚刚下屉的大馒头，结实劲道又蓬松，整日在知青们眼前晃，使他们暂时忘却饥饿。知青们到处偷东西吃，从距他们最远的那个村偷起，渐渐把附近几个村的鸡和狗都吃光了，不得已，开始偷本村的，连本村的都吃尽了，就剩了漂亮媳妇那一家的几只鸡和一只狗了。那只狗很厉害，见到陌生人，不叫不喊，上来就咬，是手段毒辣的那种。它还曾经把一个扒在它家窗根偷看好事的淫棍的大腿一口咬住，并往北边的山坡地拖去。淫棍起先怕败露，不敢出声，虽拼命挣扎，但跟那只狗一样保持沉默，后来终于被狗的气势吓倒，大喊主人救命！凄惨的叫声在整个村庄的上空游荡。

当我回忆一天的读书经历，我以为我看到了这么一篇小说。但总觉过分奇异，叫我不放心。我再次展开杂志书页，我发现这是三篇小说的开场。一篇关于知青，其中并无情欲故事；一篇关于乡村男女，充满了逗引和诱惑；一篇就是关于那只狗，一只带着神秘的灵性的狗，在小说中使人人自危。我发现我把饥饿、情欲和野性搅和在了一起，凑成了一个灵异的怪物。我以前从未有过这种荒唐的阅读经验。

天气渐渐燠热难耐。人们裸露的皮肤越来越多。深夜我也停留在阳台，不愿回到床上。盛夏的夜空下，等待良久，偶尔会飘来几缕清风，仿佛是从星际而来，当它们经过漫长的路途，已是气息奄奄，似有若无。我躺在椅中，想起姜起宁。我无时无刻不想起他。我给他打过电话，从来没有打通过。就好像他在暗处，我在明处，我只能无力地等候他的召唤。可我又绝不想承认我只是他的最最普通的朋友而已，我说服自己我和他有限的几次同处是那么独一无二，那么不可多得，那只会出现在有特殊意味的两个人之间。因为那些事，姜起宁对我是唯一的，我对姜起宁也是唯一的，这在他心里也不会有疑问吧？即使这么无所作为地等待，也胜过夏莲和郑季的明白无误的爱情吧？他们的爱情像晴空万里，一览无余。他们坐上了直达终点的高速列车，目标坚定，过站不停，错过了很多曲折迂回的风景和舒缓起伏的角度。而我，固然忍受不了漫漫的旅程中一无所知谁是我的旅伴、我们将往何方，但更无法忍受检票员在列车启动时就对我宣布我的终点。我喜欢探寻、期待和捉摸不定。

睡眠久久不来，我开始写一封信。是写给姜起宁的，但我不会交给他。我只是想说话，想倾诉，把他当作一个黑暗中的倾听者。我说出来就好了。既然他不会得知，那我就可以毫无保留地表白了。

姜起宁，此刻我想着你，但我不知道你在做什么，你身在何处？你总飘忽不定，在我想不到的时候出现，又在我没有防备的时候突然离去。你在跟我玩一场游戏吗？我自然愿意这场游戏的主角是你我两人，但我怕辨不清戏里戏外，迷乱在你设计的情节和真实的生活中。

跟你在一起，我欣喜若狂。其实你没有做什么，也没有说什么，可为什么我像是看到了一片从未见过的景致，像是逃出了凡间俗世，飘飘欲仙。我相信有更美的景色在等着我，只要是你带领着我去看。带上我吧，别把我甩下，我已经见识了奇景，再把我推进黑洞洞的屋子，就跟杀人一样残忍。

我怕我是在"爱"你。像海水一样多的人都用这一个词，他们肯用这个词，因为他们的体会都会雷同。我不肯，他们的意思跟我的不一样，我的心情怎么会跟海水中的一滴那么不出奇呢？每当我想到你，我就如同会浮游在空气中的巫女，那种笼罩着我的东西，要对你感激涕零的东西，是独有的，是像海底明珠一样稀罕的，我绝对不跟他们合用这一个词。我只能说那是爱之外的东西、爱之上的东西，现在你知道你的魔法有多大了！你要小心，否则你的法力会杀了我的。

我是被雨声惊醒的。窗外一片迷雾，雨丝就像银针，从天而降，扎破这被裹紧了的世界，终于叫人透过气来。一场酣睡之后，视野中又是这湿淋淋的绿色天地，闷热的心也像被浇了一场透雨，我好多了。我的童年和少年总是在雨中：在雨中奔跑着去学校，在雨中目送着那个高大沉默的男孩拐上了那条回家的岔路；也是撑了一把大大的伞走到巷子口，把我的诗投寄给响亮的杂志社，无数次趴在窗台上，看那个身穿草绿色雨披的邮递员骑进来，往邮箱里扔进一摞东西，即使雨声淅沥，我仍能听见那声音沉甸甸的、结结实实的，像是有非常非常重要的不同寻常的东西送了进来，我跑出去。我没有在邮箱中找到写给我的邮件，我知道我得继续在雨中等了。二十七岁的这场雨，雨中人仍在等待。从等待一封刊用信到等待一个像毒品一样的男人。我突然怀恋起那个写诗的女孩了，她就如雨一样凉爽清洁，专心致志。她趴在窗台上，穿着花布衣裙，她永远不长大多好！我能回去跟她并肩等待邮递员多好！我偎着她，我心跳的节奏跟她的一模一样。可是回不去了！已经遇到姜起宁了，已经中了他的毒，又怎么有办法戒绝？

夏莲回来了。她把自车站见面起郑季父母的每一句话，他们做给她吃的每一顿饭，他们家的每一个角落的布置，郑季嫂子的每一处趣怪的打扮都细致地描述给我，她的脸布满了各式各样的表情，配合着各式各样的惊叹词，仿佛她不是去了趟河北某小城，而是刚从外星人的航空器中走出来。在她说累了，趴在电脑上喘气时，她想起来了："今天晚上一起吃饭吧！我们请你。"

"你们？你和郑季？我夹在里边不合适吧？"我说。

"嗨！我们老夫老妻的。"夏莲说完，对我吐吐舌头，不好意思地笑。我们曾经共同嘲笑过那些刚刚钻进婚姻的圈套、幸福得忘乎所以的人爱在他人面前频频使用"老夫老妻"，仿佛他们的爱情已经天荒地老似的。夏莲一定想起了从前她跟我相同的立场。她比那些我们嘲笑过的人还过分。

我假称受不了他们在我眼前必定会出现的藏不住的甜甜蜜蜜，拒绝了夏莲的邀请。其实无所谓受得了受不了，全部的观感也只是无趣罢了。从大学食堂里互相喂对方食物的小猫小狗的游戏，到那些年过半百还在饭桌上管着自家老头子酒量的老女人，爱情的花样也就是如此的贫瘠无聊。夏莲和郑季正喜悦地涉足的，无非是这道已被无数人趟过一遍的浑水。他们逼得我去想姜起宁，我和他是永不会去趟那道浑水的。我相信，姜起宁会掘一条溪流，属于我们的溪流，淌着雪山上融化的清泉。

我等在电视台门口。传达室老头说我不能进去，而正在工作的姜起宁也不能出来。"你有耐心就等着吧！"我有耐心。这不是一桩苦事。我想象着他在工作的模样，我感到好笑。那好像是不属于他的一个词。他好像也不该拥有诸如单位、工资、请假、申请、表格、证件等表示某种规矩的东西。难道你把他当成一个不食人间烟火的神吗？我反问自己。那又怎么样？我真要这么想，我不得不这么想，他就是这般无疑。我驳回去。

我等到了他。他和一些人拖拖拉拉地走出来。我迎上去，想让他惊跳起来，毕竟现在是凌晨一点了。他在离我十多米的地方对我摆了摆手算作招呼，说："对不起，我们加班。"原来他知道我在这儿！那些人嘻嘻哈哈地散去，街上安静得像关掉了声音开关。他发动起车，说："这个时候，只有一个地方可去了。"

车驶出了无人地带，向那一条灯火璀璨、霓虹争奇斗艳的酒吧街驶近。我看到一扇扇窗内的人群，奇异光线下的脸，泛着泡沫的酒，起伏的身体，无声的一张一合的嘴。今夜无人入眠，我想到了这个固定搭配的词，它总使人浮想联翩。姜起宁放慢了速度，说："你选一个看起来里边坏人最多的地方。"

我选了一个门口吊着骷髅像的酒吧。我们走进去，在空余不多的座位中挨着角落坐下。超短裙的小姐老远把酒水单扔过来。姜起宁边看单子边吩咐："你仔细瞧瞧，这儿的小姐谁最性感，我们就让她来服务。"我选了一个眉梢高高地往上挑的小姐，当她经过我们身边时，我把她叫住。姜起宁悄悄冲我竖起大拇指。这一晚上，我被他要求着做出了许多选择，我选出了客人中最可能是在偷情的一对，选出了最性感的大腿，最可能被做过手脚的乳房，还选出了最有可能长着大片胸毛的男人和最有可能生育过的女人，以及最像在此处头一次遇见就勾搭上的男女。我爱上了这种娱乐，我乖乖地听他的每一个要求，然后细致地去估量眼前的每个人，我一个也不遗漏，也不随随便便就决定，我像是在做高考试卷一般严肃认真。姜起宁又似笑非笑地说："最后一个问题：谁最善于做爱？"

我倒在桌上笑，连连摇头："不知道，不知道，我看不出来。"

姜起宁把我伏着的脑袋从桌上提起来："不行，你不能回避，必须选一个出来！"

环顾四周，我忍不住又笑。我实在难于把这些面貌各异的男男女女都脱光，扔到床上去，然后让他们纷纷动作起来。我只好告饶："我想象不出，我放弃。要不我喝一大口？"我举起酒杯。

"喝酒太容易，通不过，"姜起宁按住我的酒杯，"那好，我换个问题你答。"

我等他的题目。

"这儿哪个女人最吸引我？"

这个问题把我吓坏了！它比方才的问题难上百倍！我呆在那儿，不知道怎么回应。难道我真去一一观察那些女人？难道我一眼也无须看，假装调侃地说"我"？我不能拒绝这个问题。我得马上答复他。我开始"嗯——"我没想到我的思考时间是这么长，我到底还是想不出法子来。

"算了算了，不难为你了。要猜准我的心思果然难啊！"他打断我："我告诉你吧。是那个女孩。"他伸出手指指给我看。他的手指指向与我们隔了两张桌子坐在三个男孩两个女孩中间的穿粉紫上衣的女孩！

我去看姜起宁的神情，我看不出他在开玩笑，他仍然是那种也许认真也许打趣，嘴角微微上翘一如往常的态度。我再去看那女孩，我更看不出姜起宁是否在玩笑之中了。那女孩非常可人，清纯的脸庞却又带着饱满的肉感，脖子白皙流畅，小腿在裙下舒适地左摆右荡。

他是什么意思？在这一刻我突然命令自己：必须以退为进了。我说："那女孩是挺迷人的，我们找个机会去认识他们吧！"

"我怕她反感这种方式。"姜起宁说，眼望着那方。我的迷惑更深了。在那一夜的后半段，我发现我已不能专注于任何事。我散乱地说话、喝酒，散乱地观察四周，包括那个悠然自在的女孩，我甚至不能思考什么，我像身在云雾深处，只剩下一个晃晃悠悠的躯体。我不知道我喝下去多少酒。也许非常多，因为没有去节制，也许很少，因为我并没有以酒浇愁的意思，我原打算观察到底：我们的这场酒和女孩的那场酒将如何结束，两者之间会不会撞到一起，再扯出一段故事来。但我被迷茫灌醉了，被把握不住弄得不省人事。如果不是我亲身体会，我不敢相信会有这种醉意。

游戏！游戏！一场试探人的游戏吧？当我醒来时，我坐在不疾不徐行驶的车中。原来我是在梦中徒然地劝慰自己啊。身边的姜起宁扭头看了我一眼，说："醒了？"像是对一个麻袋说话。"醒了。"我也像是一个会说话的麻袋在回答。我望着车窗外。这场景已经经历多次了：午夜，寂静的道路，孤独的街灯，车轮在沙沙作响，车内人了无倦意，从他们的外表看不出他们的心思。他们在陷入睡眠的城市中穿行，他们是为了什么？

这会儿夏莲在做什么？郑季在做什么？真奇怪我会想到郑季，对我来说，他像一座枯树桩一样没有吸引力，我干吗要猜想他此刻在做什么？人们不是都在沉沉入睡吗？他们在梦中与爱的人相处，而我在如梦的现实中跟随一个梦一样的人。我在现实中，但我不能肯定我比那些梦中人，谁更幸福？谁有美梦？

馆长学成归来后开始指导我们如何用高科技手段管理图书馆。他所谓的高科技其实就是我和夏莲桌上的两台电脑，但馆长拼命拿新名词吓唬我们，当他记不清时，他就哗啦哗啦地翻他的记录，把那些句子念得磕磕巴巴。他头发果真稀疏了许多，看来馆长付出了实实在在的努力。我于是毕恭毕敬地聆听，频频点头，为了向他的付出表示敬意，还不时在本子上划拉几下。我看到夏莲心不在焉，欲言又止。终于在馆长中途卡壳时，夏莲说："馆长，今天下午我请半天假，行吗？""有什么事啊？""您先答应了，我再告诉您原因。"夏莲动用了一点儿媚态。"行！说吧。"我们的馆长其实很软弱可欺，跟我们这个寂寞的图书馆一样。"我今天下午去听我男朋友讲课。我还没见过他站在讲台上是什么样呢！底下一百多人！一讲就是近两个小时，我简直难以想象，要我，早吓得瘫在地上了！我老问他：'你到底是怎么在台上讲课的？那些学生真的都听你的？叫你老师？问你问题？你真的能滔滔不绝说两小时？'他说是呀，每天都是这么过来的呀。太不可思议了！"夏莲说。我已看到了她眼中无限景仰的火光。"小乔，想不想跟我一起去看？"

馆长"嗤"一声："你喜欢你的男朋友，就以为所有人都喜欢你的男朋友啊？小乔肯去才怪。"我却说："我去啊！我也感兴趣。"

我是真的突然产生了兴趣，突然很在意夏莲和郑季。夏莲对我的回答大吃一惊又欣喜万分，她像一个小兔子一样在馆长面前蹦着，撒着我不习惯的娇："求您了，您要让小乔跟我一起去，以后您让我做什么我就做什么，绝对做到听馆长的话，跟馆长走！哪怕您错了，我都不顶嘴，不反抗！馆长——"

已有五六个学生散坐在阶梯教室看书，我们挑了左侧居中的座位，四周的空桌面上搁着封面各异的书本杂志，那是学生预先占的座。离上课时间还有十五分钟。夏莲用感激的眼神看了几眼那些早早就座的学生和那些占座的物品，悄悄对我说："他们不知道我们是谁吧？怎么也想不到我们跟他们老师的关系吧？"我笑说："我跟郑季没关系啊，你别兴奋得胡言乱语。"夏莲说郑季知道她来，我们不必先去他的办公室，就像他的学生一样径自乖乖地坐在这儿，当他夹着讲稿走进来，他看见我们，那多有趣啊！"哎，你可别跟他打招呼啊，就像个学生一样对他笑笑就行了，我也只对他笑笑。要是当初我在学校时，就是郑季当我们的老师，多好啊！多奇妙啊！像电影一样。"夏莲在摇头和点头中感慨着。我想，她真是慷慨啊，她让我也跟她前来，与她一起体会她无法言表的幸福。但也不仅仅是慷慨，她的幸福多得她一个人承担不了，她需要他人分享和见证。这仿佛与我又有不同。而我今天前来，到底是什么原因，我也不十分明了，在最深的意识中，难道我要拿夏莲世俗的爱来比照我捉摸不透的爱情吗？我要靠最常见的爱情来确认我的坐标吗？

学生们三三两两地走进来。那些年轻的脸，年轻的神情，对我们来说，是多么珍贵啊！谁也不能复制和伪造，但又转瞬即逝，无可挽回。这些年轻人对他们拥有的最宝贵的东西仿佛一无所知，大大咧咧——这正是年轻的意思。我望着次第走入的学生们，羡慕得要冒火。夏莲的屁股也像烫着了似的，在椅中挪蹭，可看样子使她不安的是另外一种东西。时间越来越接近郑季要迈进课堂的一刻，她的脸也越来越红，再红下去我们就会被人注意了，她的视线在门口和室内紧张地移动："这么多人啊？这么多人啊？"我轻声说："喂，放松点儿，不是你讲课。""郑季真的准备好了吗？今天我们来，会不会叫他发挥失常啊？"夏莲用手护住胸口，样子很可怜。"那我们就坐得远一点儿，不让他注意到。"我说，并且打算站起来，到后排去。夏莲抬起手腕，离上课时间还有四分钟。"不行了，我们走吧！快走！"她使劲儿地攥住我的手，把我拉起来，拉出窄窄的通道，在所有人面前逃跑了。

"我太紧张了！就是，他，看不到，我们，我也不，敢看，讲台上的他。"夏莲拉我边逃下楼边说，中途看见厕所的牌子，便飞快地一拐。她上了一趟厕所，声音很响。她真是紧张坏了。

从清华缓缓走出来，夏莲像一个天底下最心满意足的女人，嘴角皱起细细的笑纹。她看看表，畅快地吐出一口气来："好啦，他已经开始上课了。"

闷热的空气，天色沉重。我坐在美术馆门前的台阶上等。这是姜起宁安排给我的任务，他甚至还规定了我的穿着。他说："别忘了你的网名叫'丝路花雨'，不过你马上就可以把你的真实姓名告诉他，是你的姓名，不是我的！"他的笑意掩不住："再穿上那件带叶子图案的连衣裙。你上次穿的。"他说我必须替他完成这件事，漂亮地完成，而他，则坐在我身后，与我隔着几级台阶，假装是不相干的歇脚的参观者。我希望我能使他满意，可同时又对那个即将兴冲冲赶来与我见面的"大无畏"带着一丝愧疚。这个叫"大无畏"的，听起来勇猛无比的人，既然把自己命名成如此，也许，得知了事实也大无畏、无所谓吧？

进出美术馆的人们从我们的身边走过。我不敢回头去看姜起宁，只能望着大街上穿梭的人们。截取大街的一个横断面来看，能看出以前从不注意的趣味来。街这边的人一个挨一个地向西去，街那边的人一个挨一个地向东去，全都目不斜视，一板一眼。他们在我眼前，就像两行正在排练的游行队伍，虽然还未正式着装，但神态已经过关。"来了来了。"姜起宁在我身后小声说："穿灰格衬衫的那个。"有一个穿灰格衬衫的小伙子正向台阶上张望。

"你怎么知道？"我不回头，仍望着南边，望着那个张望的男人。

"他手里不是提着个蓝色的塑料箱子吗？他在网上跟我约的这个标志。"

"他干吗要提个——"我的话被姜起宁的"嘘"声打断了，我听到他抿着嘴唇发出的警告："别说了，他过来了。"

我展开笑容，等着这个奇怪地提着方方正正塑料箱的男人。我即将跟这个有些滑稽的"网友"约会了？在真正的"丝路花雨"的眼皮底下？

"我是'大无畏'。"他小跑着上了阶梯，在我坐着的下一级停住，对我说。

"你怎么一下子就把我认出来了？"我问。

"你的裙子。你一说你要穿一件叶子图案的，我的脑子里就是这样一件。真漂亮！"他说完，放下箱子，弯下腰，打开箱盖，里边袅袅飘出一股雾气，那竟是一个冰箱！放满了冰淇淋的冰箱。他取出一个递到我眼前："你喜欢吃冰淇淋。今天我会让你痛痛快快地吃个够。我买了十多个牌子的。"

我接过冰淇淋。虽然我并不像大多数女孩那样嗜好冰淇淋，但是我满心喜欢地接过来。这美好的冰凉的礼物，这带着冰淇淋前来的火热的男人。

我大口地吃起来。他笑着看我，在我身边坐下来。"真的见面了！太好了。自从在网上认识你，我就一直在猜你是个什么样的女孩子。可是你为什么总推脱，不愿意见面？"

"我怕见了面让你失望。"

"没有，没有。"他拼命摇头："我们聊得那么好，那就是你嘛！怎么会失望？"

"要是你对我的模样失望呢？"我说。

"要是你对我的性别失望呢？"我想说。

"即使是不漂亮的女孩子，我们的想法那么一致，在我眼里，也会漂亮起来的。我以前不知道这种感觉。我喜欢过一个在我们楼下给人复印、打字的姑娘，一见面就喜欢她，非常非常漂亮，有一天，她在一个客人走了后对我说：'这人居然姓阴，什么破姓！'就这一句话，我就不喜欢她了，她的想法跟我的不一样。以后再见她也不觉得漂亮了。而且，真好，你不是外表平平的女孩子啊，我觉得我今天的收获有点儿过分了。"

我在想，姜起宁在听吗？他对这个在网上结识的男人怎么看？他将怎么安排我们的未来？我会听从他所有的安排？我稍稍的沉默使身边的这个人担心起来。"你有点儿烦我吧？我说了这么多。"

"没有。我喜欢听。再给我一个冰淇淋好吗？"

我希望他开心。他真的很开心，打开蓝色冰箱，换了与方才不同的一种。"其实我叫乔琳。"我说。这完完全全是我自己想说的。

"我呢，当然也不是'大无畏'，我叫吴大伟。"

我微笑。他说："真名太平常了吧？"

"是！跟我的一样平常。"我说。我曾经连姜起宁的名字都迷恋过。可我现在对着这么平常名字的一个人，却一点儿也没有不适感。身后的姜起宁会不会感到我的回应超出了他的限定呢？我应该如他要求的那样，不轻不重不咸不淡的几句话，高高在上，保持神秘，使吴大伟感到一种压力甚至自卑，从此再不提在现实中见面的事。而我，却自作主张变得随和得要命，亲切得要命，像要引诱他，使他越陷越深。

吴大伟扭头向后看了看，我吓了一跳。幸好，他说的是："那咱们进去看画吧！"这是"丝路花雨"和他的约定，姜起宁之所以这么安排，也是为了方便他能自始至终将这场约会观看到底。

　　我站起来，扭过身，看看美术馆高大的门廊，同时看看姜起宁。我看到他流动的眼神似笑非笑，它使我只想到一个词来描绘：戏弄。他应该洋洋自得、趣味盎然吧，又把它牢牢地藏在眼睛里。现在，就在我身边，有两个男人。一个是滑溜溜的，忽远忽近；一个是真切地对我微笑的人，我相信这会是他永远的表情。我转过头，说："我不想看画了，我们去随便什么地方逛逛吧！只要不在这儿。"我不等吴大伟反应过来，提起地上的冰箱，跨下台阶，不，简直是冲下台阶。我神经质地怕姜起宁会伸过手来拽住我们。

　　当我们跑出大门，天边响起了隆隆的雷声！瞬间，大雨倾泻下来。我和吴大伟的手不知何时拉在了一起，紧紧拉着，向着我们也说不准的方向跑去。雨点击在树叶之上，噼里啪啦，如同鼓点，伴着我们的奔跑。雨水已经从叶隙间顺流而下，汇成了一股细密的水流，它们迎头浇下，使跑在树下的我们乱了节奏。

　　吴大伟停了脚步。他把脑袋靠近我，伸出胳膊，张开大大的手掌，把我护在他的身体里。他甚至踮起脚来！他徒劳地想为我挡住雨水。我躲在他的胸怀里，热热的，痒痒的，从他那儿传过来的，也是从我的身体里传出来的。吴大伟，你怎么挡得住这盛夏的暴雨？这是徒劳啊。但是我立即在心里否定自己：不是徒劳。这回我清醒着哪。我曾被类似姿势拥抱过，那才是如在梦中一般的影影绰绰、虚无缥缈。

我响应他，伸出我的胳膊，把他环在其间，用他护着我的同样大的力量。原来世界是这么实实在在的啊！我可以抓住的，可以把握的，而且，也得到了真真实实的回答。我们在大雨中停步，在大雨中使路人目瞪口呆。

　　姜起宁此时在哪里？我真希望他跑过来，无意中他望见了两个被突如其来的爱情击中的人，当他再细细看去，他发现那个穿着叶子图案衣裙的姑娘像是一个他根本不认识的人，因为她的身上有一种他从没见过的力量。"这是一对自以为在谈恋爱的莫名其妙的傻瓜！"他笑一声，跑远。

　　我也会从吴大伟的怀中仰起头来，对着他的背影，轻轻说一声："再见，姜起宁。"

偷　爱

　　她不紧不慢地骑着，保持着一样的速度，脸朝着前方，根本不往两边看。这是冷飕飕的十二月，虽然半空中有太阳，可那就像是老天爷没用多少力气画出来的圆圈圈。中午一点，路上几乎没有人。有个把人我也不怕。她往西骑，影子在她身后，当然更看不到我的影子了。最最重要的是她背着的那个包！那个浅绿色的双肩包，挺大，不过很空，不会有什么乱七八糟的东西把钱包埋在里边，给我增加阻碍。还有，两边都可以拉的拉链，现在都堆在背包最右边，这是最方便的位置，只要轻轻地一扯，我的手就能探进去。真是老天爷特意给我安排的好运气，哪儿都合适，再合适不过，我的自行车也听话得很，一点叽叽嘎嘎声都没有，紧贴着她车后，像个魂儿。飕——钱包已经握在了我的手中。其实没有声音，是我自己想象的。如果真有声音发出，一定就是这么威风。拜拜，傻丫头，下回不敢这么神气了吧？

钱包不小，也不算瘪。我有些激动。找个背人的地方打开看，几张卡摞在一起，电话卡、饭卡、书缘城会员卡、慧星电影院会员卡，还有一个学生证。连一张银行卡都没有！当然，有银行卡对我来说也没什么用，不过起码说明这人不算太素啊。拉开中间那层的拉链，果然！只有一张五十的票子，其他都是零零碎碎的小票。数了两遍，一共是一百二十一块七毛三。就这么点儿钱还用得着这么大个钱包吗？不是唬人吗？这是什么人啊！学生证上六个字：北京师范大学。离这些字不远，写着：唐晓晴。还有一张照片，眼睛黑黑的、大大的，嘴角往上翘着，冲着我笑，好像是在笑话我。她那扎得高高的马尾，从脑袋后边翘出来，穿着白衬衣，我这辈子没有穿过那么干净的衣服。老实说，这个唐晓晴真好看！要是我先见到了她的模样，就不要她的钱包了，好看的冲着我笑的丫头总是会把我的心弄软的。可是，我遇到过好看的冲着我笑的丫头吗？从来没有！这辈子都不会有。

我把钱包里的东西都掏出来，塞进裤子口袋，那个白底黄花的钱包就撂在枯草丛里。骑上我的车，我收工了。今天的收获不大，不过我不像冯哥他们那么贪，太贪心了倒霉事就来得快。何况我最多的一次摸到了一千三百多块！那天我记得很清楚，我一点儿没耽搁，跑到邮局，全给我的老娘和妹妹寄去了。我不怕她们害怕，我就说我干得辛苦，老板开恩，给我加的工钱。寄钱的时候，好像看到了站在黑黢黢的屋檐下的老娘和妹妹的笑脸，不由得我也在柜台前笑了起来，那个营业员冷冷地盯我一眼，皱着眉头不高兴。怎么了？我偏要乐。我就又笑了一声。

骑了半个多小时，我的窝儿到了。它在五环边上，便宜。我和冯哥、臭虫、老皮合伙租的。一间屋子一百块。你到哪儿都找不到这么便宜的地方了，除非睡火车站或者天桥下边。我知道这会儿他们准还在外边晃着呢，我正好可以舒舒坦坦睡一觉。等他们回来了，我就得忙了。"伙夫！"他们这么叫我，因为我叫丁火，又给他们做饭。"伙夫！"我好像是被他们供养的，他们就可以理直气壮地使唤人："哥几个饿了，赶紧做饭啊！"谁叫我"嫩"呢。我就爬起来，煮一大锅东西。有什么就炖什么，统统搁一块，有时候把馒头或者米都扔在里边煮。好吃。我挺知足。我知道，老娘和妹妹还吃不上这东西呢。

我拐进那排平房，还不到三点，真安静。不过也真臭。我们这排屋子紧外头是两家鼓捣废品的，跟个耗子一样什么都往家里拖，有时候把他们自己进屋的路都能堵住，他们就从那些垃圾堆里钻进钻出，绝对是几只世界上最大的耗子。每次经过他们的屋子，我就完全想不起来我是在北京，在一个遍地黄金的大城市里，在一个我的老娘和妹妹想都不敢想的地方——我早晚会让她们来见世面的，不过不是在这个臭地方。还是要谢这几个捡破烂的，每次经过这些垃圾堆，再走进我们的屋子，就会觉得我们的这个窝还挺香。"嗨！你！"好像有人在冲我喊。我回头看，是那个做酱油的女人，浑身上下斑斑点点，像刚杀了头猪，被猪血喷的。我用脚支住车，停下来等着。

"你，是姓丁不是？是有个妹妹吧？刚才房主来过，你们老家找你呢。叫你赶紧的，打个电话回去。"

我心里突然七上八下的，不知道是好事坏事。第二秒钟我就告诉自己：准是坏事。哪有什么好事？能有什么样的好事？她们得跑到三四里外挨着公路边的那个小破邮局才能给我打个电话，还不是打给我，是让房主转告。假定是好事，即便是我妹妹今天突然结婚了、嫁人了，她们都不会给我打电话的。我从来没有收到过什么好消息。我扭转车头往外骑，脑袋嗡嗡响，好像里边有个小锅炉。打电话！打电话！拼命蹬车，裤兜里硬硬的东西硌着我了，我突然想起电话卡来，刚才那个叫唐晓晴的，有好几张卡，其中一张是电话卡。路拐角灰色阳光下的红色电话亭，这会儿好像都要着起火来，我冲进去，从兜里翻出那张卡。可是我往哪儿打呀？这街上除了几个电话亭，还有好多书报亭，每个亭子里都有电话，每个电话都拖着长长的电线，可是没有哪一根能连到我的老娘和妹妹。我只好往回走，慢慢走回我的窝。

点上火，我给自己煮一碗面吃。吃东西的时候我一般都能忘记不开心的事。面条煮生了，我使劲儿嚼，懒得再回锅。仔细嚼啊嚼，能尝出麦香呢。吃了不到一半，有咚咚的脚步声过来，最后停在我的门口。"我这个房东倒像你们的老妈子！"房主满脸不耐烦地立在门口，隔着老远，不进来。"给你！你们老家　人打来的，这是电话号码。叫你给打回去！"他手指头直直地伸过来，那儿夹着一张小纸片。

我接过来，纸上有几个数字。"出什么事了？谁打的？"我问。"你打过去就明白了。"房主话没说完，人就往外走了。

在红彤彤的电话亭里，妹妹每天干活儿的那个作坊的老板在那根细细的红色电话线里说："你妹手让机器绞了，不是厂子的责任。机器没毛病，是她自个儿走神走的。人送到医院去了，你赶快弄钱来，兴许能给接上。"啊，怪不得我刚才看到这电话亭心跳得那么慌，这血味呼啦的颜色，好像就是从我妹妹手腕那儿喷出来的。机器像老虎嘴巴，一口就把我妹妹的一只手吞了进去，连骨头都不吐出来。我的妹啊！你该有多疼！该有多绝望！你流了多少眼泪！我替你断了这只手多好！这个念头一出来，我吓了一大跳！我的这只手，这只常常伸到别人口袋里的手，难道惹老天爷发火了？要拿妹妹的手来换！难道是我害了妹妹！我要不干这桩营生，妹妹根本不会有这祸。是这样的吧！她自个儿走神走的？她怎么会走神？她从小干活儿干得好，性子细，是不会好好地把手伸到机器里去的。那是老天爷在判我呢！妹妹，是我害的你！我一路走一路噼里啪啦往下掉眼泪珠子，怎么也止不住，身体里突然凉得好像结了冰。

在铺上全身发软地趴了一阵，我起来去给村长家打电话。村长还不知道这事，我求他先帮帮忙，替妹妹把接手的钱给垫上，我的钱随后就寄到。村长说："丁火，这忙我可以帮，可是没用啊。哪有断了的手还能接上的？又不比补一只手套。你再想想，乡里的医院能有这本事？唰唰缝几针，就把手接上了？你呀，赶紧挣钱是真，往后你妹就全靠你了，要不这么着——"村长他是好人，他说："我去叫你娘，让她在我这屋里等你的电话，你过一两个小时再打来。""哎！哎！"我对着话筒拼命点头，可是心里发毛。我还能再去这么弄钱吗？老天爷不是会更怒吗？不会加倍地来罚我们？妹妹可不能再丢一只手了！我害怕极了，浑身的力气全被这个吓人的想法抽空了。我挪不开步子，瘫软在电话亭里，坐了多久都不知道，等脑子醒过一点儿来，再拨过去，老娘真的已经等在村长家了。"火儿，没事，没事，不想那么多。手断了咱们也得好好活着。总不能去上吊喝药。厂长说了，厂子还要你妹，给派个别的活儿，抵上事故赔咱们的钱。我答应了，你妹也答应了。手是接不上了，大夫说就是在北京，一样接不上。这就是命。咱们别的没法子，就剩下认命这一条。火儿，好好在北京干活儿，别牵挂家。你干活儿的地方有没有那种绞手的机器啊？你可千万千万小心啊！要有那样的机器，趁早换个活儿。啊？听见了没有？你得好好地长着手啊！"话筒里嘟嘟嘟地响，有一个声音夹在我和娘中间说电话卡的钱快用完了，我赶紧冲老娘喊："娘！我挺好！我这儿没有绞手的机器！我给你们寄钱去！给妹妹补营养！""哎！火儿！厂子放假了，就回来！等你回来，你就只能看见一只手的妹妹了……"我的老娘终于忍不住，在电话那头呜呜哭起来。"娘！娘！"我叫道，然后电话嘟嘟地响，娘的哭声消失了。电话像是被一把剪刀咔嚓一声剪断的。

电话卡退了出来。我捏在手里，"咚"一声，刚才忍住没有落下来的眼泪，这会儿滴在上面。不管这个唐晓晴用它打过多少次电话，她是不会遇到像我这样的伤心事的。她穿得那么光鲜，她在照片上快活地笑，她肯定没有见过我这样的倒霉蛋。

可能连听都没有听说过。爹死了，留下治肝病的小山一般高的债，妹妹每天挣五块五，站在一个灰尘像雪片一样大的棚子里把破絮烂布塞进机器里去切碎。可是这个唐晓晴，她待的每一个地方都一定是亮堂堂香喷喷的，有果汁喝，有冰淇淋吃，还可以搂着她的爹妈撒娇！妹妹，你从来就没有过过这样的日子，你还没有嫁人呢，就剩了一只手，将来的日子你怎么过下去啊？你会永世苦下去，永世受人欺负，永世没有笑脸！我想不下去了，我的两条腿一前一后地向前迈着，不知道自己该往哪儿走。

我听到了一阵好听的音乐声，是从彗星电影院的大厅传出来的。原来我走了那么远，走进了城里！那声音，当唧当嘀，当唧当嘀，好像是一下一下敲着玻璃杯子发出来的。要是脑子里装满了这种声音，大概就没有地方再装那些割心割肺的伤心事了。我真想一直站在这里，让这些声音赶走叫我心里发疼的那种东西。我推开玻璃大门，走进去。真暖和！暖和得让人浑身发酥发软。还有更加清脆的叮咚声，敲得人心里边也发酥发软。整个大厅灯红酒绿、金光闪闪，从老高的地方挂下来彩带、铃铛、星星、月亮，还有一片一片的雪花，许多个红光满面笑得正开心的白胡子老头。我在这门前走过不知道多少次，可是我一次都没有进来过。今天我不但可以站在这儿，还可以再走进里边去，因为我的兜里有一张彗星电影院的电影卡，而且这会儿我真的不想走出去，像有什么东西把我拽住了。要是这些都是梦多好，要是今天这一整天都是梦多好！

卖票的问我："看什么？"我说："随便。"她奇怪地看看我，然后塞给我一张票。"还有一分钟开演。"她加一句，把电影卡还给我。

　　我刚坐好，哗的就黑了，整间大厅里好像本来就没有什么人，这会儿就更像是只有我一人了。黑暗包围着我，一场梦开始了。大雪里的一座木头房子，从窗子里望进去有一个孩子，他睡不着。啊，那个卖票的居然让我来看动画片！骗骗四五岁孩子的东西！我有点儿不顺心，可是又懒得跑出去，好像真的有什么东西把我摁在椅子上了，我不想动。孩子睡不着，因为第二天就是圣诞节。要过节了，谁都是这样的。我小时候要过年了，不也是这样的吗？连着好几天有饺子吃了，有糖吃了，有鞭炮放了，到处撒野，也不会被爹揍了。孩子在床上翻来翻去，突然整个屋子哗啦哗啦晃起来，所有的东西都摔下来，在地上乱滚。是发生大地震了吗？没想到动画片也有这么吓人的。轰轰地把耳朵都要震聋的声音越来越近，一道刺眼的光照进窗来，孩子拉开门出去，在家门口，停着一列巨大的火车！刚刚刹住的火车喷着白烟，轮子下卷着雪片，在黑乎乎的荒地里好像一头怪兽。一个一本正经的列车员跳下火车，举着煤油灯，嘴里冒着白汽对站在雪地里的孩子说，这列火车开往北极，是带小孩子去见北极的圣诞老人的。真可笑！火车怎么会停到家门口？人家又没说要去北极，怎么会上门来请？他家难道没有父母只有他一个人？单单他听见了火车声，他的爹妈都是聋子瞎子吗？这电影蒙人都蒙不像，谁会相信这种故事？看，连电影里的孩子都不相信。他站在那儿拿不定主意，列车员等不得了，火车呜呜吼着又要开走了。换了我，根本连考虑都不会考虑，谁会相信有一列火车是专门开到家门口来接我去北极玩一趟的啊？可是太奇怪了，那个孩子居然又改主意了，火车都发动了，他却抓着栏杆，拼命爬了上去。

车厢里已经有许多孩子，都是要去看圣诞老人的。这列火车真的怪，车顶上有怪人在烤火煮东西吃，一张被风吹跑的车票还会飞回来，铁轨会被冻在冰下，车厢里一下子冒出很多服务员，他们跳着舞唱着歌给小孩子送吃的！难怪电影里的那个孩子跟我一样，不相信，不相信，觉得自己是在梦里。突然，他们坐的火车脱轨了，像火箭一样冲到了圣诞老人住的北极。十二点，在密密麻麻无数个红衣红帽的精灵面前，圣诞老人出现了。他的脸真的让人感到很亲切很安心，虽然他的个头那么大。他把第一个礼物送给了这个男孩子，一只银色的铃铛。男孩子晃动铃铛，听到了非常好听的声音，就是我刚才在电影院门口听到的那种清亮亮的声音。第二天早上醒来，男孩真的在礼物盒子里看到了那只铃铛，晃一晃，发出好听的声音来。不知道他昨天晚上坐火车去北极算不算梦。他的妈妈来了，接过去，晃一晃，没有声音。爸爸也接过去，晃一晃，也没有声音。你知道为什么吗？因为他们根本不相信世界上有圣诞老人这回事。这么好听的声音只给相信的人听。男孩子说："一年年过去了，只有我能听到。甚至在圣诞之夜，他们都听不到那美妙的声音。据我所知，那铃铛只为我而响。能否听到，取决于人真诚的信仰。"真是太奇怪了，听了这句话，我的嗓子眼儿为什么会堵在那儿，鼻子酸得要掉泪？这句话怎么会跟妹妹的手一样，能逼出我的眼泪来？只有真心相信才会听到这么美的声音，只有真心相信才会看到世界上所有漂亮的事物。我是不是错过了许许多多？就是因为我不相信这个世界很美好？这个世界对我来说这么狠毒，是因为我的心狠毒吗？我走进这个电影院，就是为了听到这句话吗？

十二月，树叶都变成了金黄色，可是不掉下来，像一把把小扇子，随着风一会儿东一会儿西哗啦哗啦地扇着，这是我在街上从来没有看到过的树。因为这里是大学，大学果然就是一个不同于一般、让人走路都要恭恭敬敬的地方。我站在树下，有一种不知道从哪里来的慌张，可这种慌张又跟我第一次把手伸进别人的口袋里不同。我说不清它们为什么不一样，可是我有点儿喜欢这个时候的慌张。她从对面的楼里出来了，就是那个唐晓晴！她左右两边看了看，然后向我走来，因为只有我一个人在这儿。

"同学说有人找我，是你吗？"她说。她的眼睛跟照片上一样亮晶晶。

"是。"我只能吐出这一个字。我把捏在手里的东西递过去。

"啊！我丢的钱包！"她笑了！天哪！我能让一个女孩子笑起来！而且笑得那么好看！她的笑一下子把我的慌张赶跑了，我也跟着笑起来。

"你看看，东西都在吗？"我能说话了。

唐晓晴打开钱包，飞快地望一眼："都在！都在！你在哪儿捡到的？你又是怎么找来的？我怎么谢你好啊？"她的眼睛一直笑笑地看着我。她的开心好像全都跑到了我心里，我也开心得不得了。可是她一下子问了我这么多问题，我不知道回答哪一个。

"我还有一节课，"她伸出手抓住我的胳膊晃动一下，"你别走，就在这儿等我。要不你先逛逛校园，然后来这儿等我。我请你在我们食堂吃饭。"她不等我点头就转身跑进楼去。即使看她的背影我都能看出来她很开心。我站在原地，发了好久的呆，好像又做了一个梦。一个好梦，嘴里像含着蜜，把全身都染甜了。为了这样的感觉，我到这儿来就是对的。我根本就不该犹豫那么久。

我站在原地不动。真是好笑，我怕一动就会把这种快乐抖落掉一样。我想不出唐晓晴会走进一个什么样的教室，她在念什么样的书，她和老师之间说的是什么样的话。这些东西离我太远了，我怎么想得出？可是唐晓晴刚才不是就站在我的面前吗？她还伸出手拉住我，拉住我的胳膊，晃了几晃，她让我在这儿等她。我们之间也有很近很近的时候啊！这会儿，楼里的她和楼外的我不是还不到一百米吗？——我真的是想得太乱了。

在那个巨大的饭厅里，在许许多多看上去都是那么骄傲那么聪明的大学生中间，唐晓晴歪着头问我："想吃什么？"

"随便。"我的紧张又冒了出来。没有人知道夹在他们中间的我是个什么样的人，要是他们知道了，不需要动手，只消用眼神就能把我碾成粉末。

"行，那就我来给你拿主意吧。你先找个地方坐下。"

"不，我帮你端。"我跟她一起站在队伍里。

"哎，我还不知道你是做什么的。你哪个学校毕业的？"

"我啊，我在一个小饭馆干活儿。"我可能是突然想到我差不多每天给冯哥他们做饭的事。

"你是厨师啊？"唐晓晴觉得这件事特别有趣似的，声音高高地喊起来，前后的人就都转过来看我们。

"不是不是，我就是洗菜切菜什么的。我不会别的，我也没有上过大学。"我低低地告诉她，可是感觉这声音已经通过大喇叭送到了食堂的每个角落。

"噢，怪不得你不想跟我来呢，可能是对这样的环境不熟悉。"唐晓晴微笑着说，"就像我从来也没有走进过饭馆的厨房一样。是什么样的饭馆？在哪儿？远吗？"

"挺远。"我说。幸好我们排到了窗口。

我们俩面对面坐在长条桌一端。望过去，一个一个的学生满满地排成两列，吃着，聊着。我觉得对他们来说好像说话比吃饭重要得多，每个人都在跟身边的朋友聊，有笑谈的，有争论的，有皱着眉头边想边说的，有时候都忘了把饭送进嘴里。他们聊什么？一想到这个，我就感到不自在，还有一些伤心。我这辈子第一次坐在这样的一群人中间，如果老天爷要让事情更分明，他就会把我涂成一只黑色的乌鸦，整个人厅里所有的人都是白色的天鹅，而唐晓晴，是天鹅群中最美最出众的那只。

"你知道我为什么那么高兴吗？"她问我。

"这还用说，"这个问题倒很简单，我回答："你的钱没丢啊！"

"不是——当然也对，我的钱没丢，里边的东西也没丢，不过最重要的是它回来了！你明白我的意思吗？它还能回到我的手里，这是最让我高兴的。你让我对这个社会有了更多的信心。以前只听说过有丢钱包的，没有听说过还有钱包被找到的，只听说过失主登广告要重金酬谢的，没有听说过不为回报还费心交到失主手里的，你太了不起了！你知道吗？你改变了我的观念！要是对我们生活的这个社会没有信心了，就跟得了抑郁症一样，所有的事情都变得让人特别沮丧。那多可怕啊！你明白我的意思了吗？"

唐晓晴说话的样子那么好看，声音和腔调那么好听，随着她的每一句话，她的脸上散发着光彩，好像把我全都说动了一样，虽然我还是有一些不明白，我却照直说了出来：

"我用掉了你的电话卡。"

"你给家里人打电话？"

"是，你怎么知道？"

"我知道你不是北京人嘛！"唐晓晴像小孩子猜中谜底一样得意，也许因为这个她忘了生气了。

"还有，"我更加为难了，要是唐晓晴没把我夸得那么好，我倒更容易说出口，"我还用你的电影卡看了一场电影。"

唐晓晴哈哈大笑："你太好玩了！在路上捡到一个钱包，然后用里边的电话卡打个电话给家里人，再用里边的电影卡看场电影，你还应该去坐趟公共汽车，你没发现里边的月票吗？对了对了，还有我们学校的澡票呢！幸亏不分男女，你也可以用。你不会已经都用了吧？"她收不住笑，真的拿出钱包来看。

"没洗澡没洗澡，我只打了个电话，看了场电影。"我解释。

唐晓晴"啪"地把钱包合上，直直地看着我，说："那算是我请你的。你的家里人都好吧？"

我没办法了，眼泪一下子像泉水涌出来。因为妹妹，因为唐晓晴看着我的眼睛。我赶紧死死捂住自己的眼睛。我可以坐在电话亭的地上号，但绝对不能在这儿发出一声哽咽。

"怎么了？告诉我。"我听到她温暖的声音。

冯哥用牙咬开酒瓶盖，仰脖咕嘟咕嘟喝两口，把酒瓶子蹾在桌上，很恼火："干吗呀？不是干得好好的吗？每天都有的挣，人家拼死拼活，你一眨眼的工夫，还有比这轻省的活儿？你是不是脑子让西北风给吹出窟窿眼儿了？不出汗不出力的，你还想干吗？"

"冯哥，谁说不出汗？我每回一身汗，大冬天的都能把里边的衣服汗湿了。"臭虫在旁边笑嘻嘻地插一句，意思是说句笑话，可是谁都没笑，冯哥好像还更阴沉了。我不说话了，挤到老皮边儿上一起吃面条。

"进了这行，没那么容易出去！"冯哥用筷子挑起面来，塞进嘴巴前，甩出这么一句话，然后呼噜呼噜狠狠地吃。我有点儿后悔跟他们说我要离开这个窝的话，我哪里敢明说我要离开这行？我只是说我想挪个地方住，冯哥就这么气势汹汹，我要再多说一句，他会把我当面条吃的。可我又没卖给他，他也不是我的老板，我们是凑巧碰在一起的，他狠什么？

"伙夫！你想好了，"晚上，老皮悄悄地凑到我铺前说，"你想当好人，让我们当坏人？哪天遇上了，我们还怎么干活儿？"

"我没想做什么啊。"我嘟囔一声，翻过身睡自己的觉。整个晚上，我脑子里乱七八糟的，想好多事，没一桩想得清楚的。天一亮，脑袋里突然闪了一下。我出来撒了泡尿，然后就这么突突地走了出来，头都没回，什么东西都不要了。

我没有在这么早的早上出过门。空荡荡的大街根本不像是我每天走过的地方，路面阔了很多，连空气都有些稀薄，还有一丝一丝的白雾绕在身边。我深吸一口气，让身体吸饱凉气，真是痛快！好像把五脏六腑洗了一遍。以前我每天十一二点出门晃悠，不知道进出身体的空气早已经污浊透顶了。我还不知道，还在为不用早起奔命得意呢。我开始跑起来，在无人的大街上，两腿蹬着地，挺有劲儿，一直跑，慢不下来，一时间好像觉得能永远这么跑下去，永远保持着这个速度跑下去。因为干净。身体干净，心里也干净。我很高兴我没有带上那些被褥碗筷，它们太累赘，会让我跑不动的。

我跑过一家玻璃窗上贴着"招小工"纸片的饭馆。我停下来，敲他们的门。没有人应声。我用力敲，然后再敲玻璃窗，还是没有动静。也许饭馆早上都是没有人的，我就坐到地上等。路上的车和人慢慢多起来了，雾气冲散了，声音乱起来，我看着人们的脚和车轮子在我眼前一个一个地走远，真的有趣。我以前只看人家的包，而且看的时候心脏像一颗粽子，被麻绳五花大绑，绑得难受，我哪里会想到不动心地呆呆地看别人的脚、看一圈一圈的车轮子会是这么舒坦有趣。我真的错过了许多让人快活的东西，这些东西本来就是在那儿的，是我自己有眼无珠。有两个人过来开我身后的门，我站起身，冲着人家说："我来这儿当小工，你们收不？"

这一老一少看着我，待了几秒钟，明白过来，说："我们做不了主，等我们的老板吧。"

"老板什么时候来？"

"这说不好。来不来还不定呢。"

他们开了锁进去。我继续坐在地上等。路当中的灰尘大起来了，能扑到我脸上来。又有几个女孩子小伙子结伴走进饭馆了。我望见他们在里边穿上了一样的红色的对襟袄褂，那是他们的工作服。我要是能在这儿干上活儿，也是穿不上这身衣服的，我只能待在后厨干粗活儿。就跟我对唐晓晴说的那样。我还能做什么呀？可能连菜名都叫不利索吧！客人点的菜，我会不会记？我多久没写过字了？有客人进去吃饭了，这么说，已经是中午了。我想起跟唐晓晴一起吃的那顿午饭，那顿像梦里吃的不知什么滋味的饭。吃了饭，她把我送到学校门口。在食堂我说的妹妹的事一定也让她不舒服了，她几乎就没怎么笑了。在门口停住脚，她问："你有电话吗？"

我摇头。

她说："你们饭馆的电话，我可以打到那儿找你。"

我摇头，说："不行，不行。"可我心里不明白她为什么还想找我。

"我去你们饭馆找你？"她偏过头来问。

我还是只能拼命摇头："不行，不行。"我还能怎么样呢？我要是个心里没鬼的人多好，我要是个在饭馆打工的人多好，哪怕就是让我从早到晚在冰水里洗盘子。因为唐晓晴想见的是那样一个人啊！

　　她不逼我了，说："你过几天再到学校来找我，行吗？"

　　"什么事？"

　　"你是好人啊，我跟一个好人交个朋友不行吗？"她的脸上终于又出现了一点儿笑的样子。

　　我只好也对她笑一笑，走出大学的校门。一路上我的心翻腾个不停。唐晓晴穿一件米色的大衣，系着红色的围巾，头发跟照片上一样，梳得高高的马尾，在围巾上甩来甩去。我以前不知道原来这个世界有这样一种女孩，她对你笑，对你说话，她看着你，她担心你，她让你不由得要感谢老天爷偏偏选中你受这恩惠！可这全是因为"你是好人"啊。

　　抬头看，路上车轮和一双双脚的影子已经拖得老长，把我的脚面都盖过了。冬天的天日就是这么短。"嗨！"有个人重重地拍了一下我的肩膀，"是在等我吗？"

　　我回头，一个四十上下的男人站在身后。

　　"是在等我吗？我是这家的老板。"他又说了一遍。

　　我蹦起来："是，老板！您收我不？"

　　他上上下下看我一遍，说："行！留下吧。"

　　"啊？这么简单？"

　　"不简单了，小子。你都等一天了。"

　　他不问我是从哪儿来的，以前做什么，会什么，不会什么，干吗到这儿来干活，除了"你叫什么"。老板，还有饭馆里所有干活儿的人，谁都没问我。我觉得浑身轻快，就像我是一个没有过去的人，就像一个刚刚生下来的孩子，当然不会有人去问一个刚出生的孩子从哪儿来的，以前做什么，会什么，不会什么，干吗到这个世界上来。

我立刻卷起袖子跟着牛哥进厨房。外面的那几个红衣服务员发出笑声。她们在笑我一分钟都等不得要干活儿的样子吧？时间长了，她们会明白的，我会一直不惜力地好好干下去。下次见到唐晓晴，我不会害怕她问起饭馆的事了。相反，我可以主动告诉她我每天都做些什么活儿，我周围是些什么样的伙计，要是她真的走进来才好呢，他们看到我居然认识一个这样的朋友，还跟她说着话，他们会吃惊成什么样！

晚上，我一个人守店。原先守店的人回老家了，他走了就没有人守。我睡他的铺。我没有多想今天早上离开的那个地方，只是闪过几个念头而已。才几个钟头，我已经对这个地方有了一种要一辈子待下去的感觉。我找出几张纸，对着菜单抄菜名，一个字一个字地抄，工工整整，好像有一个严厉的老师在监督着我。不知不觉，把整本菜单抄完了。我让自己再抄一遍，我想，要是每天抄两遍，我不但能记住菜名，还能认很多字！看到密密写了几大张的字，我不敢相信这是我做的事。看墙上的钟，一点多了！这一天，我做的事都像是另外一个人帮我做的，使我对自己有一种陌生感。就好像是一个很了不起的人跑到了我的身体里，他帮我拿主意，我一点儿都不想抵抗他，我愿意听他的。他是对的，我相信。

抄了两遍菜单，躺在床上，还是没有困劲儿，我逼自己睡。可是我还在想那个穿着米色的大衣、系着红色的围巾、高高的马尾在围巾上甩来甩去的唐晓晴。其实抄菜谱的时候我也在不停地想着她。我是不该去想她的，这么没完没了地想到她会让老天笑话的。可是，难道可以不理睬她说过的话吗？她不是清清楚楚地说"过几天再到学校来找我"吗？说不定她需要我帮个忙呢。一个女孩子也许需要我帮她搬个什么重东西。这真说不定。她像是在求我呢。

我往第一次等到唐晓晴的那个楼走去。跟上次不一样，楼前有一些人，围着什么东西不走。等我走近了，我看见他们围着两张课桌拼成的台子前，台子边立着一块写满字的大纸板，我一下子看到其中写得最大的几行：

她失去了一只手，我们不能让她失去未来，失去对未来的期待和向往。您只要捐出一顿饭的钱，或者一杯果汁、一个冰淇淋的钱，我们就能汇集成一股力量，带给她温暖，带给她信心。让她感受到其实有许多双手愿意扶着她向前走一步。

我不敢挤上前去了，因为我看见台子上摆着一个纸糊的捐钱盒子，盒子后边说"谢谢"的人正是唐晓晴！我僵在那儿，不能往前也不能退后。

唐晓晴在说"谢谢"，在对围拢过去的学生解释，根本没注意我。我倒是看见她额头的头发蓬松着，风一吹，有些乱了。一个中年男人从我身后冒出来，走过去。

"怎么回事？唐晓晴，你在干吗？"他问。

唐晓晴看到他："胡老师！我有个朋友，他妹妹被机器绞断了手。我想帮她募捐，希望最后能帮她安一个假肢。"

"朋友的妹妹？在哪儿？怎么绞断的？你亲眼看见了吗？朋友又在哪儿？唐晓晴，这件事情你调查清楚了吗就募捐？只是听人一说，你就在这儿摆个盒子，太不严肃了。赶快撤了！"

"当然是真的！我的朋友绝对不会骗人的，我相信他。"

"你可以相信他，不过你得有证明有材料，再说，你这样做也不符合程序啊，你跟学校管理处申请了吗？你得到批准了吗？谁都说需要帮助，要求大家捐钱，这行吗？都是研究生了，还这么幼稚。"

听这个道理十足的胡老师的口气，我都羞得脸皮发烫，再看唐晓晴，她的大眼睛睁得更加大，直直地看着他的老师，嘴张了张，又紧紧闭上了。我明白，唐晓晴是想争出一个理由来，为了我。她咬着嘴唇的样子真使我伤心得要死。可是我还是只能原地站着，好像两条腿不是我的了。

"胡老师！谁会拿妹妹被绞断手这样的事来骗钱？我的这个朋友，您不知道，是一个特别好的人，他在路上捡到了我的钱包，费了好大的周折送还给我——"

胡老师扑哧一笑："唐晓晴，让我怎么说你？还是那些词：幼稚、天真、不懂现实。总之，你听我的，收起来！我以系主任的名义命令你！"

唐晓晴抱起那个纸糊的盒子举到胸前："胡老师，我已经收到了不少捐款，有人愿意帮助那个女孩！这有什么不对？不能因为只是怀疑就错过了帮她的机会。即使不够帮她安假肢，也会给她一点儿安慰啊！"

"不是不可以帮，"这个胡主任接过纸盒，又回头招呼身后的学生，"先把这些东西抬到系办去。"他的口气和神气叫人没法反抗，几个男学生随着他上前抬起桌子往楼里去。

唐晓晴呆立在那儿，两只手还是那个捧着盒子的样子，只是那儿空空的，不用她使力气了。

人走光了，只有她一个人了。"你别难受。"我走近她，在她身后说。

她回身看，立刻眯细了眼睛笑："你来了！你快告诉你们村里，开一个你妹妹受伤的证明来，这样——"我摇头。我用摇头打断她的话。

"为什么？"

为什么？因为我不想看到她站在风里，不想看到她使劲儿儿对别人解释的模样，还要为我不停地说"谢谢"。

"为什么？"她瞪着我又问一句。

我只能摇头。我扭过身往校门走。我得赶紧离开这儿，离开她，要不然我会像个女人一样鼻涕眼泪地流。

"别走，丁火！"唐晓晴喊。

我停住步子，看着她。她的眼睛里发出我从来没在其他人那里见过的温柔的光。她说："我这么做，是不是伤你自尊了？"

"不是。"我摇头。真的不是。

她走上前来，跟我面对面，近得我没法呼吸了。"对不起。"她轻声说。这三个字像一把小刀，划开了堵着我眼泪的堤坝，我的脸上立刻感到了凉凉的两道印记。为了妹妹我掉过泪，今天的滋味和那不同。为什么我会一边心酸一边快乐？一边有什么东西压迫着我一边又觉得舒畅无比？我说不清是什么原因，因为我这辈子从来没体会过。我真希望这个时间是无限的长，无限的长。无限的长。

我拼命干活儿。只要有一根手指头闲下来，我就要让它找到活儿干。所有打扫的活儿，大家都磨磨蹭蹭不怎么情愿干的活，我跑上去。收拾鱼，倒泔水，擦灶台，拖地，有的活儿得打烊了做，因为只有我住在店里，我就慢慢做，反正有时间。我一个人，从店堂一点点干到厨房。我把摇晃的椅子和桌子拿木片给加固了，还把他们好几年没摸过的几台排烟机罩上的油给刮干净，又用强力的洗涤剂里外洗了一遍。这些活儿不是一个晚上能干完的，我一次做一点儿，居然也就用了十来天把厨房弄得像刚装修完。他们都喜欢我。这是我没想到的。我干这些活儿不是为了让他们喜欢我，我是想让自己不要闲，不要想，不要做梦，可是为了这个目的干活儿竟还有意外的收获，他们全叫我"火儿"。"火儿，我眼睛里进东西了，来帮我吹吹。""火儿，面团不够了，赶紧和点儿。""火儿，去隔壁换点儿零票。"明明其他人可以做的，他们也叫我。他们知道我喜欢被他们派活儿。"火儿，你这名儿起错了，整个就是活儿嘛！"他们还这么开我的玩笑。他们越使唤我，我越高兴，跑得越起劲儿，那一刻我只想着干活儿，想着干完这桩再干什么。我看得见自己跑来跑去的样子，实实在在地感到大家那么需要我，在这儿我是一个有用的人，这种感觉让人心里好受！

"全哥"，我跟全哥熟了以后，我大了胆子求他，"全哥，您教我做这个红薯饼吧。"

全哥带笑不笑地看看我："怎么，要抢我饭碗啊？"我知道他是故意逗我的。

"不是不是，您教会我以后，我就只做一回。"

"那是为什么？"

"您教会了我以后，我再告诉您。"

我想过，红薯饼材料便宜，师傅肯让我练手，也只有它是我能很快学会的。我的脑子里老有一个小人儿，即使在我忙碌的时候，即使在我躺下的时候，都会蹦出来，跟我叨叨："我想再见她一次，我要再见她一次，要不然，我欠得太多，要不然，我搁不下。"就这么不停叨叨，像念经一样。

我打开塑料盒盖，唐晓晴"哇——"地赞一长声，连我自己也要在心里赞一声呢。要知道，我练了四个晚上！盒子里放着摞成两层一共六个金黄色的、煎得漂漂亮亮的红薯饼饼外面裹了一层面包屑，一粒一粒直立着，同样金黄色，像快要抖落下来了又神奇地牢牢粘在那儿。唐晓晴在我的热烈请求的眼神下拿起一块，放进嘴里。有沙拉沙拉的声音响过，她的眼睛一下子瞪得好大好圆："丁火！你厨艺厉害啊！打死我都做不出这么好吃的东西来！"

我闷着脑袋笑，什么也不说。我们坐在空空无人的足球场看台上，虽然四周的树都光秃秃的，草坪枯黄了，可是阳光这么好，一丝风都没有。我看天，看球场两头的球门和网子，看那些又高又直的树干，听着唐晓晴嘴里发出的沙拉沙拉的比唱歌还好听的声音。"哎呀！"她突然喊了一声，我转头看，她正盯着托在手里的塑料盒："我都吃掉四个了！不能再吃了。"我拿出口袋里的餐巾纸给她擦手，她却已经把手指头舔干净了。"你真够细心的，还带这个。"她指我手里的餐巾纸。

"我们饭馆的。我只拿了一张。饼我都付了钱的。"我老老实实告诉她。

唐晓晴微笑，拿过纸，擦擦嘴角，又低头看着饭盒，像下了一个老大的决心，说："这两个我留给李岩吃吧。"

"谁是李岩？"

"哈，"唐晓晴不好意思地笑一声，对我说，"我的男朋友。在这儿学信息工程。"

我有些发蒙，脸上的肌肉硬硬的，表情好像被老天爷拿走了。可是我有什么好蒙的？不就该是这样的吗？其实人家没有错，也根本用不着对我不好意思地笑。她多好啊，又是多美啊，她当然应该有一个工程师喜欢她，爱她，最后娶她。如果没有人喜欢她，那才应该叫人生气！那才叫老天瞎了眼！我不是早就该明白这些的吗？

唐晓晴"啪"地合上盖子，拉过身后那个浅绿色的让人不敢多看的双肩包，把饼放进去。"以后还你盒子。"她说。

我们两个人都仰着头看了一会儿天，看了一会儿球场中间的草坪、球门和网子，然后我说："我走了。"

她看看表，点点头："嗯，你们又该忙了。"

我站起来，一级一级走下台阶。每隔七八级就有一圈栏杆拦着，最底下的台阶外边也有栏杆，跟跑道隔着。我从栏杆的缺口走出去，站到跑道上，仰头对唐晓晴喊："盒子不用还了。"

"丁火！我忘了一件重要的事！"唐晓晴猛地站起身来，大声说："马上就放寒假了，你能不能带我去你老家一趟？我想去看看你妹妹。"

我直直地站在原地。

"我们主任说过的话，我还是不服气。我要用事实告诉他，是他不会相信了，不是我轻信。"

我望着她，没说话。我不知道说什么。

"丁火！你怎么不回答？我想好了。你得带我去！"

我低低地问："他同意吗？"

"你说什么？"

"我说，你的男朋友不会让你去的。"我的声音大了一点儿。

"李岩啊？他当然会！说不定我们俩一起去呢！"

一切都整理妥了，我拉开桌椅写字。我现在不用看菜单了，只在纸上默写。脑子里想到一个菜名，我就写下来。菜单上没有的，我也写。我已经跟那些字都混熟了，现在可以像面对老朋友一样随便把它们派遣到什么地方去。在我眼里，它们好像真的是活的，有自己的模样，有自己的脾气，看见它们我不怕了。可是老有一个影子来打扰我，那个叫李岩的小子。他就夹在那些字中间，时不时地出来晃一下，我的神就跟着散一回。我索性放下笔，躺床上蒙头大睡。来到这儿，我睡得比以前少多了，可是只要睡着了，就睡得特别香，特别沉，没有那种出冷汗、叫人半梦半醒、浮在空中上下不得的梦了，早上醒来浑身是劲儿。我躺在床上想，这个李岩，他也折腾不了我多久。我肯定会马上把他赶跑，美美地睡上一个好觉。我跟他打什么架？一天的活儿干下来，该好好歇歇了。明天还要小跑着继续干呢。要牢牢记住的是：这个叫李岩的，当然还有那个跟他在一起的唐晓晴，虽然他们离我只有五站地，可是，我们隔太远了。有多远？就像妹妹和刘德华那么远，就像只有一只手的妹妹和她喜欢的香港明星刘德华那么远。我怎么能被一个离我那么远的人给折腾得昏头昏脑呢？

中午十二点半，客人正多的时候，前边的小瑛跑进厨房来，又紧张又奇怪的样子冲我说："有人找你！火儿。"我正拿着大砍刀剁骨头呢，满手是骨头沫儿，就张着手出去。肯定是前边哪个服务员叫我帮忙呢，小瑛只是做出那种怪样子跟我开玩笑。我走到店堂，边吃边聊的一桌桌客人，还有端盘递水的服务员，没有什么人在等我啊。我扭头看小瑛，怎么回事？她拿手一指："那儿！"

门口一个穿米色大衣的姑娘，被冷风吹得红红的脸被红围巾衬着真好看。我待了一会儿，跑上去问："你来吃饭？"

"我来找你。"唐晓晴干脆地说。

原来小瑛没搞错。我问："你怎么知道我在这儿？"

"那餐巾纸上不是印着饭馆的名字吗？"

啊，啊，我就只会发出这种回答。我先前想象过，假如有一天，唐晓晴，比我们见过的所有女孩子都美的唐晓晴走进这个地方，跟我说上几句话，我肯定会被他们围上半天审问我、笑我、咂着嘴羡慕我，我就只会乐了，说什么都不好，说什么他们都会接着刨根问底，那我就随他们去呗，我跟着他们一起乐好了。可是这会儿唐晓晴真的站在面前，站在大家都看得见的地方，我怎么觉得伤心呢？跟我想的完全不一样，一种不知道从哪儿冒出来的伤心。

"丁火，我放寒假了！你没忘了我们的约定吧？我来就是要告诉你这个。"她说。

我想不到唐晓晴会来，我想不到她是来提醒我这件事的，连我自己都没有当真——我又怎么能当真呢？我说："我不想回去。"

"为什么？"她吃惊极了。可我能告诉她吗？我没有钱，我还没有攒够钱，我现在的钱只够我的路费。难道让我两手空空地站在我妹妹的面前吗？我只好对着唐晓晴又说了一遍："我不想回去。"

她愣在那儿。她对我失望了吧？这个无情无义的根本不配当哥哥的混蛋！或者是他害怕了！他怕事实被揭穿，什么妹妹，什么妹妹的手，全是编出来骗钱用的，难怪他不敢陪我去！这个骗子！如果不是我们旁边那么多的客人，她一定会这样骂出来的。

"是没有钱吗？路费我来出，你不用担心，其他的慢慢挣。你应该回去看看，我觉得这比带多少钱回去更重要。"

让我说什么好呢？这个像仙子一样的姑娘，她什么都知道，可她那么温柔，她想的是别伤我。我死死盯着眼前的那块地砖，不敢转眼珠，不然眼泪就撑不住了。那一刻，我竟然又想着：我的路走对了，老天爷开始奖励我了，让她来到我的面前。

我走进长途汽车站，远远就看见唐晓晴在对我挥手。我走过去，在她四周看了一圈，我在心里说不要问，不要问，可是过了几秒钟就忍不住问出来："那个，李岩，他不来？"

"他这个寒假没空。老师带他们实习呢。"

"啊。"我说。我们并排站着等车。车已经停在我们身后二三十米远的地方，车窗上刷着北京和我老家的大红字，中间用箭头连着，司机在拿抹布擦玻璃。我们的前后有不少人，大家都用同样的微微扭着脖子的姿势看着那辆车。这儿所有的人都是回乡探亲的吧，每个人的脚边都有三四包行李，每个人脸上都有遮不住的兴奋和期待，虽然到家还会有很长的路程，他们跟家里人团圆的幸福的感觉早就在这儿让人看出来了。只有我吧，或者说只有我和唐晓晴，我们两个人的这段路程跟这儿的气氛不相配。而今天，唐晓晴也有些不同平常，除了告诉我那个李岩不来的原因以外，没有说过别的。她也一直微微扭着脖子望着那辆车，那辆车要带她去一个她这辈子从来没有见过的穷地方，一个没有暖气没有洗澡间也可以说没有厕所的地方。她会在那儿委屈得哭吧？这会儿她默不作声是不是因为她终于想到了这些问题？她害怕了，心慌了？

忽然有一丝凉凉的东西贴到了我的脸上。我抬头，原来天上飘起了雪。细细地，轻轻地，像扭着腰跳着舞一样洒落下来。"真好！"唐晓晴仰着脸接那些雪花，好像她这辈子没见过雪一样。

"今年第一场雪，是不是？"她转头问我，眼睛里又有了以前那种发亮的光，"它在给我们送行呢。"望着她迎接雪花的脸庞，我也突然觉得雪原来不是冰冷的，一点儿也不冷，它多么温暖，它在我和她的身边飘来飘去，好像因为羡慕我、祝福我，所以留恋不舍。

司机最后擦了一把后视镜，把抹布扔进驾驶室，跳上车，轰轰地发动了过来。人群蠕动起来，去凑车门的位置。"唐晓晴！"一声吼叫，我身边的唐晓晴猛然被拽出了人群。怎么了？没有人来拉我拽我，我自己使劲儿儿挤出了这一包围圈。

被拽出去的唐晓晴扬着头，盯着眼前的一个小伙子。而他，也死死地盯着唐晓晴，眼睛里好像有火要喷出来。我正想上前揪住他的脖领子骂，突然心里打了一个闪，明白了。

"你怎么会这么傻？你可以单纯，可以执着，这我喜欢，可是现在你这叫傻！"这个肯定叫作李岩的人恶狠狠地对唐晓晴喊。

"行啊，我愿意傻！我一个人傻！跟你无关！你干吗还要到这儿来？"唐晓晴也对他吼。我没有见过她这个样子，她拼命反击的样子让我不好受。她受委屈了，为了我。在校园里她被那个什么系主任笑话，现在她又被男朋友骂，这是她该遭的罪吗？这些肯定是她从来没有领教过的滋味，因为我，我这个本来就有负于她的人，让她受这样的冤枉委屈，我是什么人啊？可是我能做什么？虽然我不怕系主任，不怕什么工程师，可是我哪有资格去理论？我又有什么理？我只能躲在一旁，像个乌龟！

"你！"李岩把眼睛转过来，用一根细长的手指指着我："就是你吧？你到底想干吗？是不是觉得她好骗？你们家要真有个断了手的，你自己去想办法，凭什么把她拉下水？她上辈子欠你的？你简直厚颜无耻！你不会自己去挣钱啊！再不济，你也可以去要饭啊！要饭都能挣出别墅来呢！"

"李岩！"唐晓晴用了比刚才更大的力气喊出来，但是不管用，对谁都不管用。这个李岩不理她，照旧用喷着火的眼睛盯住我。长途车关紧了车门，从我们身边开了过去，我们的周围一下子空空的。我呢，但愿自己像一团巨大的云团，把李岩的怒气全部吸收消化掉，把唐晓晴的冤屈全部吸收消化掉，然后从这儿飘走。

"回去！"李岩扯了唐晓晴的胳膊往前一拽，没有留神的唐晓晴一个趔趄，要往地上倒去。我慌得冲上去抓住她的衣服，嘴里刚喊出："你把她摔——"那小子手脚也快，"咚"一闷响，一个拳头砸来，我的鼻子顿时又酸又麻又涩。一会儿，血滴滴答答掉在地上。地上已经积了薄薄一层雪，脏乎乎的路面变白了。血落下去，像画了几朵梅花。

唐晓晴被李岩拉走了，他是有资格把她拉走的，我没什么好怨的。我慢慢往回走，在雪里不知道走得有多慢，有多久。雪真的是一种温暖的东西，一片一片飘下来，一点一点把我捂暖和了。我经过了一个湖，湖面上七八个孩子蹲成一列，后一个拽着前一个的衣角，由一个力气大的拉着走，突然后边几个歪倒了，把前边几个也扯翻了，湖面上乐成一团，声音像放大了一样，传到我的耳朵里。我还走过了一个拐角的小店铺，门外的马路牙子上排着长长的队，店铺里架着两口大炒锅，每一口锅前站两个小伙子，挥着大锹炒栗子。难怪雪天都一样吸引客人，那些栗子漂亮不用说，香味都从裂开的壳缝钻出来，钻进每个人的鼻孔。这儿那儿，即使是下着雪结着冰的冬天，到处都是快快乐乐的人。你们很快乐，我也很快乐。我跟你们是一样的。我也有住的地方，有每天要干的活儿，有工资，有朋友，我还要什么呢？我应该很快活才对啊！跟那些冰面上的孩子，排队买栗子的人，被大家的目光盯着期待着的炒货工人一样快活才对！等我多攒一点钱，寄给老娘和妹妹，等我再多攒一点钱，把她们接到北京来看看，那我就会更加快活！丁火！其实你过得不赖！高兴起来！我自己对自己说话，最后我大声说出来了："我挺走运，我真高兴！"

从早上到现在，好像一颗石子儿"咚"的一声丢进了池塘，漾起了几圈波纹，然后，石子儿沉到了湖底，你再也看不到了，而且，湖面好像比刚才更平静了。

等我推开饭馆的门，小瑛她们扔下手里的抹布，围上来："你不是回老家了吗？怎么又回来了？"

"我舍不得车票钱。"我说。

"咦？"她们全都大吃一惊的样子，撇着嘴皱着眉接着去干活儿。

我想给妹妹写一封信。我不敢打电话，我很怕听见她的声音。晚上，我坐在桌前认认真真地给她写我这辈子的第一封信。我写的是：

妹妹，我是哥哥。我现在在一个饭馆打工。这儿很好，有吃的有住的，大家对我都好，我们整天嘻嘻哈哈，不觉得累。我们的老板也是好人，相信我，很多重要的事都交给我做。每个月月底发工资，我已经有半个月的工钱了，这个月的月底再发一回，我给你寄去。虽然不多，你不要担心，会越来越好，我信心很足。妈妈好吗？告诉她不要累坏身体，她以后还要来北京玩的，不能到那个时候腿脚都坏了，走不动了，那就白来了。

　　第二天早早地，我拿着信去邮局，走出饭馆几十米时，看到马路上稀疏的人群里远远地掺着一线红，它在许多灰扑扑的颜色中一下晃着了我的眼睛。我停住脚步定神看，那一线红慢慢变成了一条红、一片红，那是唐晓晴的红围巾。她站定在我的面前，笑盈盈的，就好像那天对我说"你没忘了我们的约定吧"，就跟那时一模一样。

　　我却不客气地说："你干吗还要来？"

　　"你怎么了？还在生气？我来跟你道歉，还替李岩跟你道歉。"

　　"是他让你来的？"

　　她想点头，我看出来了，可是她不是一个会撒谎的人，顿了顿，她只好又摇摇头。

　　"你快回去吧。要不然，他还会骂你。"

　　"天哪！你以为我是奴隶，他是主子？跟你想的正相反！我们正在冷战！我正在让他反省！"

我觉得她很好笑。她大概也觉得好笑吧，扑哧一笑，可是又赶紧严肃地补一句："真的，真的，我没开玩笑。我没想到他那天对你说那么难听的话，他以前不是这种——"

"别说了，"我打断她，"没什么。我受得住。"

唐晓晴看我的眼睛让我不知所措。好像我说的这句话是什么了不得的话，要不就是在我的脸上发现了什么稀奇古怪的东西，她认真专注地看着我，好像我是妈妈眼里的孩子、追星族眼里的大明星。

"丁火。"她叹出深深的一口气，说："你很了不起。你知不知道你做的事、你说的话让我惭愧？其实你已经超过了我们这些所谓的读书人。"

她说出这么重的话，又不像是在开玩笑，真的把我弄傻了。"我说什么了？我做什么了？"

她不回答我的问题，语气轻松了一点儿，说："好了，我再次道歉，请你原谅。还有，我们的话剧社趁着寒假想排练一出戏，里边的一个民工，谁也不肯演，你来帮帮我们，好不好？"

开玩笑！从唐晓晴嘴里蹦出来的话，总是像一块块的石头在往水里砸。

"不需要什么演技。你想啊，我们都不是演员。你就演你自己，比如你在建筑工地扛水泥啊，浑身白灰被人从商店赶出来了啊，坐公共汽车差一毛钱被售票员讽刺啊，就是这些事，你把它当成发生在你身上就行了。行吗？帮帮我们。而且我相信你能演出那种感觉来。"现在唐晓晴像一个在央求大人的孩子、期待明星签名的粉丝了。我要苦笑了，这么荒唐的事由她这么诚恳地央求着。

"红笔画出来的就是你的词。"她回身走时，从大衣口袋里掏出一叠纸，使劲儿往我手里一塞。我也傻乎乎的，像被施了法术一样不由自主地接下了。

校园比以前安静了许多，空旷了许多。这是我第四次走进来。我知道这不是我该来的地方，就像我不该走进什么咖啡馆、门口有穿制服的小伙子帮客人开车门的大酒店、插满了真花假花的花店一样。有一次我做了一个梦，我坐在许多学生中听课，虽然我听不明白，但是我老老实实地听着。突然讲台上的老师不讲课了，伸出一根指头戳向我，厉声问："你是打哪儿来的？什么时候溜进来的？你是小偷和骗子！我要报警！"我坐在椅子上发抖，不知道该怎么办。所有人转过头来，对着我哄笑，那个老师开始打手机，他的手机刚拨通，警察就在警车"呜呜呜——"的声音中冲进来了。然后我被反铐着双手押出了教室。噩梦醒来，我心跳得剧烈。我回想一遍梦中的情景，我被驱赶出去的那个教室里好像没有唐晓晴，这么说，她不知道我犯下的丑事！还好还好。这个梦还没有到最坏的程度。

梦归梦，我发现我其实是喜欢这个地方的。如果有来生，我一定会早早地郑重地安排好我的奋斗计划，我不会浪费我的生命，我也不会胡思乱想。我的目标只有一个：名正言顺地坐在这儿的任何一间教室里，跟这儿所有的学生都没有什么两样，我的同学中就有一个女孩名叫唐晓晴。可能就是这不着边际又让人上瘾的美梦在勾着我吧，让我再次走了进来。

他们开了一个大教室，讲台特别宽敞，跳舞都够。大家都聚在这儿。唐晓晴跟他们介绍了我，也把他们的名字一一告诉我，这些读书人浅浅地对我笑一笑，牙齿都没露出来。我被指定先站在讲台的左后边，前边有一男一女说话，我只管在他们身后拉着一辆板车从左到右、从右到左地走就行。然后等女的说一声："幸好我们还有良知"，两个人慢慢往两边退时，就是我的词儿了。唐晓晴说，我只要大声地念出来就行，别想着要跟播音员那么标准，跟演员那么有感情，平平常常就好，这样反而真实。她这么说，我就不怎么紧张了，我听到"幸好我们还有良知"后，我边拉着板车边对着底下的观众席说：

我跟城里人一样，我也有两只手，还有一个扛在肩膀上的脑袋。我不信我比他们笨，比他们懒，只要我拼命干，认真活，这个世界也有我的一份儿！

"等等等等！"那个刚说完台词的姓马的女孩打断了我，然后转头对站在我们正前方的一个胖胖的小伙子说："导演！我突然有个主意！现在他这么说，太正面了，挺没劲的。我们要给观众震撼！要刺激观众一下！他——"她转回来，用手指着我，"在农村闲散惯了，懒惯了，要让他流汗出力一分一分地去挣钱，他不愿意，又没有文化，跟文盲差不多，用不了几天，他就成了一个小偷，一个骗子，一个——"

"你胡说八道！"我脱口而出，顾不得她是我崇拜的大学生，或者什么研究生！"你凭什么说农村人懒，不肯流汗出力？城市里的那些最脏最累的活儿不都是我们农村人在干吗？难道他们都是小偷、骗子、强盗？你去过农村吗？你认识农民吗？你们家没有农村亲戚吗？"

"哎哎哎——"胖胖的导演阻止我。我停下来了。这个时候我有点儿后悔了，我后悔的不是我骂了这个女孩，我后悔的是我让唐晓晴难堪了。瞧瞧！她认识的是个什么样的朋友！这就是农村人的德行！农村人的素质！他们准会这么笑话唐晓晴。我知道城里人爱用哪些话来损我们。我自己丢脸就算了，我能忍，可是好好的，牵连得唐晓晴也被他们笑话，我真是罪孽啊！我不敢扭头去找她。不知道她现在该怎么恨我，又该怎么懊恼。

场面冷了几秒钟，导演说话了："你这么说当然是对的，也是一种事实。不过我们这是戏，是艺术，不是电视里的那种专题片纪录片，要跳出现实。这个你不明白。一下子也很难跟你解释清楚。马一琳，就按你的想法，咱们先试试，看看效果。小于，你负责把后边的词顺过来。"

他神气活现地抱着胳膊，真像是个可以让人活也可以让人死的皇帝。可是，我不能随随便便就让你给弄死了，弄残了，弄恶心了！我不想当一个小偷，即使在舞台上。

"我不演了。我在饭馆剥葱都比这个有意思。"我从讲台上蹦下来，走出教室。要是我的后脊梁上长着眼睛就好了，让我看看唐晓晴，让她体会到我不是在伤她。

我的身体冲出了那个大教室，可是我的心并不像身体这么坚决。我不知道是希望唐晓晴追出来我好向她解释，还是不希望她追出来免得我无言以对。我就这么心神不定、没有目标地在校园的甬道上乱走。篮球场上还有薄薄一层积雪，只有两行脚印沿着球场边从东到西穿过。我在长椅上坐下。一时不知道该往哪儿去。

"我很后悔请你来。"

我回头，唐晓晴在我身后低着头，好像在对雪地说话。

"对不起。我没文化，胡说八道，惹你们笑话了。"

"不是这样，我后悔的是你好心来帮我们，没想到却被我们伤害了。"

"没有你的事啊！你刚才一句话都没有说。"

"他们也就是我。"

这我有点儿不明白。他们是他们，你是你，你的美是他们比不了的，你的心也是他们比不了的，你跟他们完全不一样。怎么会"他们也就是我"？

她坐到长椅上，我的右边，然后看着宽阔的一片雪地，好长时间不说话。我们俩就像是公园里的两座雕像。

"你的父母，都好吗？还有你的妹妹，现在怎么样了？"

"都好，他们都好。"我想只有这样的回答才能对得起她温柔的问话吧。

她笑了。好像整个世界都变好了，不用发愁了。

"看到雪，我想起来了。我初中三年级的那个寒假，跟爸爸一起去五台山玩。"唐晓晴说："爸爸在那儿有个朋友，借我们一辆车，爸爸就开着它带我上山。山路一圈一圈地绕上去，风景特别美。我记得我们在那儿住了一天。我为了写寒假作文，还到处抄寺庙的对联、碑文啊什么的。很好玩。第二天下山的时候，突然下起了大雪，车开得小心翼翼，开了不久，就堵在半路上了。

说是前边有车撞到一起了。谁也不知道要等多久，因为我看见我们前边的车子一辆挨一辆，连成长龙，看不到头，我们后边的车也越来越多，慢慢也排得看不到尾。我们堵在中间动不了，等啊等啊，好几个钟头过去了，一点儿动静都没有，车里没有吃的，没有喝的，漂亮得像童话一样的雪景也慢慢变成黑乎乎一片了。我一个劲儿地说饿，爸爸就打开车门出去，一辆一辆地去敲别人的车门，问他们有没有吃的。我猜有十多辆吧，人家也没有东西，直到有一辆，车主犹豫了一下。爸爸感觉到了，马上掏出一百块钱递过去。然后我看见他远远地跑回来，把一包饼干塞进我手里。他看着我一块一块往嘴巴里塞饼干，那会儿他脸上的表情是我见过的他最最开心的样子。"

"你爸爸对你真好。"我用平平淡淡的语气这么说。我当然羡慕她有这样的爸爸，不过，要是我的那个在天上的爹也能轻轻松松从口袋里掏出一百块钱，他肯定也会这么做的。只是他掏不出来，虽然他也在拼命干活儿，拼命活着，不是为自己活，是为了把我们养大养好才拼命活着。光这件事就能把他难死。后来他不就累死了吗！现在我和妹妹都大了，我们离爹娘期待的"活好"还很远。这个目标，得靠我们自己了。应该"活好"，才对得起他们。他们的力量已经用尽了，剩下的该由我们自己来做了。要好起来！妹妹！我们都要好起来。

空空的篮球场那头，有人朝我们急急地走来。随着他的脚步，我的心莫名其妙地慌起来。"那个人，好像来找你的。"我说。

"啊，"唐晓晴往那儿望一眼，"是李岩。你不用躲。说不定他还要向你道歉呢。"

其实，唐晓晴的话还没说完，李岩就已经冲到我们眼前了。他真的就是冲过来的。

"喂！你小子怎么回事？还想蒙事啊？小心我报警！"他的眼睛跟豹子一样。

"李岩！该问问你怎么回事？你还欠他一个道歉！要不你就走开！"我看见唐晓晴从椅子上蹦起来，脸霎时红彤彤的。我还待在椅子上，矮一大截。在李岩面前我本来就是矮一大截的，即使他不恨我、不骂我、把我当朋友看。

李岩被唐晓晴的话惊着了，愣了一小会儿，狠狠地说："这种人，不是骗钱就是骗色，我们听说得还少吗？你怎么能相信！好！好好！"他气得说不下去了，闭了嘴，从裤兜里掏出手机，嘀嘀嘀地按了一阵，然后对着那边喊："唐伯伯！晓晴还跟那个乡下骗子在一起！就是不听我劝！"

"行，我让她接。"听了那边的几句话，李岩把手机递给唐晓晴。

唐晓晴用手拨开，说："你无聊！"

"你好好听听你爸爸说什么！"李岩使劲儿把手机贴到唐晓晴的耳边，力气之大好像要把整个手机塞进她的耳朵里。

"让我来说！"我竟然喊出来："我想跟她爸爸说！"

在李岩不知所措的时候，我抓过那个手机。

"唐爸爸，我叫丁火，我是从农村来的，不过我不是你们想的……"

"请你不要说了，听我说好吗？"唐晓晴的父亲打断我。他的声音就像教授一样标准、权威，让人只能闭嘴。

"我并不歧视农村人，我们的开国领袖毛泽东也是从农村来的嘛。不过，我要告诉你，你有困难，可以找当地政府，可以找慈善机构，还可以找记者反映，你怎么能让一个还在校园里的女孩子来帮你？甚至还要把她带到一个你所谓的老家去！我们不得不怀疑你居心不良！幸好现在我们的晓晴还是安全的，你还没有走到危险的地步，但我要严肃地提醒你，你要再继续对唐晓晴纠缠不放，我们一定会采取严厉的措施！你们农村人再愚昧也该知道点法律吧！诈骗罪判起来也不会轻的！"

这个为了女儿可以用一百块钱买一包饼干的人，是唐晓晴的父亲，对我来说，他是一个判官。他没有见过我，可能只是听李岩说过一句两句，但是现在在电话那头，他已经宣判我是一个正在诈骗的很快就会被判刑的坏人。我应该恨他，可是不知道为什么，我只是伤心。我感到有一串凉凉的水珠划过我的脸，最后挂在下巴上。伤心就伤心，我为什么这么不争气地哭？我怪自己不会争辩，不会反驳，一句话都说不出来，像个可怜虫！我不愿意让眼前的这两个人看到我的怂样，把手机塞到李岩手里，我得离开这个地方。我再也不会出现在你们眼前了。

"爸！你都说了些什么？丁火！李岩！放手！"我听到身后唐晓晴在嚷，我的眼泪流得更凶了。你真是天上的仙子啊！可是我只是地上的一株稗草，早晚要被人们拔掉。瞧！我自从认识你，给你带来的尽是麻烦，没有一点点儿开心。在这一点上，我就已经是罪人了。为了赎罪，我只能离得远远的，这样你们所有人都会高兴的。

可是唐晓晴忽然"啊——"的一声惊叫，让我不得不回头。

李岩为了拉住向我跑来的唐晓晴，抓住了她的那条红色围巾，她被脖子上绕了一圈的围巾勒紧了，脑袋往后仰去，大口地喘着气。

我们都愣在那儿。

唐晓晴放匀了呼吸，慢慢地解开围巾，李岩也慢慢地松了手。在雪的映衬下，那么漂亮的围巾现在成了没人要的东西，摊在地上。李岩看看它，没有再抬起头来，转身走了。

我蹲下来，捡起围巾，掸上面的雪水。我听见她也走过来了。我的肩膀被她紧紧地抱住了。

"我不要了。"她说。

我在饭馆里干得更多了。虽然我忙得一天说不了几句话，可从大家看我的眼神和表情里，我知道他们都看出我有些地方不对劲儿了。我也知道我有些地方不对劲儿了，可我没法跟自己说清楚，更没法对他们说清楚。不管我在干什么活儿，给炒勺补缺口也好，给大家用去污粉搓围裙也好，我的心里都是一团乱麻。都是那个身影，都是那张面孔。她在我的身后抱住我，她把头倚在我的背上，她说："我不要了。"我的身体在发抖，我很想转身过去，也把她紧紧地抱住，可是有什么东西把我锁在那儿、冻在那儿，除了肌肉会发抖。她把我掰过去，面对着她，我只会埋着头。所以我一直不知道那会儿她是什么样子。她用冰凉的手紧紧攥住我的手，我们之间好像颠倒了，原本是她要救我，现在我突然觉得可怜的人是她，无依无靠的人是她，我该救她。我仍旧不敢看她，但是我抱住了她，把她整个地抱在胸前。

我每分每秒都在想那个时刻，那个我抱住她的时刻。又揪心又幸福，又惊惶又渴望，这是我活到今天，最让人想不明白又最让人想个不停的时刻。一想到它，我还是忍不住要发抖。所以我只好拼命地干活儿，好让大伙儿谁都看不出来。

五点钟，还没上客的时候，我在擦临街的大玻璃，突然感到马路上有人停下脚步，站在我身后看着我不走了。其实我是从玻璃窗上看到的影子。三个人的影子。我回头。想了一会儿，我想起来了，他们是冯哥、老皮和臭虫。不过我没有叫他们，我只对他们咧了咧嘴，心里却不自在不舒服。

"你小子在这儿哪！走得够麻利的。干吗呢？"冯哥带笑不笑的，用下巴颏儿冲玻璃窗一扬。

我也朝他下巴颏儿的方向看一眼，不知道该不该说话，说什么话好。

臭虫左右晃了晃身子，往窗子里张望一下，说："盯上谁了？在里边？"

老皮"噗"的一声笑："这么傻，不会吧？"

虽然他们都在问我，可我知道他们心里明白着呢，在装傻呢，我也不用遮遮掩掩了，我现在干的可不是从前那种事，那种事才是真正要遮掩的哪！

我说："这是我干活儿的地方。"

他们三人笑了。

冯哥故意上下打量我一遍，说："这就叫自食其力啊！让人感动啊！"然后他一捅老皮："走，咱们给伙夫的饭馆儿捧捧场去。"这就迈开腿，往饭馆里走，老皮和臭虫也都紧跟上去。

"冯哥！"我忙拦住："找个时间我请您三位。另找个好馆子！"

"怎么？嫌弃我们？觉得自己身份高了？这馆子谁开的？要是你开的我们就不进了！"冯哥的狠劲儿出来了。可我说什么也得拦住他们，他们进去了，还能有好吗？难道他们会像个正经人乖乖地点上几个菜、乖乖地付账走人？他们的口袋里不预备着几只死蟑螂，吃完了往菜盘里一搁就算是好的，是轻的。我结结巴巴地求他们，我甚至压低了嗓门说我们老板跟警察特别铁，老板从里边出来了。

"火儿！怎么回事儿？干吗拉拉扯扯的？"

"您是老板吧？"冯哥抢着说："您这小工非不让我们进去吃饭。"

老板扭头看我，等着我解释。

我就解释："老板，他们是我以前认识的哥们儿，跟我逗着玩呢。"

"谁跟你逗着玩儿？我们有这闲工夫吗？哥几个忙着呢，吃了饭还得干活儿去！"冯哥的脸像块铁板，从牙齿里蹦出来的话也像一粒粒的冰雹那么冷。我的心往下沉去。

老板也愣了。他肯定没见过这样的哥们儿，他也根本就没听说过我在北京还有哥们儿。所以他再一次转过脸来看着我，等着我解释。

"他们真是你哥们儿？"

那三个人都笑了，只是声音的高低不同。冯哥很得意，厚皮厚脸地对我们老板开了口："您有空可以问问他，他跟我们一起都干过啥。您的馆子这一向没少什么东西吧？把钱看紧喽！"

应该用什么字眼来骂这些王八蛋！做下了丑事，还以为它像一枚军功章，可以提气，可以用它吓唬别人，然后神气活现地看别人在他们眼前胆寒、发抖、恭恭敬敬、不敢乱说乱动。他们三个走开去了，我看着他们一肩高一肩低晃晃荡荡的背影，有一种好像在梦里想拼命追，脚跟子却软得像一包棉絮那样的瘫痪的感觉。"喂！"冯哥又突然转回头来，不看我，冲着老板说："有不明白的，问兄弟我啊！下回肯定上你那儿撮去！"

两天以后，快打烊了，我正跟一个伙计在水槽子那儿刷着杯子，老板来了。我们的老板是个好人，我从来没见他训过人，着急的时候最多是皱着眉来回地嚷嚷："你怎么弄的？你们怎么弄的？"他痛痛快快地就留下了我，让我住在店里，还不收我床铺钱。那三个混蛋走了，他也没有再问我什么，只当他们是疯子。老板过来，拍拍我的肩，脑袋往厨房后边的走道甩一下，意思是跟他去那儿。我把手在衣服上蹭干，随他走到那个黑乎乎的角落里。

我借着从外边照过来的灯光看着他，等着他说话。他没说话，费了一点劲儿从裤兜里掏出一卷东西，递给我。是一卷钱。我不明白："老板，今儿就发工钱了？"

"啊！"老板顿了一下，然后就很快地说完了下边的话："你干到今天，明儿就走吧。今天晚上你还是可以住在这儿，明儿一早悄悄地走，不用跟谁打招呼，我跟大家随便找个理由一说就行了。你放心，我不会多说什么，也不会影响你以后找活儿干。"

我盯着手里的钱，裹在外边的是几张大票，里边是零钱，老板不会算错的，他肯定把我今天的工钱也算进去了。他真的不坏，我还是这种看法，所以我不问他为什么要辞了我。即使我问得出，他也不一定说得出口。何必让他为难？我费了一点劲儿把这卷钱塞进我的裤兜里，我突然难过起来。因为我原本以为我会慢慢地挣到钱，一点一点地寄给妹妹，现在我不知道下个月的工钱在哪里？下次给她们寄钱是什么时候？明天的我在哪里？

我走出这个黑乎乎的角落，回到水槽子那儿，继续刷杯子。今天的活儿还没干完。

我空荡荡地出来了。走出店堂前，我拨了唐晓晴的电话。可是，拨了五个数，我就挂了。我说什么呢？我说我是一个混混，一个流浪汉，一个穷光蛋，一个被辞了的当过贼的人，找你来了？她一定会哭的，哭她曾经还感谢过这个人，还要跟着他去他的老家，还请他站在大学的讲台上演戏，还因为他被男朋友抛下，还在雪地里抱住了他！想到这儿，我捂住了我的眼睛。好像我的眼前就是一个后悔万分的唐晓晴在不停地流眼泪。我捂住眼睛，不想看到这个场面。

我上了一辆又一辆的公交车，一上午我换了五六趟了。我知道他们仨会在什么样的地方，爱挤什么样的车，我一定要找到他们，揪住他们问问为什么要毁了我？我给他们做的那一顿顿饭他们忘记了？我们挤在一间屋子里的日子他们忘记了？他们就恨我不跟着他们干了！要不然就是恨我活得比他们痛快了、舒畅了、光明正大了，谁的眼睛都不用怕面对了！我比他们有人样儿了，他们气不过！不管他们多恶毒，我都必须找到他们。快中午十二点了，人多起来了，我终于看见了他们，在一堆站牌后面，东边一个，西边两个，眼睛都半斜着往下看，根本没有注意到我已经站在冯哥面前了。

"冯哥，"我还是叫他冯哥，"我的活儿丢了，是你们使的坏吧？"

冯哥听到我叫的那会儿，吓得一激灵，整个人都好像蹦了起来，然后看清是我，浑身松下来，那种坏笑的样子又出来了。

"怎么了？说说你以前的事儿，能叫使坏吗？都是大实话，没编派你！"然后他跟老皮、臭虫一使眼色，在车进站，人都涌上去以后，一起挤上了车。在门"嗤嗤"响着要关拢时，我也挤了上去。冯哥回头，看到我在他屁股后边，咬了咬嘴唇，大概在心里骂了一声娘。

车开出一站，门刚打开，冯哥就使劲儿向我后腰一推，我们俩就这么下了车。那两个当然也紧跟着溜了下来。

"你小子要干吗？捣什么乱！"冯哥这回往我胸前推了一掌。

"许你们毁我，就不许我毁你们？！让你们尝尝这种滋味！"我吼出来。

"嘿！你搞错了吧？到底谁怕谁啊？你想当好人，你就去当。不过，要一直当下去，当真了，可不容易，除非离我们远远儿的。"

"我没有招惹你们！你们干吗欺负人！"

"你知道的，我们本来就是坏人嘛！"冯哥说完，好像觉得自己说得很聪明，笑起来。老皮和臭虫也很开心。我没笑，看着他们三个人笑了一会儿，冯哥好像认输了，两手往兜里一插，摊牌的样子："这样好了！给点儿封口费，从此我们井水不犯河水。"

我认了，开始掏兜："多少？"

冯哥看着我手里的那卷钱，像收存车费那样冷静："一千，今天就得给。"

"我只有这么多。我留下两天的饭钱，其他都给你们。"

"那不行！你当买白菜哪，跟我还价！一千！今天就给！下次再碰上，也不容易啊！是不？你们说呢？"他回头看那两人。

我手里握着钱，喉咙又紧又沉，好像吊着一把大锁。

"这一趟一趟的车里都是钱哪！"臭虫往我们身边接连开过的车瞥一眼："我们还可以帮着你！伙夫！过两趟就行！"他装得就像是我的一个知心的小兄弟。

"容易！你的本行。看准了，几分钟以后，咱们就各走各的路，以后谁都甭搭理谁。"老皮说。

是的，很容易。比我一遍一遍地擦油腻的桌子、在下水道里掏挖成团的红油容易，还比剁骨头剁得肉渣子蹦进眼睛、破瓷碗划了手舒服。现在我跨上车去，等会儿下来时，我等于是从烂泥塘里跳上了岸，缠在我身后的那些看不见的尾巴也就统统被我甩脱了。我这才像个人样儿！再没有可以对着我龇牙咧嘴的鬼影子了！我还有胆量再去找唐晓晴，看着她的眼睛，告诉她，她以前对我做过的那些事，我都当得起。

一声刺耳的急刹车，人头密密麻麻的公交车停在我们身边。门打开了。挤在门口的人像进了大鱼嘴巴，鱼嘴巴要闭上的时候，我冲了上去。真好笑，我要勇敢地做一件坏事，做完这一件坏事我就开始做一个好人。老天爷，别奇怪，原谅我！你知道我要的是什么。